青春阅读　幸得相见

有爱的青春陪伴者

他逐辰星
林逅景 著
TAZHU
CHENXING
上海故事会文化传媒有限公司
上海文化出版社

林返景

L i n F a n J i n g

小 花 阅 读 签 约 作 者

江苏人，射手座。

中文系学生，资深追星少女，佛系快乐宅。

性格慢热，反射弧特长，

热爱各地美食。

偏好一切有趣灵魂和可爱心灵。

Z U O Z H E J I A N J I E

目录

Contents

Chapter 01/ 本命第一颗星 001

Chapter 02/ 传说中的男饭 049

Chapter 03/ 建大顶级流量 078

Chapter 04/ 天文台私生饭 101

Chapter 05/ 追星败桃花吗 127

Chapter 06/ 今天是女友粉 150

目录 Contents

Chapter 07/ 追星从小抓起 176

Chapter 08/ 我家房子塌了 198

Chapter 09/ 我嗑到真的了 222

Chapter 10/ 机场接机实录 252

Chapter 11/ 英仙座流星雨 264

Extra episode/ 爬墙事件 275

Chapter 01 本命第一颗星

他是辰星

周日，上海市中心商场内人满为患，喧闹声如沸腾的热水。

中午来换岗的保安站在门口困倦地打了个哈欠，他茫然地看着络绎不绝的人群，问身旁人：“今天有啥打折促销活动吗，怎么这么多人？”

“你不知道啊？今天举办签售会，这群小姑娘都是来看帅哥的。”身旁人指了指前方两米高的巨幅海报，“喏，就是这个组合。”

海报以深蓝色星空为底图，印着四位样貌精致、身材挺拔的年轻男孩。中间是一行金色大字——头顶银河眼底星火 · Starlight 新专辑签售会 · 上海场。

商场内，粉丝滔天的呐喊声打破了橱窗内名牌包的岁月静好，各家品牌店的柜姐和销售员无不探出头来，正是那海报中的四位美少年登场了。

“欢迎大家来参加签售会，我们是 S-T-A-R，Starlight！”

他们齐声喊出组合的口号，台下的数千名粉丝瞬间热情沸腾，手里高举着各色的手幅，大声呼喊着自己偶像的名字。

而在这片人群的前方，有一群人却格外冷静。

前排中央，一位年轻的女孩扎着丸子头，戴着印有“我遥巨帅”四个大字的头箍，左边脸蛋上印着 Starlight 的文身贴，黑色口罩遮住了半张脸。她手里举着单反相机和长焦镜头，镜头上用蓝色的丝带打了个蝴蝶结略微装饰。

她个头并不高，脚下却踩着一张折叠板凳，登时在人群中脱颖而出。

与狂热呼喊的粉丝不同，这位姑娘不喊不叫，一切热情都用猛烈的快门声传递。而在她的身边，几十位打扮相同的女孩同样高举相机，眼里只有三脚架，和取景框中的四位偶像。

单反相机、长焦、黑口罩，饭圈站姐四件宝。拍照、磨皮、调色调，转发破千梦不遥。

她们，是饭圈的中心人物，食物链的高层群众，被尊称为——站姐。

签售会进入中场休息，女孩立刻从相机中取出 SD 卡，通过直传器导入手机，用三四个修图软件轮番上阵修图，最后添加上“ChasingStar”字样的水印，编辑微博，发送至宣遥的超级话题。

一整套操作行云流水，一秒钟时间都不耽误。

一位胖嘟嘟的男青年站在她身旁，生生看直了眼睛。他目瞪口呆地说：“不看不知道，一看吓一跳。姐，你这出高清图的速度也太快了吧！”

说这话的人名叫胖虎，他人明明比这位站姐年长，可这一声“姐”却喊得真心实意、发自肺腑。胖虎是隔壁女团 TwinkleGirls 的男粉，被这个站姐遇到强行拉过来当工具人。

女孩瞪他一眼，不留情面地说：“帮我把灯牌举好了，举高了，等会儿宣遥一上场，一定要让他一眼看见！”

胖虎低头看了一眼面前的灯牌，LED 电子灯串成了六个大字——宣遥妈妈爱你！

他疑惑地问：“你为什么要喊宣遥是妈妈？”

“你会断句吗？”女孩翻了个白眼，“是——宣遥，妈妈爱你。不是——宣遥妈妈，爱你。你们男饭追星的时候都不举灯牌的吗？”

“我们都是在剧场内打 call，不用这种晃眼睛的玩意儿。”

女孩龇了龇牙，恨不得隔着口罩咬他一口。

胖虎没体会到她的愤怒，低头看了眼手表，问：“你几点的高铁回去啊，看时间要来不及了吧？”

“这不才晚上八点嘛，还早还早，我订的最后一班车的票。”女孩不以为意，储存卡 32G 的容量几乎全部用尽，她更换了一张新的卡，准备接着拍下半场。

胖虎再三确认了一下时间，幽幽地说：“八点是你一个小时前看到的时间——现在已经九点多了。”

女孩蒙了：“那我岂不是……”

话音未完，主持人的声音从立体声环绕的音箱中响起：“让我们再次掌声欢迎 Starlight 组合的成员，官朗！宣遥！”

周围登时响起一阵欢呼声，盖过了女孩后半句烦恼话。

胖虎友情提醒：“你要是现在打车去高铁站，还勉强来得及。”

女孩看了看舞台上的小偶像，又看了看手机上的时间，来回踌躇了半分钟，最终咬了咬牙，甘愿为爱走钢索。

“算了，先不赶车了！拍图更重要！”

胖虎啧啧了两声，为她的奉献精神竖起了大拇指。

建陵高铁站外，夜色已深，天幕如盖，月朗星沉。

刚入十月不久，这座位于江南的城市被一场大雨浇得淋漓透彻，秋老虎潜逃无踪。深黑夜幕之下，风吹得呼啸，萧索的寒意铺展秋日的到来。

一位扎着马尾的女大学生乘坐的高铁刚刚到站，她拿出车票刷过闸机。她穿得单薄，离开高铁站时不禁哆嗦了一下，赶忙从背包里寻找外套。包里东西太多，不经意间一个灯牌掉了出来。

她下午去了偶像组合 Starlight 的签售会现场，虽然没能抽到入场券，

但仍旧站在人群外围举着灯牌，尖叫了一整个下午。

灯牌掉到地上的时候触碰到了后头的开关，蓝色的灯管瞬间亮了起来，拼成了一个大大的“遥”字。她正准备去捡，一个身影快她一步，弯腰将灯牌捡了起来，递给她。

黑夜中，蓝色的光芒照亮了男生的面庞。

那是一张十分精致的脸，雕刻着跟国内的偶像男星比起来也毫不逊色的五官。

一双桃花眼，眼尾极长，下眼睑颜色微深，衬着恰到好处的卧蚕，眸光潋滟动人。眼窝深邃，鼻梁高而直，面部五官立体。嘴唇微薄，唇色明亮。

即使这位女生早已见惯娱乐圈各类帅哥，此刻也不免愣了愣。

这个好看的男生看了一眼灯牌右下角一行发着光的字母“ChasingStar”，下意识地问了句：“逐星？”

女生张了张嘴，还没来得及问他为什么会认识宣遥家的“站子”，眼前人却已经走开了，都不等她说句“谢谢”。

远远地，她看见男生将手机放在耳边，对着电话那头不耐烦地嚷了一句——

“童不二，你怎么还没回建陵？”

晚上十一点二十三分，从上海开往建陵的最后一辆高铁准点驶离站台。

童烁一扛着比砖头还重的佳能 5D3 相机和“大白兔”长焦镜头赶到检票口时，正看见列车呼啸着往天边驶去，在黑夜里划出一条银色的光芒，转瞬又消逝。

最后一批旅客全部上车后，深夜的高铁站空旷而安静。商店开始陆续关门，工作人员提着工具出来打扫卫生。检票员同情地看了看面前的小姑娘，收拾东西下班了。

童烁一抹了把脸，一屁股坐在冰凉的座椅上。她掏出手机，冷静地给备注为“三三”的人发了消息，通知他这个惨痛的事情。

一分钟后，对方直接拨了个语音电话过来。

童烁一戴上耳机，接听了之后将手机揣进兜里，手里同时盘弄着相机，从下午拍的照片里挑选出质量好的传到电脑上。

三三的嗓音一向清朗，如风吹大海般清新敞亮，是那种辨识度极强的薄荷音。隔着千万里的距离，他的声音从耳机里传来，大概是电流作用，竟微微发哑。

他今晚暴躁得出奇，微颤的语调里压抑着怒火，难以自持地吼了一声：“童不二，你怎么还没回建陵？”

手机音量开得太大，童烁一条件反射地闭上了眼睛，耳膜都快被震碎了。她手一抖，差点把相机里的照片给删了。

尽管如此，她仍旧故作镇定地说：“我今晚不回去了，我要留在上海和我‘爱豆’共度春宵。”

电话那头的人很冷酷地警告：“说人话。”

她安静了半分钟，最终只好诚实作答：“好吧……我没赶上高铁。”

她还不忘再马后炮一句：“你就不用去高铁站接我啦。替你省了一趟路费，我是不是特别体贴？”

闻言，被她叫作“三三”的男生抬起头，发着光的“建陵高铁站”五个大字正明晃晃地挂在漆黑的夜空里。

“你不是说签售会六点就结束了吗？这都能误车？”男生冷冷地问。

童烁一嘿嘿一笑："今天到场的粉丝太多了，拖到七点钟才结束。宣遥接着还有个采访，八点多才下班。我拍完图又跟着姐妹们去搓了顿海底捞。这不就……嘿嘿，你干吗这么生气，莫非你已经在建陵高铁站等我了？"

"嘟嘟嘟！"

对方果断挂了电话，拒绝再听废话。

童烁一："……"

姓蔺的这个家伙，怎么上了大学脾气越来越差了？

她冲着空气做了个鬼脸，目光转到相机上的美少年宣遥，她的表情又瞬间变得柔和而生动。

嘤嘤嘤，果然还是追星好，"爱豆"使我快乐。

不久，手机又振动了一下，点开一看，是朋友大毛发来的消息。

大毛：【不二，今天的图什么时候出！我等不及要舔我儿的绝世美颜！】

"不二"是童烁一的圈名，熟悉的同学和网上的朋友都这么喊她。

童烁一回复：【快了快了，修完图立马发微博。】

她快速地打了几个字，立马振奋精神，从背包里取出笔记本电脑，打开 Photoshop，开始深夜加班。

对了，你问童烁一是什么人？

是她，就是她，偶像歌手宣遥的母亲粉、Chasingstar 的站姐。

饭圈人称她为逐星，"基友"爱叫她不二。

哦，还有一个叫蔺晨的男的，喜欢骂她"傻子"。

童烁一刚上初中那会儿，正值韩流文化风靡亚洲，她也没能幸免于难。在男团女团的追星大潮中，与臭味相投的大毛相遇，结下了多年的友情。

高中时，内娱渐渐兴起，各家娱乐公司纷纷推出各类组合团体，试水娱乐市场。在大毛的“安利”下，十六岁的童烁一粉上了当时还只是练习生的宣遥，亲眼见证对方以偶像团体 Starlight 组合成员的身份出道，从此一发不可收拾，爱得死去活来。

高考填志愿时，她毅然放弃继承建筑师老爸的衣钵，也不愿意像母亲一样做个人民教师，每一所大学的第一志愿都填上了新闻系，立志要在新媒体时代中激出浪花。

最终，她如愿被建陵大学新闻系录取。

建大是长三角地区最好的大学，父母乐得开心，几万块的相机和镜头也买得毫不手软。原本是为了帮助女儿学习专业课才买的，结果一年过去了，这套相机却变成了童烁一的追星利器，拍出了不少宣遥的绝美高清图，在无数少女的手机屏保上闪闪发光。

高考完的那个暑假，宣遥所在的偶像团体 Starlight 去了渝城开演唱会，童烁一用这套新相机拍了人生中的第一组高清图，也正式从上一任站姐的手上接手了“ChasingStar_ 宣遥个站”，成了一名光荣的站姐，为延续逐星站的辉煌而不停奋斗着。

童烁一修完两套九宫格高清图时，已经是凌晨一点多了。

偌大的候车室里灯全都灭了，只有检票处的显示器还亮着灯，绿色的灯光滚动播放着明日列车的到站信息，像幽幽磷火。夜里更深露重，

几阵秋风从窗外吹来，寒气侵体，童烁一不禁打了个哆嗦。

候车室的座椅都是铁质的，硬邦邦地硌硬后背不说，一屁股坐下去也十分透心凉。她为了漂漂亮亮见“爱豆”，只穿了单薄的长袖和短裙，早已冻得四肢冰凉。

童烁一朝着四周张望了一下，有两位中年男人跟她一样误了车，此刻正躺在不远处的按摩椅上，鼾声四起。火车站实名制检票进站，不是真买了票的人进不来，应当不会有太奇怪的人。她一面警惕着，一面安慰自己。

将电脑和相机都装进了包里收拾好后，她打开手机准备发微博时，才发现有一条未读消息。那是半个小时前三三发来的。

三三：【那你晚上怎么办？】

童烁一：【我买了早上五点半的高铁票，还有四个小时，在车站的椅子上躺一会儿就行了。】

她记得对方一向作息规律早睡早起，明天是周一，国庆假期结束后的第一天，原以为对方早就睡下了，没想到却秒回了她的消息。

三三：【注意安全。】

深更半夜的，她独自待在黑咕隆咚的候车室，说不忐忑肯定是假的，收到这句话，心头登时一暖。

还没来得及说句感动的话，对方又补上一句：

【别把椅子睡塌了。】

童烁一：“……”

你去死吧。

候车室的两边都安装了按摩椅，也不知是不是为了方便童烁一这样没钱睡宾馆的倒霉蛋，即使不付钱坐在上面，也不会响起恼人的提示音。

童烁一将背包抱在怀里，躺在按摩椅上试了试，还挺软挺舒服的。她一面感谢着科技进步使她免于睡冰椅子，一面回想着签售会上偶像的容颜，疲惫感渐渐入侵大脑。

快到五点的时候，童烁一清醒了过来。

其实这一晚上她睡得很不好。窗外不停刮着大风，她冷得要命，躺在按摩椅上缩成了一团。她一直神经紧绷，但凡周围有个什么风吹草动都会打起精神，基本就没怎么入眠。

醒来后，童烁一简单洗了把脸，到楼下的商店和快餐店转了转，原本是想买个简单的早餐，但是火车站的食物都贵得很，她想起昨晚浪费的车票，舍不得去肯德基买三十几块钱的早饭，只好去自动贩卖机买了一罐八宝粥，尝了一口，冷飕飕的。

凌晨五点半，列车到站后，童烁一终于准点上了车。

大清早的第一班高铁，车厢里基本上没人。她找到自己的位置坐下来时，手机又响了一声。

三三：【上车了吗？还活着？】

童烁一翻了个白眼，回复：【暂时没死，抱歉让您失望了。】

隔了几秒，三三又问：【早上的毛概课怎么办？】

童烁一算了算时间。从上海坐高铁到建陵要两个小时，从建陵火车站坐地铁到学校要半个小时，她如果速度够快，正好能赶上第一节课。

但是她一晚上没睡，双眼充血，实在没力气应付那位沈老头，想来想去，索性把课给翘了。

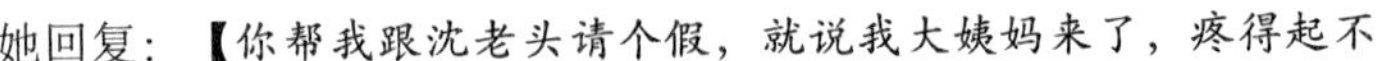

她回复：【你帮我跟沈老头请个假，就说我大姨妈来了，疼得起不

来床。】

三三：【……】

童烁一：【咋了？我连痛经的权利都没有了吗？】

对方大概实在无语至极，连省略号都不回复她了。

童烁一见三三不回复，也懒得再管。她设了个闹钟，两小时之后叫醒自己，双眼一闭，在椅子上睡了过去。

早上八点，建陵大学综合楼的一楼大教室，乌泱泱地坐满了人。

毛概课是公共基础课，全校各系学生都统一在星期一的早上开课，人数众多，人员也很混杂。虽然选课之前打听过每个老师的给分情况，但是童烁一手速太慢，选课那天手一抖，别的老师的课就全都满员了，只剩下这位沈老头的课。

沈老头的课是出了名的严厉，每节课必点名，旷课超过两次，这门课就别想过了。而就算请病假事假，平时成绩也得大打折扣。

上课铃声打响，沈老头走进阶梯大教室，喧闹的学生们登时安静了下来。

他将长长的学生名单拍在讲台上，抬了抬眼镜，锐利的眸子扫了扫在座昏昏欲睡的大学生，言简意赅地说："下面开始点名。"

此刻，坐在倒数第四排的蔺晨同学不禁握紧了手机，他的手机屏幕上是两个小时前童烁一发给他的消息。

——我连痛经的权利都没有了吗？

蔺晨疲惫地揉了揉自己的太阳穴。

班级的学生名单是按院系的顺序整合排列的，蔺晨读的天文系在新闻系前面，点到蔺晨的名字后，没过多久就轮到了童烁一。

沈老头看着名单，报出下一个名字："童烁一。"

全班寂静，无人回应。

他抬起头，又重复了一遍："童烁一，新闻系的童烁一来了吗？"

人群仍旧沉默。

"没来是吗，没来就算旷课了啊。"

沈老头拿起笔，正准备在她的名字后头写个"旷"，突然有一位坐在后排的学生举起了手，站了起来。

那是个气质清冷的男生，面上没什么表情。他穿着白色连帽卫衣，身形偏瘦但个头很高，肩膀宽而有力。他黑茶色的头发是童烁一的染发实验品，额前刘海微卷，蓬松地垂在眉上。

在全班瞩目之下，蔺晨礼貌地说："老师您好，童烁一今天身体不舒服，想跟您请个病假。"

沈老头教书几十年，听过无数次相同的借口，当即冷笑一声："不舒服？哪儿不舒服啊，说来听听。"

蔺晨看了眼手机屏幕，心理激烈斗争了一番。

他艰难地回复道："她今天生理期……不太舒服……"

阶梯教室很大，他的声音不够响亮，而且还坐在靠后的几排，与讲台隔着乌泱泱一大片的人。沈老头上了岁数耳朵不好使，皱着眉问："你说什么，大点声。"

蔺晨："……"

该死的。

他闭了闭眼，深呼吸一口，高昂着下巴，深深酝酿之后，扯着嗓子喊了出来：

“童烁一同学因为生理期痛经！请一次病假！希望沈老师批准！”

声音洪亮、贯彻全场。

所有人登时鸦雀无声。

如此理直气壮的请假理由，沈老头背了那么多毛概，此时却不知该用什么话语来反驳对方。

默了半天，沈老头只好点了点头。

蔺晨镇定地坐了回去，懒得管周围人的窃笑，波澜不惊地在聊天窗口里输入六个字——

【童不二，你完了。】

童烁一辗转一路回到学校的时候，几乎只剩下一口气了。

“你终于回来了！”

刚打开宿舍门，舍友张琪就闻声扑了过来，她张开双臂，作势就要给对方一个大大的拥抱。

童烁一心中感动，谦虚道：“别爱我，没结果。我勉为其难地给你一个拥……”

下一秒，张琪抱住了她的相机包，仿佛怀里的是个襁褓里的婴儿一般，目光慈爱地说：“我的高清图！你终于回来了！”

和空气亲密相拥的童烁一：“……”

张琪对她的尴尬浑然不觉，一边翻着相机相册一边说：“让我看看昨天的婚礼现场都发了什么糖！”

童烁一瞪她一眼：“你醒醒，那只是个签售现场。”

张琪在饭圈是位小有名气的写手，她笔下的感人故事曾在饭圈广为流传。但是，她生性不爱凑热闹，很少去活动现场，只活跃在网络世界。

虽然至今没有见过偶像一面，但她是个名副其实的双担CP粉。宣遥和组合的队长官朗关系极好，两个人常常被拉出来组CP，CP名也叫得响亮——官宣。而张琪，就是这对CP的铁血死忠粉。

用张琪的话来说，光是“官宣”这两个姓氏，就注定了这对CP必须是真的。

面对只喜欢宣遥一人的唯饭，张琪充耳不闻她的废话，沉浸在自嗨之中：“听说他俩喝了同一杯饮料呢！”

“用的两根吸管。”童烁一当场辟谣。

“还戴了一模一样的胸针！”

“这是造型师的失误。”

“那别人怎么没有？”张琪理直气壮。

“可……”童烁一有些迷茫，“那不就是个胸针吗？”

“你这种没谈过恋爱的人不会懂的。”张琪怜悯地看着她，“这是胸针吗？这是爱情！”

童烁一：“……”

什么爱情不爱情的，童烁一还有更重要的事情要做。连吃饭的时间都没有，她洗了把脸，开始剪辑昨天录的视频，趁着热度还在，要早点发到网上去。

视频剪到一半的时候，童烁一才想起自己下午还有个中外电影赏析的选修课，只好匆忙地扛着电脑去了综合楼。

她这个人一向运气不大好，选课的时候基本没选到什么轻松的选修课，被逼无奈之下，差点选了医学系的法医课。不过好在蔺晨抢到的课多，不情不愿地分给了她几门。

提到蔺晨，童烁一终于想起了自己早上翘掉的毛概课，翻了翻微信，名为“三三”的对话框里只有一句毫无杀伤力的“你完了”。语气虽凶了点，但也从侧面说明事情已经顺利解决了，否则以对方的性格，现在一定在嘲讽自己。

童烁一和蔺晨是发小，小时候两个人住在同一片社区，从小学到高中都是一个学校，天天低头不见抬头见。好不容易考了大学，没想到蔺晨竟然辜负了父老乡亲们的期望，没考上北大，反而跟她一起来了建大。

这说明什么呢？

童烁一想了想，这说明北大真的很难考。

中外电影赏析课结束时，童烁一的视频也渲染完了，她摘了句歌词编辑了一下文案，发到了宣遥的微博超话里。

#宣遥##舞台王者ACE宣遥#

10.07《第一颗星》专辑签售会Focus

我想我已开始想念你，明明我刚刚才遇见你了。

作为一个站姐，童烁一很是成功。视频发出去没十分钟，转发就破了五百。她看着噌噌噌往上涨的转发数和评论里的赞美，心满意足地关了电脑。

就在这时，蔺晨发来消息：【下课没？我在你教室外面。】

新闻学院这学期刚刚从市中心的老校区转到了位于大学城的新校区，在此之前，童烁一虽经常通过聊天软件骚扰蔺晨，但毕竟相隔很远，见面的机会并不多。因而蓦地被他找上门来，她心中不免还有些忐忑。

童烁一眉头紧蹙，想起上周找蔺晨借了两百块钱。这家伙也太抠了，竟然不惜亲自上门讨债。

她试探着问了一句：【现在追债都流行来教室堵人了吗？】

三三：【……】

三三：【给你三秒钟。】

她正犹豫着要不要从后门逃走，了解她心思的蔺晨又及时地补了一句。

三三：【不是找你还钱。】

她挠了挠头，将电脑塞进背包里，往教室外走去。

大概因为这节课原本就是蔺晨抢来的，所以他自然知道童烁一会在哪里上课。教室在一楼，他就站在一楼外的花圃旁，白卫衣、牛仔裤，身后的黑色背包和童烁一的蓝色背包出自同一个牌子同一个系列。

蔺晨身材颀长，又是宽肩窄腰大长腿，随便往哪儿一站，都是人群里最出挑的那位。

童烁一远远就看见了他，只是忙于回复微博下面的评论，老半天才走出教室。

刘雪悠就是在这个时候冲出前门,一阵白烟儿似的飘到蔺晨面前的。

隔着好几米，童烁一同蔺晨对视一眼，用眼神无声地质问他：这是什么情况？

这位穿着白色长裙的刘雪悠，人如其名，是个走清纯知性风的漂亮姑娘。她和童烁一是一个系的同学，但不是同一个班，大家也不太熟，只是看见了能叫出名字的程度。

蔺晨没搭理童烁一，他双手插兜，下巴高抬，垂眼看着面前的姑娘。

“同学有事？”他问得简洁。

刘雪悠双手捧着一本《银河铁道之夜》，有点紧张："蔺同学你好，我……我是来还你书的。谢谢你呀。"

蔺晨接过书，表情纹丝不动，淡淡地说："不客气。不过……这书你什么时候借的？"

刘雪悠双颊泛红，慌张又无措："不……不好意思啊。上次我在图书馆看见你有这本书，就跟你舍友说了一声……我还以为他问过你了呢。"

"庄梁借你的？"蔺晨一下猜中那位"舍友"的名字，接着说，"没事，还回来就行。"

"其实……"刘雪悠拽着衣角，艰难地说，"本来书里夹着一张书签，但我不小心给弄没了……要不我赔你一张吧？"

蔺晨摇了摇头："不用了。"

刘雪悠却坚持："不行，弄丢了你的东西，要是不赔给你，我怎么过意得去。"

"我是说——"蔺晨澄清，"你赔不起。"

刘雪悠："……"

虽然被拒绝得很无情，但她是一个不轻言放弃的姑娘："那我……请你吃晚饭吧，就当是赔礼道歉了。"

蔺晨听出来了，这姑娘的目的压根就不是还书。他婉拒道："抱歉，我晚上约了人了。"

"那下次吧。"刘雪悠尴尬地扯了扯衣角，"我就先走了……"

她同蔺晨道了声别，逃也似的跑出了综合楼。

童烁一在微博上溜达了一圈，存了几十张"爱豆"的高清图，这才不耐烦地走了过去。

“你跟人小姑娘说什么呢，又是鞠躬又是道歉的？”

刚才二人讲话的时候，她只听见了前面几句，说到后面的时候，她只顾着看“爱豆”的精修图，啥也没听进去。

蔺晨挑眉，将《银河铁道之夜》递给她：“喏。你的书，还你。”

“你看完了？你一个理科生，看得懂吗？”

童烁一的目光充满了不信任，她翻了翻书页，奇怪道：“我记得我在里面夹了一张书签来着，怎么没了？”

“哦，你说那个印着卡通人的书签吗？”他漫不经心地说，“我给弄丢了。”

童烁一登时合上了书，瞪大了眼睛：“你弄丢了？”

他点点头，语气一点也不真诚：“真不好意思，我赔你十张行不行？”

她却一脚踩上了对方的白色球鞋，用整个身体的重量压了过去，怒吼一声：

“这是我‘爱豆’去年生日绝版发售的限定书签啊，你这个浑蛋！”

蔺晨：“……”

我脚上这双也是限量联名帆布鞋来着。

去食堂的路上，童烁一一直都气鼓鼓的，一句话也不肯讲。

她故意走得特别快，闷声直往前走，刻意和身后的蔺晨拉开了好长一段距离。

老实说，这个结果，蔺晨是有预料的。换个方式讲，这甚至是他有意为之的。

从初中开始，童烁一就喜欢去校门口的商店里买大把大把的明星海报和贴画，课本、文具盒上贴得到处都是。高中时，她沉迷追剧和团综，在网上和追星小姐妹聊得热火朝天，常常说出很多他听不懂的名词。

考上大学后，童烁一更是肆无忌惮地全国跑，一场活动接一场。暑假计划好和蔺晨一起去渝城旅游，结果却被拉过去看了场演唱会。他还在淫威之下，被逼在宣遥 MV 取景的地方拍了一张羞耻的同款合影照。

但这一切，都没让蔺晨觉得，童烁一的所作所为有什么不对。

人人都有爱好，虽然摸着良心讲，他并不情愿对方追着帅哥喊哥哥，但是他也并没有立场去斥责童烁一追星有罪。

如果说这么多年来唯一有什么让蔺晨觉得无法接受的，那就是昨天晚上的事情。

他在建陵火车站吹了很久的风，却等来对方一句“没赶上高铁”。这倒也无妨，只是她一个长得，咳咳，还挺好看的小姑娘，独自一人在火车站哆哆嗦嗦熬了一宿，连顿正经饭都吃不上，只是为了见一个根本不认识她的男人。

蔺晨真的恼火。

他对弄丢书签这件事也很愧疚，只是的确没料到一张书签会有这么重要。

蔺晨看着前方小姑娘的背影，她脑后梳了个小辫子，走起路来左摇右摆，像节奏错乱的钟摆，一双筷子腿哒哒哒地往前跑，赶着去火拼似的。

他叹了口气，迈着大步追了上去。

“我就是想提醒你——以后别一个人追星了。不安全。”

憋了半路，蔺晨终于吐出了一句话。

童烁一原本做好了准备，等着听他训斥自己“追星无用、浪费青春”。因而蓦地听见这句没头没尾的话时，她愣了好久才听明白。

他……不是反对我追星？

她挠了挠头，嘟囔道：“大家都很忙，哪有人能陪我一起？”

蔺晨突然停下了脚步，童烁一没刹住脚，直直撞上他的后背。

当她捂着额头莫名其妙地看向对方时，却从初秋微凉的晚风里听见了他清朗的声音——

“我啊。”

蔺晨额前的刘海被清风吹起，露出浓密而锋利的眉毛。他看着她，深褐色的眼眸像点亮新月的天幕，星星沉睡其中。

“不二，还有我。”蔺晨对她说，“你从来都不是一个人。”

童烁一呆呆地看着前方的人，愣了很久。

“你……”暮色四合中，她缓缓开口，“你是不是‘饭’上宣遥了？”

蔺晨：“……”

这个傻子究竟为什么可以在饭圈混得风生水起？

为了赔偿童烁一丢失的书签，蔺晨答应请她去吃二食堂的酱汁排骨煲仔饭。

尽管童家父母给女儿的生活费不算低，但到底经不住童烁一追星的巨额开销。上一个月她为了攒钱去签售会，顿顿吃素，日子过得紧巴巴的，但还是透支了。

童烁一垂涎这个窗口的煲仔饭很久了，今天终于逮到机会免费蹭了一顿，恨不得把骨头里的骨髓都给啃个干净。

蔺晨虽也点了一份肉末茄子煲仔饭，但是没吃几口就饱了，一手托

着下巴，一手握着手机，目光却总是不经意地落在狼吞虎咽的童烁一身上。

童烁一浑然不觉，一边啃着排骨一边含混不清地问："你们一食堂没煲仔饭卖吗，怎么老跑我们这边来？"

蔺晨用勺子戳了戳米饭，点点头："对啊，一食堂特别难吃。"

建大的男女生宿舍隔得较远，一食堂在男生宿舍附近，二食堂在女生宿舍附近，但童烁一总会撞见蔺晨绕一大圈来二食堂吃饭，今天才问出了个答案。

她表示理解："二食堂的饭的确挺不错的，就是价格也不便宜。"

她囊中羞涩，吃了这顿又开始担忧下顿。

"这次去上海见宣遥，花了多少？"蔺晨问。

童烁一瞪他一眼："我对'爱豆'的感情能用金钱来衡量吗？肤浅！"

蔺晨白她一眼："但是你给'爱豆'买的专辑都必须用金钱来衡量。"

童烁一说不过他，索性夹了一块排骨塞进他的嘴里，彻底堵住他的声音。

蔺晨咂咂嘴，果然不再讲话。

蔺晨回到宿舍后，接到了一通从老家襄津打过来的电话。

来电显示是童烁一的妈妈。

两个孩子还小的时候，蔺家和童家就关系很好，两个母亲一起在幼儿园门外等孩子放学，常常交流育儿心得，彼此羡慕对方家的孩子。后来蔺家出了种种变故，搬了家，童妈妈对蔺晨，却始终相待如初。

想起国庆回家时听到的一些风声，蔺晨毫不犹豫地接起电话，走到了阳台上。

童妈妈体贴地询问了他最近的生活情况，例如换季了记得加衣服，被子多拿出去晒晒太阳，吃饭不要省钱，多出去运动运动别天天窝在宿舍……再接着说下去，却支支吾吾不断，显然有心事。

蔺晨心细，主动说道：“阿姨，您别担心了。我过得挺好的，烁一也和我一样。”

童妈妈被戳破心事，反倒觉得松了口气，她委屈地说：“一一这孩子，从小就被我和她爸爸惯坏了，脾气犟死了。前几天放国庆假，我不就说了她几句而已，结果这孩子收拾东西就走，到现在都不肯接我电话。”

蔺晨有听母亲说过，国庆在家的时候，童烁一和她老妈狠狠地吵了一架。原因也没有其他，仍旧是因为童妈妈反对女儿追星。

高考之前，童妈妈和童烁一约定好了，只要高考考上大学，她今后再也不会管女儿追星的事情。但是童烁一虽如约考上了建大，她老妈仍对追星偏见极大。

在童妈妈眼里，世界上只有教室、医生、公务员和无业游民。因为童烁一追星过火，她误以为女儿之所以学新闻，也不过是为了方便自己追星，总是百般阻拦。

但蔺晨不一样，蔺晨是未来的科学家，科学家嘛，虽然也搞不懂是靠什么吃饭的，但是听起来就倍儿有面子、倍儿高级。

电话里，童妈妈抱怨道：“她一个女孩子学新闻，以后是要吃苦的呀。做记者做传媒很累的，她从小娇生惯养的，肯定遭不住啊！我就劝她考个证，回襄津当个语文老师，不是挺好的吗？她非要跟我大喊大叫，真是气死我了呀。”

可怜天下父母心。童妈妈的确是想要女儿好，只是她管得太多，学

不会放手。从小养在金丝笼里的鸟儿真的要放生野外，谈何容易？她是个自私的母亲，宁可女儿一事无成，也盼望女儿平安一生。

童烁一是个倔脾气，跟母亲吵完架就改签去了上海追星，连生活费都忘了要，难怪只能在火车站熬一宿，没钱住宾馆。

蔺晨叹了口气。

他还不觉得现在的自己有资格，插手童家母女的家事。只是……他眼中的童烁一，绝不是那个迈出金丝笼就会坠落悬崖的无用之人。

“阿姨。”蔺晨的声音柔和而清澈，“你就让烁一试一试吧。

“不管她能不能成功，会不会受伤，至少让她试一试。

“反正有我们……有你们在她背后呢。您说对不对？”

二十岁的少年，刚刚跨进成人世界不久。尚未磨平的棱角，裹挟赤子的无畏果决。

他想要将这世间全部的信任与爱，完好如初地送给他的女孩。

十分钟后，蔺晨来到女生宿舍楼下，给童烁一发了个消息。

三三：【我在你宿舍楼下。下午忘记跟你拿药膏了。】

他下午去找童烁一，原本就是为了取药膏这件事，结果却因为一个书签的事儿给耽搁了，到晚上才记起来。

蔺晨有过敏症，每逢换季就会发作，生出许多红色的痘痘，从小去过不少次皮肤科，总是没什么效果。直到去年在上海的医院治疗后，总算找对了治疗方法，只是那种药膏比较特殊，必须隔半年就去上海补一次。

三天前，童烁一负气出走上海之前，曾去找过蔺晨诉苦。

那日襄津刚好降温，蔺晨一觉醒来，胳膊上已经生出不少红色的小点。见童烁一时，他特意穿了件长袖来遮盖，却仍被对方发现了。

彼时，蔺晨扯了扯衣袖，一直拉到手背的位置，他装作无碍的模样，笑道：“没事，一年得发作三次，早习惯了。我打算提前一天回学校，顺路去上海买药。”

童烁一皱了皱鼻子，瞪他一眼：“你妈那么疼你，你多陪她两天吧。”

蔺晨家里情况特殊，早几年父亲不在了，只剩母亲一个人支撑全家，怪不容易的。童烁一跟自己老妈吵得天翻地覆，反过来关照起了别人的母亲。

她想了想，主动请缨道：“反正我后天要去上海参加签售会，顺路帮你买个药不就完了，省得你多跑一趟。”

“你……”蔺晨看向她，“可是你追星不是很忙吗？一大早就得去发应援物什么的？”

没吃过猪肉总看过猪跑，他多少对这个圈子有些了解。童烁一为了这次的签售会准备了好几个星期，他尽数看在眼里。

她说得轻松：“我提前一天去呗，正好我也不想在家待着了。我有饭圈姐妹在上海订了酒店，我去蹭一晚，不是什么大事。”

蔺晨当时也没想太多，被她几句豪言壮语一糊弄就相信了。第二天一大早，童烁一拖着行李箱就去了火车站，他还以为她真的是去找朋友玩了。

却没料到那位姐妹只住一晚，签售会结束后就直奔机场，童烁一把最后一笔钱花在了海底捞和第二天的火车票上，因而才在火车站睡了一夜。

枝叶败落的玉兰树下，蔺晨敲了敲自己的脑袋，埋怨自己着实太蠢。

没等多久，刚刚洗完澡的童烁一趿着拖鞋就过来了。

她原本已经上床躺着了，却被一个短信给叫了出来，懒得收拾妆容，穿着粉蓝色的兔子睡衣就出了宿舍门，头发还是半湿的状态。

童烁一看见蔺晨，从口袋里掏出两盒药膏，隔着两米远就扔了过去：“你的东西，接好了。”

好在蔺晨反应快，一手抓住一盒药，脚下踉跄了几下，在快踩到肇事者之前赶紧一个急刹车，稳稳地停了下来。

童烁一被他逗乐了，笑道：“药收好了啊，记得一天涂三次。还有事儿没，没事我回去做数据了。”

“等一下。”蔺晨喊住她，“有事儿。”

他一向最稳重，很少这副煞有介事的模样，童烁一收回迈出去的脚，抬头看向他。

蔺晨咳嗽了两声，说：“你妈……刚刚给我打电话了。”

童烁一当下翻了个白眼：“我妈怎么还找上你了？非得全世界都知道我跟她吵架了是不是？”她阻拦道，“这是我跟我妈的家务事，你别吃力不讨好了，到时候里外不是人，惹得一身……”

“她挺担心你的。”蔺晨打断她的警告，“我也不指望劝你两句就能和好，但你至少给你妈回个微信吧，她在电话里都快哭了。”

童烁一踢了一脚地上的石子儿，嘟囔道：“就你会做好人。”

蔺晨抬手拍了拍她的脑门，忍不住劝道：“阿姨也知道不该逼你，你生了这么几天的气，也该消停一下了。你对你偶像都那么有耐心，这么对家里人反而……你又踩我。”

一提到“偶像”这个字眼，原本就挺委屈的童烁一登时就奓了毛。

她恶狠狠地踩了对方一脚，吼道："能不能别动不动就拿我偶像说事儿？我跟我妈的矛盾是一天天积累下来的，关他什么事儿啊？我妈是个老古板，一点都不愿意理解我。怎么连你也这样啊！烦死了！"

童烁一越说越激动，通红的双眼溢满了泪水。她不愿意在蔺晨面前哭，恼怒地跺了跺脚，转头跑回了宿舍。

蔺晨的掌心还悬在半空中，直到僵直的肩膀发酸了，他才迟缓地放下了手臂。

他……并不是这个意思啊。

这一夜，蔺晨心绪烦乱、深夜难眠，辗转反侧许久。

只要一闭上眼，他就会回想起童烁一鼻尖泛红，闪着泪光，紧咬牙关忍住泪水，倔强地拧过头去的模样。他知道小姑娘一向好强，从不在别人面前哭，小时候被她妈教训惨了，她就把自己一个人关在房间里，等自己哭够了再出来。

而现在……

他深深叹了口气，他竟然把童烁一惹哭了。

蔺晨彻底睡不着了。

他穿上外套走出宿舍，思来想去，最终往天文台走去。

建陵大学有一座教学天文台，建立在全校地势最高的小山丘上，大二大三的学生都会在这里开设天体观测课。

初秋的天际辽阔高垂，浓稠的夜幕零星地挂着几颗星，隐在彻夜明亮的路灯下，暗淡而遥远。远山淡影隔着很远就能看见，山尖的圆顶闪着动人的金色。

这座教学天文台的设备在全国都数得上前三。重达数吨的卡塞格林望远镜[①]与头顶只有一层天花板的距离，屏住呼吸时，耳畔响起的嗡嗡声，是来自它在追踪天体时发生的电机旋转。

观测天体听起来新鲜又有趣，实际操作却远没有这么浪漫。除了观测太阳，其他的天体都要等到夜间才能观测。特别是在深夜大部分城市灯光都关闭之后，效果才会最好。

蔺晨来到天文台时已是凌晨，刚进门，一股浓郁的咖啡香迎面飘来。大二的学弟学妹们瘫坐在地上，除了一两位值班的倒霉蛋，其他人都昏昏欲睡。

在没有老师指导的情况下，观测组都会由一名学长来负责管理。不巧，今天的组长庄梁已经睡死了过去，某学弟的包搁在了地上，被他当作了枕头来用。

“蔺学长？”钟亦揉了揉泛红的眼睛，还以为自己太困产生错觉，“你怎么过来了？”

蔺晨踢了踢睡成死猪的庄梁，后者翻了个身，面朝墙角接着睡过去了。他无奈地摇摇头，只是问：“你们观测得怎么样了？”

钟亦拍了拍身旁的同学霍鑫，问：“刚才的那个星轨轨迹数据呢？给学长看看。”

霍鑫打了个哈欠，茫然道：“不是说好了你记录数据，我拍照的吗？”

“说什么呢？刚才拍照的不一直是我吗？”

他们说着说着就争执了起来，电脑上的数据闪了两次，通通被他们错过。

---

① 卡塞格林望远镜：由两块反射镜组成的一种反射望远镜，1672 年为卡塞格林所发明。

蔺晨叹了一口气，强行分开这两个人，果断地说：“我去观察数据，你们把庄梁叫醒过来拍照。”

“那我们呢？”两位学弟问。

“你们只有一个任务——去补觉。”蔺晨坐到电脑前，拿出手机开始掐表计时，“你们自己定个值班表，三个小时后轮流过来值班。”

学弟们相视一眼，点头如捣蒜。

一夜无眠。

清晨六点，学弟学妹们陆陆续续地醒过来，一睁眼便看见坐在电脑前的那人，竟是大三的蔺晨学长。他双眼熬出了血丝，眼圈泛黑，数据表却被填得满满当当。

蔺晨敲了敲学弟的脑袋，嘱咐道：“下次睡饱了再来天文台，宁可不观测也不能瞎编数据。”他指了指第一张数据表上字迹潦草的几个数字，“照你们这个数据来分析，行星都要撞地球了。”

霍鑫和钟亦挠了挠脑袋，不好意思地笑了笑。

走出天文台时，天色已微亮。

蔺晨一夜没有看手机，聊天框里还留着昨夜没发出的那句“对不起”。他现在的心绪平静了许多，决定把这句话发出去。

手指还没来得及在“发送”按钮上按下去，屏幕上方突然弹出了一条消息提示——那是微博的特别关注。

【特别关注】@不二一点也不二更新了一条微博。

“不二一点也不二”这个微博，是童烁一的个人账号，也是蔺晨微博里唯一的特别关注。

蔺晨愣了一下，没有按下“发送”按钮，而是先一步点开了微博。

特别关注这一栏里，从头滑到尾，一连十几条微博，全都是童烁一刚刚转发的微博。

具体内容如下——

“啊啊啊啊啊啊哥哥发自拍了啊啊啊啊啊啊！”

“我活过来了呜呜呜谢谢哥哥今天也是爱哥哥的一天[心]！”

“绝了！这个男人真是绝了！怎么会有这么好看的人类啊！”

“大家都别闲着，这条微博多转一转，先轮到两万再说！”

“美好的一天从哥哥的美貌开始！”

蔺晨彻底沉默了。

他之前是不是还觉得童烁一应该特难过特伤心来着？

这就是她特难过特伤心的样子？

她比宣遥大了三岁，还好意思喊人家哥哥？

蔺晨切回聊天界面，哒哒哒地把聊天框里的三个字给删了个干净。

天文学院科教楼。

即使已经大三了，天文系的课程仍旧繁重。上午的专业课三节连上，中间不停顿不下课，讲台上的胡教授精神抖擞，讲台下的学生头昏脑涨。

庄梁昨晚打了无数次瞌睡，头刚歪下去就立马被蔺晨给拍醒，煎熬了一整夜。他趴在课桌上睡了整整两节课，第三节课浑浑噩噩地醒过来，完全不知道一上午都讲了些什么。

他戳了戳蔺晨的胳膊，谄媚地笑道：“晨哥，老师上节课讲了啥呀，笔记借我抄抄呗。”

蔺晨入学成绩是专业第一，听说是院长千辛万苦才挖过来的北大苗子。开设天文系的高校并不多，建大的天文学院也算国内顶尖了。前两年换了个院长后，一心要将本系做到全国第一，像蔺晨这样的好学生，几乎是捧在手心里培养的。

没想到，好学生却冷冷地回复了一句：“不知道，我没听。”

庄梁眨巴眨巴眼睛，怀疑蔺晨在开玩笑。

“庄梁，你来说说。”胡教授敲了敲黑板，“恒星的光谱分为几类？”

蔺晨咳嗽一声，左手在桌下比了个数字七。舍友立刻心领神会，回答：“分为七个光谱型。”

谁料这还没完，教授又接着问：“那你具体说说看，是哪七类？”

没等蔺晨翻到这一页的知识点，教授犀利的目光扫了过来，警告道：“看着课桌干什么，看着我回答。”

这下完蛋了。

庄梁挠了挠脖子，支支吾吾一番后，小心谨慎地猜测：“这七类是……红橙黄绿青蓝紫？”

全班爆发笑声。

胡教授敲了敲桌子，冷着脸点起另一个人：“蔺晨，你回答一下。”

蔺晨站了起来，答：“恒星的光谱按有效温度从高到低，符号和颜色可分为：O型，蓝星；B型，蓝白星；A型，白星；F型，黄白星；G型，黄星；K型，红橙星；M型，红星。”

一分钟前还在说自己啥也没听的蔺晨，回答问题却行云流水，是个十足的大骗子。

他在教授赞许的目光下坐了下来，庄梁愤怒地瞪着他，用唇语小声地咒骂：“说好没听讲的呢！”

蔺晨耸耸肩："前天预习的时候顺手就把这章内容给背上了。"

庄梁翻了翻课本，第八章《恒星世界》，光名词解释就近四十条，您未免太"顺手"了些。

童烁一上完新闻学概论后，立马奔回宿舍，把宣遥的最后一套高清图给修完了。

别看签售会不过才几个小时，可童烁一从上个月就开始准备现场应援，到今天把所有拍的图都发出去后，终于告一段落。为此，她一扫昨日的不快，开开心心地去食堂买了份腊味双拼煲仔饭，一边吃饭一边刷微博。

昨天宣遥深夜发了一张自拍，她今天就设置为了手机屏保，越看越喜欢。

大毛在这时候给她发了条消息。

大毛：【顶流就是顶流。去年他生日的那套书签你记不记得，五十块钱就买了十张破纸的那个。我给挂到闲鱼上了，竟然还真的有人收。】

不二：【提起这个垃圾周边我就生气，成本两块钱的书签，竟然卖五十！桑榆娱乐，垃圾公司，毁我青春，败我钱财。】

她们的话题突然跑偏，大毛义愤填膺地问：【今天桑榆娱乐倒闭了吗？】

大毛是童烁一在网上结识的朋友，她是深圳人，平常两个人见不着面，但在网上联系很是紧密。

和童烁一一样，在宣遥还没出道的时候，大毛就开始支持他了，可以说是最早的一批元老级粉丝。但是宣遥出道后迅速红了，大毛却因忙于生活，无暇顾及饭圈，等童烁一毕业后，就直接把站子交接给她了。

没见到真人时，她一直以为大毛是个傻白甜的大学生，直到有一次去深圳参加演唱会，才发现大毛竟是个有丈夫有可爱女儿的甜品店老板娘。

走进食堂的时候还是艳阳天，晴空万里，一顿饭的工夫却忽然下起了雨。雨势虽不算大，但淅淅沥沥，久久不停。

童烁一来时一向两手空空，只带了手机和宿舍钥匙。刚刚踏出食堂大门，豆大的雨点砸在手机屏幕上，模糊了宣遥的照片，她这才后知后觉地发现天色已变，灰溜溜地跑了回来。

她午饭吃得太晚，已经过了一点钟，舍友们大概已经睡午觉了，她在宿舍群里发消息求雨伞，却迟迟没人回复。

童烁一下意识地点开了蔺晨的头像，进了名为“三三”的聊天窗口，这才想到他们昨天刚刚吵了架，犹豫再三最终什么也没发出去。

其实她昨天本来没打算冲着蔺晨发火的。就像国庆回家，她其实也不想跟老妈吵架。

只不过是从很早以前开始，心里就憋了一口气，每被误解一次、嘲讽一次，这口气就会像气球一样不断膨胀，一直堵塞在胸膛，压得她喘不过气来。她和老妈的那一架是导火索，在火车站苦熬的那一晚是一桶汽油，而蔺晨则恰好成了火柴。

一点就燃，一燃就炸。

她并不是因为蔺晨的话而生气，她只是觉得委屈。明明从小到大，她什么委屈都能跟蔺晨讲，人狠话少的蔺晨一直都是她的树洞。

可是从什么时候开始，仅仅拥有一个树洞，已经无法满足她了，她还想要更多。

包括蔺晨的理解与包容。

就算千万人都觉得身为站姐的童烁一是在为了一个毫无价值的信仰浪费着时间，蔺晨也绝不可以是那千万分之一。

童烁一注视着手机屏保，电子屏幕上那个笑容灿烂的宣遥突然变得面目模糊，恍惚间，竟变成了蔺晨的模样。

一阵冷风从门外吹进来，一个黑色的身影穿过晃动的塑料门帘走了进来。余光里的人影与幻想中的重合，童烁一浑身哆嗦，打了个激灵。

“你在等我吗？”

如同脑海中的想象照进了现实，她猛然抬头，入眼的却是本该在睡午觉的张琪。

“怎……怎么是你啊？”童烁一慌忙后退两步，受惊不小。

张琪摘下卫衣帽，茫然地问：“你不是在群里说没带伞回不去吗，我来给你送伞啊？”

童烁一生气地瞪她一眼：“你没事穿什么男装啊，我还以为是……”

“男装怎么了？这是我们官朗的同款卫衣好不好？”张琪转了转眼珠子，挑眉问，“原来你在等别人？而且还是个男的？”

张琪一头齐耳短发，身高超过一米七，平时爱穿深色、宽松的衣服，常常被误认为是哪位帅哥。但连自己的舍友都能认错自己，实在有些蹊跷。

童烁一咳嗽两声，掩饰情绪：“瞎说什么呢，我今天没戴隐形眼镜，看不清人脸而已。”

张琪开始感叹：“你竟然开始想男人了，小童童，你的‘爱豆’还在这里，你的心里却还想着别的男人。呵，女人啊。”

“我的‘爱豆’在哪里？”她慌张地看了看四周。

对方镇定地回答：“来，打开你的手机，按下 home 键。”

手机屏幕上，被设置成屏保图片的宣遥，正灿烂地笑着。

童烁一：“……”

周围寂静了几秒钟，张琪问：“是我看错了吗？为什么你这个眼神看起来很想揍我？”

童烁一冷眼看着她。

“对不起，我错了。”张琪撑开伞，“在揍我之前，我们先回宿舍好吗？”

童烁一暂时放下新仇旧怨，揽上张琪的胳膊，和张琪并肩站在伞下。没走两步，一个熟悉的人名却被风吹到耳畔。

“蔺晨同学，你的伞可以借我一半吗？”

十分钟前，食堂二楼。

庄梁吃完一大盘炒饭，心满意足地打了个饱嗝。

坐在他对面的蔺晨却好像没什么胃口，煲仔饭只动了两筷子就推到了一边，也不知是为了什么而埋头刷手机。

庄梁忍不住发问：“你为什么总喜欢来二食堂吃饭？离我们宿舍好远。”

蔺晨头也不抬地回答：“这边的煲仔饭好吃。”

“一食堂也有煲仔饭啊，也挺好吃的。”

“不一样。”

“哪里不一样？一食堂的肉还给得多一点。”

“我觉得这边的好吃。”

“可你都没怎么吃啊。好吃的话你不是应该……”

蔺晨“啪”的一声放下筷子，凉凉的目光扫向庄梁。

庄梁立马认㞞：“哎哟喂，外面是不是下雨了啊？也不知道我们悠悠带伞了没，我去打个电话哈，拜拜！”

对面的人憨笑一声，拎起书包就往外走。

一宿没睡的蔺晨头痛地揉了揉眉心。

他一中午连饭都无心吃，并不是白白浪费在手机上的。为了弥补先前的失误，他特意在各类购物 APP 上逛了一大圈，万能的网购平台竟没有那张“生日绝版发售的限定书签”出售。

难不成真的绝版了？

蔺晨皱着眉头想了想，又去下载了一个交易二手物品的应用软件。他在搜索栏里打出“书签”两个字，想了想，又加上了“宣遥”两个字。点击搜索，页面上立马弹出许多个商品。

浏览筛选一番后，总算不负所望。

宝贝详情上写着：【宣遥生日会限定书签，九成新，脱粉甩卖。买就送 CS 站子出的手幅和钥匙扣，不包邮。具体价格私聊。】

闲鱼上很多东西都这样，标价只标了个“一元”，但是实际价格是要跟卖家具体详谈的。

蔺晨懂这个规矩，于是点击卖家的头像，给对方发了则消息。

手机用户 2352352787：【您好，请问这套书签怎么卖？】

·

等到蔺晨与卖家沟通完时，外面的雨势却渐渐大了起来。

他猜想以童烁一的性格，出门前根本不会看天气预报，也不知道她现在在哪里，隐隐有些担忧。想要在聊天框里说些什么，犹豫许久却又放弃。

那个家伙满脑子只有追星，这点小事根本打扰不了她的好心情吧？他有时也会好奇，除了偶像以外，到底什么样的人才能走进她的视线？

说不清是因为想得太多，老天爷也来帮忙，还是蔺晨的特意绕道达到了效果，他刚准备往楼下走，隔着十几层台阶，瞧见了站在楼下的童烁一。

她果然没有带伞，有些焦灼地捧着手机，大概是在等人来。而蔺晨再三确定了自己的手机——她等的人不是自己。

他可以走到童烁一的面前，也可以兀自走开。但他都没有这样做。他只是站在原地，站在她看不见的视野盲区里，静静地看着这个姑娘。

或许是因为刚刚跑出去淋了些雨，童烁一的刘海被打湿了，懒洋洋地伏在额前。她今天难得地梳了两条麻花辫，乖巧地挂在耳朵两边，她总会下意识地摸一摸辫子，原本完好的发型被摸得乱糟糟的。

蔺晨总会关注到很多她的小细节，大部分是连当事人都不知道的。比如说，她走神的时候常常抿嘴，从齿尖到嘴角，晕开一道渐变的粉红；她的手腕上总是会套着一根备用的头绳，无聊时总会拨弄着玩；急躁的时候会原地徘徊，在小范围内不停转圈……

他看不见连绵成雾的雨，只看得见这些微不足道的细节——和由这些细节所构成的她。

蔺晨一步一步，沿着台阶，以极慢的速度往下走。他离她越来越近，而她却浑然不觉。

在剩下最后几级台阶之时，她等的人终于出现了。

这样也很好。

蔺晨想得豁达，没有走过去，而是拐了个弯，往另一个方向走去。

这个时候却出现了另一个人。

“蔺晨同学，你的伞可以借我一半吗？”

说话的人是个穿着白色长裙的女生，蔺晨认人的本领不算好，正在思考这个有些面熟的人到底是谁时，她又走近一步，拉住了他的衣袖。

“真是拜托了，我宿舍离这里很近，可以麻烦你吗？”女生注视着他，眼中泛着眸光，像极易受惊的小鹿。

这女生虽说得软糯，音量却不算小，恰好是能让过路人听见的程度。童烁一闻声望去，侧过头来，正对上蔺晨下意识看向她的目光。

就在这一刻，童烁一竟有些晃神。

天幕阴沉，日头藏在灰色的云层里，漏出稀疏的光线。偌大的校园都笼罩在朦胧的水汽里，细雨飘到脸上，凉滋滋的。而蔺晨那双澄澈的眼睛，也好像在雨水里浸泡过一样，水光潋滟。

周遭安静了几秒，短暂却足够让她确定，他所看向的那个人，是自己。

“请问可以吗？”

——直到这个声音将童烁一拉回现实。

童烁一认出了那个女生，黑色中分长发、四季不改的白裙，除了她的那位同系同学刘雪悠，不会是其他人。

“这不是我们系的刘雪悠吗？”张琪没戴眼镜，看得有些吃力，“她身边站着的……不是你那位青梅竹马吗？”

童烁一慌忙转过头来，假装没看见那边的两位，嘴硬地说：“什么青梅竹马，普通同学而已。”

张琪调侃：“普通同学？那你现在的表情怎么跟看见男朋友劈腿一样臭？”

“我才没……我去，你在干吗？”

童烁一还想反驳，张琪却一把将她推进雨幕中，自己则举着雨伞，离她三米远。

“小童童，作为你的僚机，我就只能帮你到这里了。”不待对方反应过来，张琪拔腿就跑，迅速消失在天外。

童烁一看着蔺晨，蔺晨也看着她，两个人大眼瞪小眼，沉默了许久。

“过来。”

终于，蔺晨开了口。

童烁一坚持倔强到最后一秒，故作镇定地哼起歌：“I am dancing in the rain,I am dancing in……阿嚏！”

没唱两句，她就打了个十分响亮的喷嚏。

“最后一遍。”蔺晨催促，“过来。”

童烁一抹了把脸上的雨水，灰溜溜地躲进了他的伞下。

这二位之间的氛围太过诡异，刘雪悠本以为自己是主角，却突然成了状况外的角色，只能尴尬地为自己找话。

她问：“同学，你是童烁一吧。我是新闻系三班的学生。我叫刘雪悠，你还记不记得我？”

不同班之间交流不多，但也并非完全不认识。童烁一极不情愿地点了点头。

“你也没有带伞吗，那不如我们一起走？”她皱着八字眉，可怜兮兮地说，“本来我是想等雨停的，但是我……我今天身体不太方便，这天又太冷了，只能过来拜托你们了……”

她大概是想说自己正好生理期，但是抬眼看了看蔺晨，又不好意思地换了种说法。

童烁一挠了挠头：“可是这伞只够两个人撑啊，要不我还是……”

她半条腿已经退到了伞外，没来得及开溜，蔺晨突然将伞塞到她的

手上，动作太过迅速，不由分说。

“你们俩撑伞回去吧。”他说，“我走回去。”

“可是……”

童烁一还想说什么，刘雪悠却主动走了过来，插在了她和蔺晨的中间。

“同学，这样太对不住你了。”刘雪悠羞涩地道谢，“你帮了我好几次了，还不知道你叫什么名字呢。”

她一双眼睛亮晶晶地注视着蔺晨,没有发现童烁一当场翻了个白眼。

蔺晨被后者的小动作逗乐了，手握成拳捂着嘴角掩饰笑容。

他想了想，微笑着回复道：“不用客气，我叫红领巾。”说罢，转身就走进了楼梯间。

刘雪悠愣愣地回过头，问身边人：“他刚才……说什么？”

童烁一微笑着重复：“你没听见吗？他说他姓‘红’，名‘领巾’。”

刘雪悠：“？”

多亏了红领巾同学的帮忙，童烁一和刘雪悠并肩撑着双人伞，在雨中不紧不慢地往女生宿舍走去。

她们沉默了一路，各怀心事。

刘雪悠又不傻，当然知道那个长得好看的男孩子是故意不想告诉她名字。其实她早就知道对方名叫蔺晨，是天文系的全系第一，她不过是想找个理由和对方相识罢了。

只可惜她好不容易跟庄梁打探到，他们今天会一起上乒乓球课，却没想到竟半路杀出个童烁一。

她记得童烁一这个人，大一军训的时候，她们曾经在同一个营。

当时，教官组织大家自我介绍，大部分女生都害羞腼腆，而童烁一却咋咋呼呼地说：“大家好，我叫童烁一！我的爱好是追星，宣遥大家听说过没？Starlight 的门面担当！大家有空多了解了解呗！”卖力的安利惹得哄堂大笑。

刘雪悠自然也对她“印象深刻”。

刘雪悠心里千回百转，用余光瞥了身旁人一眼，却见童烁一左手撑伞、右手握手机，正乐呵呵地看着宣遥的采访视频。

刘雪悠酝酿了一下，微笑着问道：“烁一，刚才的那个男生，是你的男朋友吗？我是不是打扰你们了呀？”

她早就打听过了，蔺晨压根没有女朋友，她故意这样问，只是想要试探对方。

童烁一立马摇头：“他怎么可能是我男朋友？你误会了，普通朋友而已。”

“啊……那太不好意思了。”刘雪悠又问，“那，他是什么系的呀？”

“你……很好奇？”童烁一挑眉看向对方，“我跟他很熟哦，你想打听什么？”

刘雪悠慌忙摆手：“没有啦没有啦，随便问问而已。”

童烁一打量了她几眼，不自觉地就在心里盘算了起来，渐渐生出几分恶趣味来。

“咳咳。”童烁一压低了声音，故作神秘，“我悄悄告诉你哈，其实啊，这个人叫蔺晨，是天文系的。我俩啊是在追星的时候认识的。”

刘雪悠愣了：“追……星？”

“对呀。”童烁一的表情十分真诚，“Starlight 组合的宣遥你听说过没？他就是我们的‘爱豆’！你别看这个蔺晨长得无欲无求的，其实是

我们饭圈十分知名的一位男饭，给宣遥砸了不少钱呢。”

刘雪悠的嘴角抽了抽：“不……不可能吧。他一个男孩子，为什么要追男歌手啊？”

“我本来也是不相信的，但是那不赶巧了吗？我去年暑假去渝城玩的时候，正好在宣遥录 MV 的地方遇见了他。”

童烁一一面说着，一面打开手机相册，翻出了一张蔺晨的照片。

照片的背景是她们饭圈知名的追星圣地，宣遥出道第一支 MV 的取景地。这几年 Starlight 组合有了名气后，这个公园门口还专门拉了条横幅，上头写着“来洪滨公园，享 Starlight 同款”。

横幅前站着一位男生，正是蔺晨本人。

其实，这张照片是童烁一逼着给蔺晨拍的，要不是因为蔺晨日常一副高岭之花的清冷范儿，旁人一定会辨认出他满脸的不情愿。

刘雪悠看到那张照片，三观都要炸裂了。

童烁一还在一旁添油加醋：“你可能不知道，蔺晨的高考成绩可高了，本来是能去北大的，但是他偏偏来了建大。你知道这是为什么吗？”

“为……为什么？”刘雪悠胆战心惊地提问。

“因为桑榆娱乐就在建陵呀！”童烁一猛拍大腿，“就市中心的东榆大楼，在颂月饭店对街的那个——那就是宣遥的公司呀！”

桑榆娱乐是全建陵最大的娱乐公司，学新闻的学生，有几个人会不知道它？

刘雪悠身形一晃，已经不太站得稳了。

气氛都烘托得差不多了，童烁一突然装傻，故作不知地问道：“欸，对了，你为啥对蔺晨这么好奇呀？你也喜欢宣遥吗？”

刘雪悠：“我……”

我喜欢个屁的宣遥。

她挤出一丝笑容，搪塞道：“随便问问……随便问问……”

童烁一和刘雪悠同一个系，宿舍也住得近，只不过一个在一楼另一个在二楼，她们走到宿舍大厅时分了手。

临走时，刘雪悠看着那把属于蔺晨的伞，含蓄地说：“这把伞……”

“我下次还给蔺晨！”童烁一抢白，“正好跟他一起聊聊前两天遥遥签售会的事。”

刘雪悠听了一路的“宣遥”“遥遥”，头都大了。她呵呵笑了一声，告辞：“那我先回去了，打扰。”

“慢走哦。”童烁一朝着她的背影招手。

楼梯间里传来对方哒哒哒跑上楼的声音，童烁一甩了甩湿淋淋的雨伞，往自己宿舍走去。

她回想起刘雪悠仰头看向蔺晨的眼神，不由自主地就叹了口气。这个姑娘的想法，真的是太好猜了。

大概是从高一开始，童烁一就学会辨认这种眼神了——你看见喜欢的人时，眼中不自觉地绽放出光芒来，就像是星星沉睡在眼眸中。

蔺晨在初中时还只是个瘦瘦矮矮的书呆子，鼻梁上架着一副黑框眼镜，遮住了好看的一张脸。男孩子发育晚，到了初三时才开始抽条，个子噌噌噌地往上蹿。初三开学时他还坐在教室前排，毕业时却快长到一米八了。

那一年，蔺晨以全市第三的成绩考进了襄津最好的重点高中育淮中学。童烁一比他差点，全市前五十，没能考进他所在的英才班。育淮中

学从他们那一届开始正式设立英才班，聚集了全校最好的师资，目标是冲刺清北。

童烁一所在的重点班也不算差，大家也都是冲着985和211去的，但是一朝沦落为二等公民，看向英才班学生的目光都变成了仰视。

每当蔺晨冷着一张脸从四楼的英才班来到三楼的重点班，来找童烁一讨要昨天借了没还的数学笔记时，全班的女生都会骤然安静下来，虽然仍是一副看书和聊天的模样，但下嘴唇早被咬得泛白，两只手都是冰冷的。

后来，童烁一不借笔记了，蔺晨每天早上也不再来三楼敲门，那些女生却还是会在同一时间朝同一个方向张望，有人走过窗前时，她们眼中眸光亮起，却在看清是别人时，再度黯淡下去。

周而复始，日日朝朝。

也有女生旁敲侧击地询问童烁一："你和蔺晨认识这么多年了，真的不喜欢他吗？"

彼时，童烁一猛然合上《当代歌坛》杂志，义愤填膺地说："狗屁！这家伙连'苏坡揪你耳'有几个成员都不知道！我跟他道不同不相为谋！"

女生："……"

对方愣了半天，才明白"苏坡揪你耳"是SuperJunior，是一个韩国组合。

后来，韩国哥哥去服兵役了，童烁一在伤心寂寞的日子里邂逅了新的真爱——新晋组合Starlight。

从此，她对蔺晨的控诉就变成了："你这家伙！竟然连Starlight的应援色都搞不清！星光色星光色！星光色当然是和星星一样的蓝色啊！”

蔺晨：“？”

蔺晨合上书，认真解释：“星星的颜色是由其表面温度决定的，我们看到的星星都是恒星，恒星表面进行着剧烈的热核反应，核燃料释放出能量，产生较高的温度，从而发出光线。星星也会经历青壮年、中年、老年时期，在这个过程中，星星的颜色是不断变化的。所以星光色是蓝色这个认知是不准……”

童烁一愤怒地捂上耳朵：“你闭嘴！”

虽然撑了伞，但是风雨飘摇，童烁一的衣服还是湿了一大半。她回到宿舍后立马洗了澡，换了身干净衣服。片刻的工夫，夜幕已降临了。

秋雨未歇，晚风更盛。天边划过一道闪电，预示着暴雨将至。

童烁一吹干了头发，看着挂在阳台上的黑色雨伞，忽然担忧起了蔺晨。

他淋到雨了吗？

说来实在懊恼，原本是她主动向蔺晨发脾气，闹得两人关系尴尬。但是蔺晨一开口，她就不自觉地回应了他。现在，她已然接受了他的帮助，想要再冷战下去都不好意思了。

童烁一的手在微信界面上滑了滑，点开了名为“母上”的聊天窗口。

昨天，童妈妈发了很多条很长的文字消息，童烁一看都不看一眼，现在后知后觉，一个字一个字地认真读了起来。

母上：【一一，妈这两天也想了很多，那天的确不该发那么大火的。但我的初心也是为你好。高考成绩刚出来的时候，妈觉得你考得不错，一时高兴，就没有多管你的专业选择，想让你学自己喜欢的。但是后来

我和你爸聊了很多次，越来越觉得学新闻不适合你，所以才想劝你转专业。】

五分钟后，又发了一条。

母上：【但是，可能就像晨晨说的那样吧，妈还是应该多给你一点信任，不能因为怕你吃苦就阻挠你的选择。妈知道错了，你要是原谅妈妈了，就回条消息好不好？】

还有一条，是今天早上发的。

母上：【襄津下雨了，你们那里下雨了吗？出门记得带把伞，千万别感冒了。】

童烁一看着窗外的大雨，眼眶渐渐发酸。

她之前没认真看，现在才发现，大概蔺晨早已经劝过自己老妈了，昨晚特地来找自己，是想让她们母女尽快和好，不是来责怪自己的。是她满肚子委屈憋得难受，找了个替罪羊来发泄情绪。

她想了很久，点开文字窗口，打下了一行字。

童烁一：【别担心。我带伞了。】

虽然没法张口说对不起，但你是我妈，你一定能明白我想说的话。

童烁一想通了，人与人的相处为什么要计较那么多，坦诚点不好吗，在心里憋太多的话不说，是会生病的。

她思考片刻，又给蔺晨发了一条微信。

童烁一：【亲爱的三三，能否去二食堂帮我打包一份什锦炒饭呢？】

三三：【胖死你算了。】

童烁一：【谢谢哟（^U^）ノ~】

不过三句话，却也算是破冰。

过了十分钟，蔺晨发消息说他到了宿舍楼下。童烁一立马穿上拖鞋，哒哒哒地跑了出去，走到一半又折回去，带上了两把雨伞。

雨又下大了，蔺晨进不了女生宿舍，撑着伞站在楼下。男孩子体质好，不怎么怕冷，因为下午有体育课，他特地换了运动短裤和宽松的蓝色短袖，风雨飘摇中，越发显得清冷。

初秋已至，遍布建陵的法国梧桐走向衰老，泛黄的枯枝与坚韧的绿叶交错于枝头，清淡与浓烈混杂。无根水冲刷人间，根茎衰败的枯叶被风雨裹挟，零落于花坛泥泞，为大地盖上一层薄薄的锦缎。

蔺晨站在梧桐树下，久久伫立，像一幅静默的画像。

“我来啦！”

童烁一撑起自己的星光色小伞，一面喊着一面冲进了大雨。

她将属于蔺晨的那把黑伞擦干净，折叠完好后扣上扣子，完好无缺地递给了它的主人。

“喏，还你。”她感激一笑。

蔺晨也将打包好的食物递过去，嘱咐道：“天凉了，我给你多点了碗汤。现在可能有点凉了，你用微波炉加热一下再喝。”

她将堆叠的两盒食物抱在怀里，胸膛感受着食物的余温。

“我……”

“其实……”

他们同时开口，似乎都有话要说。

童烁一主动说：“那什么，你先讲吧。”

蔺晨抿了抿唇，垂下眼帘，泠泠雨水一般的声音郑重地说了三个字：“对不起。”

她眨了眨眼，不知对方是在为什么而道歉。

“昨天晚上……是我鲁莽了。我想了很久，还是要跟你说声抱歉。”蔺晨说，“我只是希望你也替阿姨想想，她毕竟是你的妈妈。但是，我绝对没有斥责你的意思。只要是你喜欢的事情，我都支持。”

“谢谢你的支持。”童烁一将食品袋挂在手腕上，感激地握住了蔺晨的手，“既然你这么支持我，明天我们宣遥的时尚杂志发售，你能不能借点钱给我？”

蔺晨把手抽了出来，冷酷道：“再见！”

晚上，蔺晨洗完澡后翻《理论力学》的课本，一面翻书，一面做笔记。

从小到大，所有老师都夸赞蔺晨是个稳重踏实的孩子，特别是学习上，从来不要家长催促。但是，清净无求的三好生自从上了大学后，却时常受到红尘世俗的纷扰，写了一半，突然搁下了笔。

他忽然想起，虽然童烁一总是满嘴讲胡话，还故意说一些关于“爱豆”的话来气他，但是当他离开女生宿舍的时候，童烁一却张了张嘴，欲言又止，好似有什么心事要说，而直到最后都没能说成。

蔺晨从书包里翻出手机，顾不上班级群里 99+ 的群消息，点开了名为“不二”的聊天窗口。

蔺晨：【刚才，你是不是有什么话要跟我说来着？】

不二：【啊，被你发现了。】

蔺晨：【现在说吧。】

不二：【其实……我一直都想问你……】

屏幕前，无欲无求的三好学生，心跳漏了一拍。

不二：【你缺不缺洗衣液呀？】

蔺晨：【……】

不二：【宣遥新代言了蓝星星牌洗衣液，不如我们一起组团买吧！】

蔺晨：【不缺，不买，滚。】

踏实稳重的乖宝宝再度奓毛了。

蔺晨重新握起笔，一个字还没写上，身后又传来了舍友的躁动声。

“跑毒了跑毒了！快开车去安全区！不是你等等我啊我还没上车呢！”

“啊……我死了。”

带妹吃鸡的庄梁原本打算秀一把庄枪神的魅力，没想到妹子比他还狠，开着车自己跑了，丢下他一个人在安全区外失血而亡。

输便输了，那妹子却还不忘讽刺他一句：“哟，果然是装枪神。”

庄梁愤怒地摘下耳机，哀叹道：“女人啊，你的名字叫无情！”

对这句话感同身受的蔺晨难得一次没有谴责他乱改莎士比亚的名句，而是缓缓转过身来，目光炯炯地看着对方。

庄梁扔下手机，跑去洗手池准备洗衣服。

蔺晨盯着他的背影，问道：“庄梁，你缺洗衣液吗？”

庄梁莫名其妙：“还剩半瓶，咋了？”

蔺晨咳了咳：“那什么，蓝星星牌洗衣液还挺好用的，你想拼团吗？”

庄梁：“？”

Chapter 02
传说中的男饭

周三早上九点五十分，下课铃准时响起。

身边的同学都纷纷收拾东西准备离开，童烁一却仍黏在座位上，纹丝不动。她聚精会神地盯着手机下方的倒计器，用心灵感受着时针和分针的缓慢移动，用生命去拥抱流逝的时间。直到十分钟后，跳动的红色数字开始倒数三个数：

3——

2——

1——

抢！

童烁一拼命地点击右下角的“立马购买”按钮，界面在经历了两秒的“系统繁忙，请稍后再试”后终于刷新，顺利进入了下单和付款的流程。

直到确认了自己的支付宝余额在三秒内减少了四位数字的存款后，童烁一才深深地松了口气。

买到啦买到啦！

宣遥人生中第一次登上五大刊封面的杂志，她真的买到啦！

童烁一幸福地亲了亲自己的手机，将方才的交易界面截图，把个人信息抹去，但是留下了200本的购买数量和四位数的支出，再用软件在图上印上“@ChasingStar_宣遥个站”的水印，将这张图发布到了宣遥的微博超话。

【@ChasingStar_ 宣遥个站：# 宣遥 # 我们的故事是漫长的电影，未来的无数第一次，我们都将陪你见证。@Starlight_ 宣遥】

没多久，粉丝就纷纷涌入这条微博下开始评论。

【我们逐星爸爸来啦！爸爸又拍图又花钱，真的好辛苦！】

【这么多本，邮费都要上天了。宣遥有你了不起！】

【话不多说，@ 有钱人发言 bot，今天我又柠檬了。】

……

童烁一快乐地看着评论区的留言，连上课铃声都没有听到。

也不知过了多久，下课吵闹的声音全部消散，周围坐满了陌生的面孔，他们人手一本蓝色封面的大课本，正襟危坐，看着讲台。

童烁一茫然地抬起头，看见了黑板上一行大字——第三节 烧死与焚尸。

讲台前，老师打开 PPT，一边播放高清图片一边说："今天呢，我们要来学烧死与焚尸的区别，在正式上课之前，我们先来看一组图片。"

投影仪白布上骤然放映出一张放大的——烧焦尸体的高清无码大图。

童烁一生理性作呕，捂着嘴冲出了教室后门。

我的亲娘，这竟然是法医课。

法医学教授关心地问："还有人要吐的吗？一起去吧。记住千万别吐教室里哟。"

全班同学："……"

娱乐圈流量众多，宣遥出道不到两年，长得好、业务能力强，但论到他能够在帅哥堆里脱颖而出的原因，就不得不提到他那群战斗力贼强的粉丝了。

无论是品牌割韭菜还是杂志拼销量，宣遥的粉丝——圈名摇摇乐——财大气粗，砸起钱来毫不手软。

就说今天早上开抢的这个杂志，只是因为封面人物是宣遥，销量便暴涨十番，预售五万本全部秒切，首页上仍有一堆没买到杂志的小粉丝在哭爹喊娘。

内地娱乐市场正经发展也没几年，新偶像新演员一茬一茬地冒出来，但是饭圈尚未成体系，吵架不断，今日有大粉回踩、明日有粉头集资骗钱，乱得不行。

ChasingStar 这个站子最初是大毛创立的，成立一周年的时候集合了各场活动拍的图，制作了一本 Photobook（简称 PB），以较低的价格放到网上进行贩售。

本意是为了满足粉丝舔屏的愿望，没承想却引起轩然大波。

大毛也是从韩圈爬回来的粉丝，只知道在韩国贩售 PB 的现象十分普遍，见大家呼声极高便也这么做了。刚开始贩卖那几天，粉丝们热情高涨，销量直线上涨。但又过了一段日子，贩卖快截止前，却有人跳出来，指责 CS 站姐是利用“爱豆”赚钱，想卷款跑路。一度吵得沸沸扬扬。大毛不得不再三澄清，并关闭了贩卖通道。

实际上，童烁一刚接手站子的时候也很忐忑，她最大的本事就只有拍照和修图，但是站子的影响力一旦扩大，就不得不承担很多拍照意外的工作，必须小心谨慎，否则很容易出状况。

也不是没发生过，隔壁某“爱豆”的站姐掉皮，被无聊网友群起而攻之，甚至有人肉出站姐信息，进行人格侮辱的。

因此，童烁一这次买了 200 本杂志，除了为爱发电外，还有一部分原因也是害怕被说闲话。

大毛虽不管理站子了，但仍是宣遥的死忠粉，自己开的店生意兴隆，她花起钱来也毫不吝啬，得知粉圈姐妹有经济困难，自然也要帮上一帮。

今天早上其实是满课，只因为童烁一抢杂志抢得太兴奋，差点死在法医课上。她火急火燎从综合楼跑回传媒学院时，文化传播课已经上了二十分钟了。

这是门专业必修课，老师管理很严格。童烁一迟到了这么久，心里虚得慌，蹑手蹑脚地走到后门，轻轻推开一道缝隙，猫着腰往里走。

老师正背对着同学在黑板上写字，是个绝佳的好时机。

童烁一刚刚摸到一张空椅子，就快大功告成的时候，口袋里的手机突然振动了一下。

一个甜美而机械的女人声音在寂静的教室里响起——

“支付宝到账，二千元。”

全班同学唰地转过头看向了她。

童烁一：“……”

这一节的文化传播课，童烁一仿佛一夜之间回到了高中课堂，坐在全班第一排，老师的眼皮子底下，不仅不敢走神，还不能擦一擦老师时不时蹦出来的口水，可以说是“丧权辱国”、毫无底线了。

老师摆明了是要给这个上课迟到还影响课堂纪律的学生一个警告，点名童烁一回答问题的频率跟打地鼠似的，她前一个问题回答完了屁股还没沾到椅子，下一个问题就机关枪似的突突突往外喷。

好不容易熬完了两节课，结束之前，老师提了提期中考试的事情。

大部分老师在期中考试这件事上基本不会为难学生，有的老师甚至不用期中考试，主要还是看期末成绩。但是这门课程的老师很是特立独行。

他清了清嗓子，说："期中考试的内容是命题小论文，要求不高，三千字打印稿，给你们三个星期的时间，月底交上来就行了。至于小论文的题目嘛——"

他瞪了一眼前排那位不安分的女学生，接着说："题目就是我们正式上课之前播放的那则短片。大家根据我们上半学期所学的知识，进行一个传播学的分析。"

童烁一小声问身旁的同学："什么短片啊？我怎么没看见？"

老师仿佛听见了她的声音，冷冷地哼了一声："这个短片是我自己录的，网上是找不到的。某些学生要是因为迟到而没有看见这则短片，干脆就交一篇检讨好了，我看心情打个同情分。"

全班唯一迟到的童烁一无语凝噎。

童烁一走出教室的第一件事，就是给大毛打了一通电话泄愤。

"你死心吧！"她的口气听起来像是宁死不屈的革命战士，"别以为你给我打了两千块，我就会公开和宣遥的恋情！"

电话那头的大毛："？"

童烁一："上升期'爱豆'不能谈恋爱！我不会因为这点蝇头小利就毁了他的！"

大毛姐："再不说人话我就挂电话了。"

"别别别别。"她立马换回了正常的画风，"我就是想问问，你干吗突然给我打钱？你中彩票了？"

大毛哼哼一声，头脑清晰："我儿子的杂志单封，那必须有排场。

销量高才有商业价值，有了商业价值才会有品牌商关注他，有了品牌商关注他才能有好的代言，有了好的代言才能……”

童烁一接上：“割粉丝的韭菜。”

“割了我们的韭菜才能……说什么呢你！”大毛被她绕进去了，连忙换了个话题，“其实这里面一部分的钱，还是我卖宣遥周边得来的。肥水不流外人田，最后还是他的钱。”

童烁一惊了：“你又倒卖周边了？”

大毛姐啐了一口：“能别说得好像我是个黄牛一样吗？这不正好有新粉想买书签嘛，正好我手上周边太多放不下了，就打包全卖给她喽。”

“卖了多少？”

“也就……五六百吧。”

童烁一破口大骂：“你还是个人吗？”

饭圈出周边是常有的事情，但是因为宣遥的经纪公司管理严格，他们饭圈的周边大部分都不用花钱买，只是在每场活动前免费发给粉丝们，算是一种福利和应援。

但是倒卖周边的现象屡见不鲜，很多粉丝免费领取了周边物，转手就将成本价也不过几块钱的东西卖到了几十甚至几百的价位。

大毛咳了一声，自知理亏，气焰也小了下去：“我本来以为人家会砍价的，没想到这人还挺有钱，都不刀（砍价）一下，直接就付了款，那我不也是……”

她忏悔道：“我知道这个行为不对，所以赚的钱都给你了啊，你下次再花到宣遥身上，就当那个粉丝在变相投资吧。”

童烁一翻了个白眼，心疼起这个不知名的小粉丝，还没入饭圈，先被饭圈坑了一把。

两个饭圈姐妹聊了一路，直到童烁一走到了食堂门口，才把电话给挂了。

她走进去，在各家窗口前转了一圈，盘算着怎么才能吃得经济又营养。

追星只是一时的，穷才是一辈子的。两个小时前她兴高采烈地给爱豆砸钱时毫不手软，两个小时后却要为了一顿十块钱的午饭精打细算。追星的精神食粮再怎么丰富，也管不了她的生理性温饱。

童烁一叹了口气，走到了盘餐窗口前。

正逢饭点，食堂人头攒动，童烁一站在梅菜扣肉前待了很久，迟迟不讲话。食堂阿妈举着大勺子，忍不住催促：“小姑娘，你吃什么呀？”

她看着油汪汪美滋滋的梅菜扣肉，艰难地说了三个字：“炒青菜。”

“还有吗？”盛完了青菜，大妈又问。

她仍旧目不转睛，又说了三个字：“土豆丝。”

大妈忍不住问道：“这个扣肉要不要来一份？”

童烁一把头摇成了拨浪鼓，心酸地说：“不用了，两个菜就够了。”

说完，她可怜巴巴地捧起餐盘，活似上有老下有小、承受着巨大经济负担的社会底层穷苦人民。

老话说得好，追星一时爽，余额火葬场。

童烁一正准备离开时，一个高大的身影走到了一旁，熟悉的声音在耳畔想起。

“阿姨，麻烦要一份梅菜扣肉、一份糖醋排骨、一份麻婆豆腐、一份炖蛋。谢谢。”

她深吸一口气，抬眼看去，戴着金丝眼镜帅爆整个二食堂的蔺晨正

注视着自己。

“晨哥啊。”童烁一无视帅哥的颜值，满眼盯着蔺晨满到快溢出来的餐盘，问，“你点这么多，吃得完吗？”

众所周知，她从小到大只有在抱大腿时，才会喊对方一声“哥”。

蔺晨摇了摇头：“吃不完啊。”

童烁一双眼放光：“那能不能……”

“吃不完就倒掉呗。”蔺晨说，“不然剩下的给猪吃吗？”

童烁一：“……”

我怀疑你在侮辱我，并且我有证据。

士可杀不可辱,是可忍孰不可忍？我童烁一虽然穷,但是穷得有骨气，不就是几个菜吗？既然你这么侮辱我，那我就——

再求一求你……

“其实我们学校，也养了一只猪。”

童烁一用手指顶住鼻子，将鼻尖往上推了推，并模仿了几声猪叫：“哼哼。”

蔺晨：“……”

猪头一又哼了两声，可怜巴巴地问：“请问这位帅哥，能允许本猪吃一块扣肉吗？”

原本一脸冷漠的蔺晨终于绷不住了，“噗”的一声笑了出来。那双平静无波的眼中倏忽间吹过一阵春风，涟漪阵阵，流光溢彩。他很少这样笑，有些羞赧地撇过头去，手握成拳挡在唇边，嘴角的弧度被遮住，弯如新月的桃花眼尾却仍溢着光。

童烁一恍惚了一下，似乎很久没看见对方这样开心的模样了。

三三这个人，从小时候起就很安静，后来家中突逢变故，又使得他性格更加内敛，在外人面前很少讲话，总是面无表情。只有在无法无天的她的骚扰下，他才会毫无顾忌地展露自己真实的一面。

真实的那面包括但不限于怼人、毒舌、语死早……呃……

蔺晨咳了咳，很快从笑容里找回了自己的面具，抿了抿唇，恢复了平日的清冷。

他将餐盘转了转，说：“这边的菜我都没碰过，你放心吃吧。”

“没事没事！”童烁一抓起筷子就夹住了一块五花肉，乐得嘴门都把不住了，张口便道，“就算你吃过了我也不嫌弃！”

蔺晨愣了一下，抬眼看着她。

童烁一把口里的肉嚼完咽下去之后,才意识到自己刚才说了些什么。

彼此都是已经成年的大学生了，不像小时候累极了还能搁一张床上睡。方才那话听起来，未免有些过分亲密了。

若是从前，童烁一自然没心没肺想不到这么多。可是如今她藏着秘密，登时就心虚起来。

这该怎么解释……

“哦，我的意思是，你别让我碰到你吃过的菜。”

蔺晨皱了皱眉，似乎很是嫌弃。

童烁一：“滚蛋……”

她真是想得太多了，蔺晨这种不食人间烟火的人，就适合一辈子住在天文台里，随便娶一颗星星当老婆。

她摇了摇头，抢走了盘子里最大的一块肉。

故作洁癖的蔺晨注视着对面吃得香甜的小姑娘，没来由地失了

胃口。

其实，他真正想说的是——好巧，我也不嫌弃你的。

上午，蔺晨趁着课间刷了刷微博。

他不是一个热爱流连于社交网络的人，微博只用来看看时事新闻，咳，顺便观察观察童烁一的最新动态。

受童烁一耳濡目染，他也知道追星女孩最活跃的阵地是微博以及明星超话，虽然蔺晨花了很久才搞懂“超话”就是“超级话题”，而超级话题又是指微博里的兴趣内容社区，是一款将原有话题模式和社区属性相结合的产品……

但还是没搞懂这玩意儿是用来干吗的，简直比广义相对论还难搞懂。

总之，无论是“不二一点也不二”还是“ChasingStar_ 宣遥个站”，蔺晨的那个连头像都没有的微博账号，通通点击了关注。

于是乎，蔺晨很早就看见了逐星站晒出的一张订单截图，花费高达四千多。

当然，这里面的钱并非全部来自童烁一，她的站子里除了站姐、美工之外，还有什么技能也没有但是就是钱多的 ATM 机担当——她的“基友”大毛。

童烁一算账的能力不太好，为了避免出错，特地邀请了高考数学接近满分的蔺晨来共同管理内部收入和支出。而如果蔺晨没记错，自从上次砸钱买了几十箱专辑之后，她们的资金就只剩下不到两千块了。

也就是说，童烁一这位前几天还在火车站睡了一夜的穷鬼，刚刚拿到生活费，就一下子倒贴了两千多。

蔺晨的白眼快翻上天了。

这个傻子知不知道什么叫量力而行啊？

其实，在蔺晨的了解中，童烁一并不是一个花钱大手大脚的人。

有赖于身为著名建筑师的父亲，童家的经济条件很是不错，特别是在老家襄津这种物价便宜的三线城市，虽不是富二代，但是物质上也十分富足了。

身为教师的童妈妈生活很朴素，不喜欢奢华的小资情调，大部分的钱都投资给了教育。女儿在母亲的洗脑下，一直以为父亲是在工地里劳动的包工头，长久地以为自己家很普通，爸妈赚的都是血汗钱，因而从不乱用。

襄津虽是个三线城市，但也算注重教育，每年都会给高考成绩优异的学子颁发奖学金。于是，童烁一又顶着襄津市文科状元的名头，领取了三万元的巨款。

童家爸妈也算开明，这三万元全打进了她的支付宝账号，不限制她的使用，只是必须保证不能花在黄赌毒的非法事情上。

讲道理，童烁一不买包包也不买名牌化妆品，只在追星上比较舍得，看演唱会一定买最前排的 VIP 座位，“爱豆”代言的产品一定成箱成箱地往家搬。

谁还没个爱好咋的呢？蔺晨身边的男同学，宁可顿顿吃青菜，给游戏氪金的时候也丝毫不手软。虽然他本人没什么热爱的东西，但是他表示理解。

只是，蔺晨的理解程度只限于，童烁一能在追星的同时照顾好自己。

在二食堂里找到童烁一并非什么难事。

蔺晨早就背上了她这学期的课程表，算了算下课时间便守在了二食堂唯一的出入口等着，看着对方一路打电话而来，便跟在她的身后，走到了盘餐窗口。

童烁一舍不得点价格较高的荤菜，蔺晨虽不爱吃猪肉，仍是照着她的喜好点了好几样菜。

她果然很爱吃，狼吞虎咽的，怕是压根没吃早饭，饿了一上午。

蔺晨很想说“别吃这么着急，本来也是买给你的”，但是喉结滚了滚，说出口的却是：“你是饿死鬼投的胎吗？”

童烁一瞪了他一眼，吃饭的速度好歹慢了下来。

童烁一连续蹭了蔺晨三天的饭后，终于有所醒悟，决心找个兼职赚点饭菜钱。

其实蔺晨早已拜托庄梁留意一下附近的兼职，挑了几个家教和奶茶店的工作，但凡童烁一透露出一丝想要打工的意愿，他就会推荐给她。

但是呢，他显然低估了童烁一。

周五晚上，童烁一在微博、朋友圈、QQ 空间三大社交网络阵地，发布了同一条接稿信息——

全天接设计 + 修图

速修掰头，精修 PB，魔鬼灯光，捏脸去人

嘴严活好，物美价廉

你哥哥就是我哥哥，不绝美不收钱

可公开案例见 http://tongbucr.lofter.com

蔺晨把这篇文案从头至尾看了四五遍，每个字他都认识，但是真的不知道这家伙到底在说什么。

掰头是什么头？魔鬼灯光是什么灯光？捏脸去人是啥意思？你是女娲吗？

“活好”这两字听起来……怎么感觉黄黄的？

感激朋友圈没有访问记录，滑了一下屏幕，连假惺惺的赞都没点一下，假装没有看见这条动态。

童烁一却主动找了过来。

不二：【三三！】

不二：【牛奶皮肤蔺三三！八块腹肌蔺三三！舞台王者蔺三三！】

蔺晨：【……】

对方发来一个眼眶含泪的猫咪表情包，毫无尊严地乞求。

不二：【可不可以去空间转发一下我的最新说说？】

蔺晨：【不要。】

他果断拒绝。

童烁一自然不会轻易放弃，连着发了十几张不同类型的哭泣表情包，从霓虹皮卡丘发到南韩宋民国。

不二：【你帮帮忙吧嘤嘤嘤，只要人人都献出一点爱，不二就能把钱赚。】

不二：【你不转我不转，不二永远穷光蛋！】

不二：【我要是没钱吃饭，那还不得继续蹭你的吗，你算算，倒霉的不还是你吗？】

你蹭我一辈子饭都行。

蔺晨的心里话只说给自己听，无可奈何地回复了一声：【哦。】

他嘴上虽冷淡，但还是乖乖打开半辈子没用过的QQ空间，从特别关注里找到童烁一的这则广告，点击转发，连个“扩”字都懒得打。

建陵大学的学生惯常驻扎腾讯QQ，除了什么“建大表白墙”“建大闲鱼交换站”之外，大家还经常在空间里吵吵架、发发小秘密。

蔺晨上一次打开空间还是大一的时候，童烁一把校园卡给搞丢了，在表白墙哭天喊地发布，蔺晨不得已帮她转发了这条遗失启事，从此再也没点开过。

如果不是院系的很多重要通知都在QQ群里发布，他大概早就把这个企鹅软件给卸载了。

认识蔺晨的人大都知道他的习惯，因而突然刷出一条高岭之花的消息时，所有人都激动了起来，班级群里已经有人开了匿名，八卦蔺晨是不是被盗号了。

童烁一让蔺晨帮忙转发，的确是很明智的做法。蔺晨是个名声横跨几大学院的活招牌，堪称建大的顶级流量。半天工夫，童烁一就加了一打饭圈女孩，她不禁感慨了一下，原来本校隐藏的追星狗这么多。

虽然很多追的都是对家。

算了算了，钞票面前无敌人，就算让她有偿举灯牌她都乐意。

不知为何，蔺晨这边也被人找上了。

对方是播音主持系的系花（之一），之前和庄梁一起打过游戏，几番暗示之下通过庄梁要到了蔺晨的联系方式。

他原本是不愿意加这种毫无交集的陌生人的，但是庄梁卖惨，哭着说青梅竹马不稀罕自己，隔壁的系花也不喜欢自己，想跟美女交个朋友舍友还不帮忙，这日子真的没法过了。

蔺晨架不住他吵闹，只好勉强加了好友——只不过从来不回复人家罢了。要不是这次系花的聊天借口是有关童烁一修图的远大事业，蔺晨也不会多看一眼。

系花的聊天气泡粉粉嫩嫩的，开门见山地问：【你好呀，我看到你转发的说说了，有些问题能先咨询一下吗？】

蔺晨犹豫了一下，回了句：【问。】

系花：【我自己前两天拍了一套照片，觉得不太满意，能给修修吗？价格贵一点也没问题。】

蔺晨：【修。】

还是那句话，金钱面前无素人。

他刚在对话框里打了句"具体的你去问那个修图的"，还没来得及发出去，系花已经发过来一张自己的照片，照片上系花穿着锦绣旗袍，勾着身材曲线，前凸后翘。

系花：【这种图给不给修啊？】

蔺晨沉默了。

修个毛线，本来就是磨皮磨到毛孔都看不见了的精修图，还要怎么给你修？到底是来找人修图的还是聊天的？

不劳烦童烁一亲自出马处理这杯茶，蔺晨倒也实在，毫不犹豫地敲下一行字。

蔺晨：【不好意思，技术有限。】

蔺晨：【太丑了，修不了。】

贫穷使人奋发图强。童烁一励精图治，难得周六没睡懒觉，一大早就抱着电脑去了天文院的科教楼自习，打开 Photoshop 和 Lightroom，一坐就是两个小时。

天文楼虽然只对本系学生开放，但是有蔺晨坐在她身边，又有谁敢赶她走呢？

多亏了张琪和蔺晨的友情宣传，昨天晚上有不少人来联系童烁一，算一算，好几天的饭钱都赚回来了。

当然，除了圈内懂行情的姐妹们之外，还有一些奇奇怪怪的人找上了她。

比如说，昨天有一个叫庄梁的男的加上了她的微信，发来了一张自己的自拍，问：【同学，能不能把我修得帅一点？我准备用这张图去参加吃鸡男神评选赛。】

童烁一：【你想要怎么个帅法？】

庄梁：【就照着娱乐圈的男明星修，什么风格的都行，我不挑。】

童烁一将照片放大，越是仔细看，眉头皱得越深。照片上的男生其实也不丑，五官端正，小麦色的皮肤也很健康，就是……呃，表情太油腻了。他邪魅的笑容，仿佛是照着暴漫的表情包模仿的。

她原本也想恭维顾客几句，但是实在昧不下这个良心，决定替社会给这个过分自信的男生上一课。

童烁一：【其实你本人就长得挺像男明星的。】

庄梁乐了，连发好几个大笑的表情：【真的吗！哈哈哈哈，我也这么觉得！】

他又问：【那具体是哪个男明星啊？】

童烁一：【那必须得是影帝级别的人物吧！】

庄梁：【那得吧！】

童烁一：【比如说，黄老师和葛老师。】

庄梁：【……】

他默默下线。

教室里，蔺晨虽然在计算实验数据，但眼神时不时就会飘到身旁。余光里，他瞥见童烁一不停地揉着眼睛，担心她把角膜炎再给熬出来。他想了想，去自动贩卖机上买了瓶橙汁，推到了她面前。

童烁一这才想起身旁还有个活物，拧开瓶盖，道了声谢。

“你觉得这张图修得怎么样？”

童烁一指着笔记本电脑，宣遥的脸占据了整个屏幕，五官深邃，有点欧洲风味。

“唔。”蔺晨看了一眼，诚实地说，“脸太白，唇色太红，液化得不自然，磨皮过度。”

童烁一：“……”

她指责：“你真是直男审美。”

蔺晨反驳：“明明是你修图失真。”

童烁一不服气地瞪他一眼，但还是撤销了方才的操作，从头再来。

蔺晨从小学美术，在艺术环境下长大，有一点十分明白——审美不分对错，只有偏差。他只是尚未适应饭圈的审美偏向罢了。

蔺晨也喜欢拍照，不过是用胶卷相机拍风景，偏爱自然而不加修饰

的美，在后期的精雕细琢上没有什么研究。他看着童烁一眼花缭乱的操作，只觉得这是种别样的技能。

总有男性觉得娱乐圈的男明星都很娘，弱不禁风、花枝招展。但是蔺晨从小跟随父亲学习西方美术史，懂得无论不同艺术流派的画作有多大的差异，无论你是否能够欣赏它们的美，都该学会包容与尊重。

而包容与尊重，原本是所有人都应当拥有的品格。

童烁一的橙汁还没喝上几口，肚子却越来越痛，发出隐隐的声响。

她捂着肚子，拍了拍正在思考人生大智慧的蔺晨，皱着眉头说："那什么，我去趟厕所，你帮我接着修图。"

蔺晨正想问为什么，童烁一突然憋不住，抓起手边一包餐巾纸就冲出了教室。

"快点！赶时间！"

跑没影之前，她留下了这么一句。

蔺晨不知道，饭圈修图也是有讲究的。

童烁一手上的这套图是大毛介绍来的。宣遥今天早上从北京飞建陵，机场拍图的站姐因为要跟机，所以额外请美工来帮忙速修。

机场图和舞台图有着很大的不同。舞台图求的是精致细腻，粉丝们愿意等久一点来求一个绝美饭拍。

但偶像们一年要飞行好几十次，机场人员混杂，有时候拍起来也不太讲究。因而，机场图求的是一个快准稳，一旦过了赏味期限，这类图的热度就会断崖式下跌。站姐们自然希望自己辛辛苦苦拍的图被更多人看到，因而对于美工的手速要求极高。

大毛已经催过童烁一几次了，要是再不快一点，以后就很难求回头客了。

蔺晨对 PS 这类软件只略微了解，方才看见过童烁一的一些操作，大致也记下来了部分。见对方是真的着急，只好硬着头皮上场。

唔，先调一下亮度……对比度也改一改……曲线，曲线在哪里……是不是要磨个皮，哪里是磨皮的按钮?

他正全身心地投入在这项重大事业里,突然有人在身后喊了他一声。

“好巧啊，我们又遇见了。”

蔺晨转头看去，之前弄丢书签的那个女生正站在课桌边。

如果他没记错的话，这个星期已经是第五次遇见这个人了。对于隔得很远的天文院和传媒学院而言，这并不是个自然的概率。

刘雪悠穿着白色针织衫，长发翩翩，她故作惊讶：“我来这里找朋友，没想到刚走进教室就看见你了。我刚才看你好专注的，是在忙什……”

什么啊?

她往电脑屏幕上看了一眼，刚刚磨完皮的宣遥，肤白貌美，笑容甜甜。

她声音都哑了：“这……这是……”

“宣遥。”蔺晨以为她不认识，便介绍了一下，“Starlight 组合的那个宣遥。”

他受童烁一影响颇深，连口气都模仿得与她一样。

——“你别看这个蔺晨长得无欲无求的，其实是我们饭圈十分知名的一位男饭，给宣遥砸了不少钱呢！”

童烁一前几天说的话如一道惊雷在耳边炸开。

刘雪悠扶住桌角，有点站不稳。

她问：“那你这是在……”

“修图。”蔺晨答得毫不犹豫。

他又看了看自己刚刚完成的作品，虽然已经尽力去模仿童烁一修图的风格了，但他心里还有点不踏实。他想了想，这人不也是个女生吗，应该审美会差不多吧？

蔺晨把笔记本电脑往她面前推了推，问：“你觉得好看吗？”

他是问，你觉得这个修图修得好看吗？

刘雪悠却误会了，她以为蔺晨是问——你觉得宣遥好看吗？

她只好挤出一个尴尬的微笑来，十分勉强地点了点头：“好看，挺好看的……”

蔺晨得到了肯定，信心大增。他一面看着自己的作品一面点头：“嗯，我也觉得特好看。”

刘雪悠以为他是在对着宣遥犯花痴，整个人都不好了。

“那什么……我就不打扰你了哈，先走了……”

刘雪悠丢下一句话，逃也似的跑了出去。

跑出科教楼后，刘雪悠震撼的心情才渐渐平复了下来，随之而来的是冰凉刺骨的失望感。

蔺晨他竟然……真的追星。

前些天听见童烁一的那番话时，刘雪悠曾经有过片刻的动摇。但是旁人的话有几分真几分假到底还是不清楚的，更何况她一向觉得这个童烁一不靠谱，回去仔细想了想，终究没选择相信。

没想到在今天，她竟然正好撞击了蔺晨在给宣遥修图！他竟然还当面夸赞宣遥好看！

什么天文系高岭之花，什么年级第一，什么清冷男神，全部的人设都碎裂成了渣滓。

刘雪悠越想越生气，当即给她的发小庄梁发了条消息。

刘雪悠：【蔺晨竟然喜欢宣遥？你为什么不早告诉我？】

狗庄：【？】

狗庄：【宣遥是哪个系的？没听说过啊。】

刘雪悠：【……】

童烁一从洗手间回来的时候，正瞧见刘雪悠魂不守舍地冲出教室。她奇怪地挠了挠头，回到了座位上。

她问蔺晨："刚才刘雪悠是不是过来了？她是找你的吗？"

蔺晨茫然："刘雪悠？谁啊？"

"就是上次那个……"她正打算解释，想了想，作罢了，"算了，不重要。"

不记得才好呢。

蔺晨在天文楼陪了童烁一一整天，总算是搞懂了韩风修图和日系修图有什么区别了。他使劲儿揉了揉太阳穴，决定回去多看几张星云图换换眼。

回到宿舍的时候，舍友庄梁竟然没有在打游戏，这么大块头的一个男生，整个人蜷缩在小小的椅子上，隐隐有要坐塌的可能。

今天的庄梁似乎有点忧郁，五官都拧巴在了一起，像只悲伤的法国斗牛犬。

蔺晨拍了拍他的肩膀，问：“喂，你怎么了？”

庄梁瞪了他一眼，毫无征兆地问：“你是不是又谈恋爱了？”

蔺晨张了张嘴，还没来得及问这个“又”是什么意思，就立马被抢白了。

庄梁义愤填膺：“你女朋友是不是叫宣遥？”

蔺晨：“……”

庄梁骂骂咧咧的，却完全不知道自己在说什么：“你怎么不早点告诉我啊？我就不让悠悠去找你了。现在好了，她生我气了，都不理我了。”

哦，悠悠。蔺晨想了想，听明白了。

庄梁青梅竹马的发小。

他回忆起什么，语气骤冷：“这些天我上哪儿都能遇到她，是不是你在后面帮忙？”

庄梁心虚地点了点头。

蔺晨一下子就恼了，骂得不留情面：“你什么毛病？你不是喜欢她好多年了吗？”

大一的时候他们宿舍集体出去喝过酒，庄梁那日喝醉了，屁话特别多，吧啦吧啦地逢人便说他和青梅竹马的悠悠感情多么要好——我们悠悠人美心善还有才，什么时候才能跟我在一起啊？

蔺晨从不撬哥们墙脚，但也第一次看见有人把喜欢的人往别人身上推的。

庄梁委屈极了：“可她不喜欢我啊，我有什么办法……她说她看见你就很开心，我也只是想让她开心一点。”

蔺晨恨不得一巴掌拍他脑门上，强迫他清醒清醒，别一天到晚地想做圣爹。

这个舍友天性从心，平日里没心没肺的，但是真的想对一个人好，那是当真掏心掏肺，全然不顾自己的死活。牺牲精神比争取真爱的决心还要大。

喜欢的姑娘看上别人了，他哪怕自己难过得死去活来，也想让她幸福。

但是，这些全是废话。

连自己的幸福都保不住的人，有什么资格去保证别人的幸福?

庄梁抱着自己的膝盖，耷拉着脸："你不会懂的，我们不是一类人。我估计你这样的，从小到大都没喜欢过别人吧。你不会懂喜欢一个人是什么感觉的。"

他自己都不知道，这话有多么诛心。

——你不会懂喜欢一个人是什么感觉的。

旁观者总觉得自己比当事人更看得清。

蔺晨捡起庄梁丢在地上的外套，拍了拍灰，挂在了对方的椅子上。

默了很久，蔺晨才开口：

"我们的确不是一类人。

"我只想要陪在喜欢的人身边，而不是将她越推越远。"

二十年前，天文与科学学院在建陵大学成立，第一任院长为第一届的学生们送上两样礼物。第一件礼物是十台星特朗天文望远镜，储藏在天文楼供学生公用。

第二件礼物，则是种植了满院的桂花树。

外头的人都说搞科学的人死板，但天文学院是全校生态环境最好的

学院，春夏枝叶葱郁，到了秋天，一簇簇的淡黄色悄然爬上枝头，纤细柔软的花蕊温柔绽放。

在满院芬芳中，天文学院迎来了第二十个院庆日。

天文学院虽然人少，但是仪式感很强，每年的院庆都会精心筹备，开幕讲座、闭幕晚会，一个都不落。今年是二十周年，更是非同一般，提前一个多月就在各年级抓壮丁了。

蔺晨就是这批倒霉蛋中的一个。

大四的学长学姐们，该考研的考研、该实习的实习，大一大二的小朋友们连诸位教授都没认全，重担都落在了大三学生的身上。蔺晨和庄梁兄弟俩，一个负责统筹安排，一个承担劳动输出，天不亮就出了门，半轮月亮仍挂在天上。

“矿泉水搬到这边，每一个嘉宾位置上都摆一瓶。最近降温了，热水也多准备一些。”

会场内灯火大亮，学生们打着哈欠做着最后的准备工作。蔺晨捧着一沓厚厚的资料册，眼观八方，每个细节都要求得严苛。

“椅子不要搬过来。叶老年纪很大了，这边腾出位置给她的轮椅进。”

“外国嘉宾的位置在东边不是西边，英文流程表不要放在这边。还有，你第三段第四行第七个单词打错了，重新修改。”

开幕日请来了不少中外嘉宾，大多是天文学界有名的天文学家，也不乏年事已高的行业奠基人。为了迎接这几十位来宾，全场人员忙得晕头转向。

“摄像机记得放……等等，校媒记者来了吗？”蔺晨扫了扫现场，又翻了翻工作人员名单，“这次负责拍摄和采访的记者呢？传媒学院那边不是安排好了……吗……”

“校媒记者”人员表一栏，首行首列第一个名字，赫然写着“童烁一”三个大字。

庄梁从搬运工作中腾出空闲，一面擦汗一面扫了眼空荡荡的签到表，吐槽道：“怎么还有人没来？传媒学院的这群记者怎么回事？我们都忙了半天了，等会儿一定要好好说一说他们……你瞪我干什么？我的话不对吗？”

蔺晨目光冷冽，毫无感情地问：“卫星模型搬到展示厅了吗？宣传册发了吗？投影仪打开来调试过了吗？我看你好像很闲？”

庄梁委屈极了：“我都忙了这么久了，好不容易歇一会儿……你凶什么凶，我走还不行吗？”可怜小庄不明所以，灰溜溜地跑出了会场。

蔺晨看了眼手表，六点五十八分，离约定的时间还差两分钟。

早上六点整，童烁一的手机闹钟准时响起。

她的铃声是 Starlight 组合的出道曲，开头第一句就是宣遥清澈好听的歌喉：“Cause you are my shining star……”

童烁一闭着眼在枕头边摸索了几下，黑暗中一通乱摸，终于把闹钟给关掉了。她又将被子往上拉了拉，打算再眯个四分钟。

三十分钟后，她陡然惊醒，整个床铺剧烈晃动，隔壁床位的张琪在睡梦中经历了一场地震。

“张琪，你快醒醒！出事啦！”

张琪腾地坐了起来，尚未从美梦中走出来的她张口就问：“出什么事了？谁家房子塌了？”

“六点半了！要迟到了！”童烁一嚷嚷着冲进了洗手间。

她以最快的速度洗脸刷牙，从衣柜里随手拿了一件白卫衣和牛仔外套就把自己塞了进去，将昨天晚上收拾好的书包背上，嘴里咬着一根橡皮筋，一面扎头发一面往宿舍外跑。

童烁一和张琪一路以百米冲刺的速度奔向天文学院，到达会场时已经晕头转向，瞧见人群中站着位身穿黑色西装的高大背影，想也没想便冲了过去。

“不、不好意思，我们来……”童烁一看了眼手机，不早不晚，离七点只差一分钟，刚刚还想道歉的她立马话锋一转，大言不惭地说，“我们来得还挺巧的哈！”

抬头，蔺晨一张脸上全无表情，灯光从头顶照下来，半张脸都笼罩在化不开的阴影里。

童烁一当场认㞞：“对不起，我错了，我下次一定提前到现场。”

“不是啊，我们明明……”张琪不懂她为什么突然道歉，正想上前反驳，却被身旁人拉了回来。

原以为还会被教训几句，没想到蔺晨却大发慈悲，没讲多余的话，只说：“摄像机放在这个位置，不要挡在走道上。”

“嗯嗯嗯，好好好，我们一定做到！”童烁一赔着笑脸，憨傻又乖巧。

认真工作时的蔺晨最可怕，作为发小，童烁一可是太了解他了。

蔺晨没再说什么，只看了她两眼，转身又去处理其他事情了。

可能是智商还没睡醒，张琪挠了挠杂草一样的头发，奇怪地看着如此卑微的舍友。她拉了拉童烁一的衣角，奇怪地问：“你认识他？”

“他就是我之前跟你说过的，学天文的那位发小。”童烁一看着蔺晨的背影小声解释。

“哦……”张琪恍然，“他就是那个脾气差但是长得帅的天文系大佬啊。”

童烁一慌张地捂住她的嘴：“你小声一点，他会听见……”

果然，脾气差但是长得帅的天文系大佬重新转过身来，看向童烁一，凛冽的目光如一道射线。

“过来，我有话问你。”蔺晨原本在和学弟钟亦讲话，说到一半不知道想到了什么，朝身后人勾了勾手。

童烁一环视了一圈，确定他话中所指的人是自己后，不情不愿地走了过去。

原本以为他是要把刚才没骂的话补上，却听见他没头没脑地问了一句：“早饭吃了没？”

“啊？”童烁一愣了半天，“没、没吃啊。”

蔺晨点了点头，又侧过身去对钟亦说：“等会儿给嘉宾准备茶点的时候再多带两份三明治来。”

“三明治……给我们准备的？”童烁一捂住胸口，面露震惊。

张琪探出脑袋来，惊喜地问：“我也有份吗？”

“行了，你去吧。”蔺晨打发走钟亦，手握成拳遮住嘴角，不咸不淡地说，“吃饱了饭就给我好好工作。”

童烁一受宠若惊，本着天下没有白吃的午餐的心情，问道：“三明治多少钱啊？”

蔺晨挑眉：“你准备付钱？”

她点了点头：“对啊，我这个人从来不白吃别人的，欠人的钱一天不还我这心里就……”

“那好啊，上周借的五百块，上月借的两百块，去年春节抢走的我的红包。”蔺晨面不改色地打断她，“你什么时候还给我？”

童烁一打了个哈哈：“那什么，三脚架不能放在人行道里是吧？记住了！我这就去安装机位！”说完，拉着张琪就跑了。

蔺晨无奈地摇了摇头，左手放下、拳头松开，嘴角的弧度却几乎扬到了天上。

他回过头，钟亦仍站在原地，傻呵呵地看着自己发笑。

蔺晨立马咳嗽一声，恢复了毫无波澜的冰块脸，欲盖弥彰地啐学弟一声：“笑什么笑，工作都做完了吗？”

钟亦嘿嘿一笑，调侃道：“学长，你是不是……”

“我不是。”蔺晨立马反驳。

钟亦摸了摸鼻子：“我还没说是什么呢，你这么急着否认明显就是心里有鬼……学长你别走呀！我话还没说完呢！”

蔺晨懒得听他做多余的分析，捧着资料册就移步去了展示厅。

Chapter 03
建大顶级流量

院庆竟然能有这么大阵势，童烁一还是第一次见到。

天文学院虽然成立时间比其他学院晚，但一直是人才培养重地，二十年来出过许多中科院院士，优秀学子遍及全国各大天文台。

童烁一原以为这次的活动会和从前一样，只要架个机子自动录制就好，但一想到今日到场的许多嘉宾都是常年埋头天文台和研究所，不轻易参加公开活动的天文学家，她心中一时燃烧起几分使命感来，想要用镜头来记录这些默默在人群背后努力奉献着的人。

这次院庆开办了不少活动，除了开幕式的交流会之外，还邀请了不少教授举办讲座。与往常天文学院内部的专业性讲授不同，这次的讲座面向全校师生，以科普和趣味为主，吸引了不少其他学院的学生。

校媒记者的工作是分工来的，童烁一和张琪只负责开幕式，结束了这部分拍摄后便闲了下来。但她们倒不急着回去，也随着人群一起去了大礼堂，充实自己的科学知识。

她们虽听说这次的讲座十分火爆，却没料到本校同学对天文有着这样强烈的兴趣。刚刚走进大礼堂，便被眼前乌泱泱的人群给惊吓到了，前排位置全被抢空，只剩最后几排的角落还剩着零星的空位。

童烁一和张琪在场内晃了一圈，正犹豫着要不拣个角落随便坐算了，一个声音却叫住了她。

“童不二。”

熟悉的声音在耳边响起时，童烁一还以为自己听错了。她后退了几步，在许多颗人头里寻找了一下，恍恍惚惚中看见了一张好看的脸。

蔺晨坐在靠窗的位置上，朝她招了招手。

拂晓的晨光朦朦胧胧地洒在他的头顶，沿着他侧脸的轮廓镶边镀金。他双眼澄明，仿佛飘浮在天上的纯白的云，太阳藏在云朵之后，播洒着耀眼的光辉，承袭着夏季的温暖。

“你怎么在这儿？”发愣的童烁一突然被蔺晨的话唤醒。

她移开目光，迟钝地回答：“我……我来听讲座啊，但是好像没位置了。”她抬眼看了看大门，“要不我还是坐后边……”

“正好。”蔺晨推了推邻座的庄梁，“我舍友早就想坐后面了。”

庄梁正躺在椅子上打瞌睡呢，突然被一巴掌给拍醒了，震惊又无辜地看向了蔺晨，茫然地问：“啊？你说什么？坐后面？我为什么要……”

他转过头，正巧瞥见走道里站着一个扎着丸子头的女孩子，后半句话堵在嗓子眼突然就说不出来了。

感觉到自己的脚突然被踩了一下，庄梁一个哆嗦，看了看蔺晨又看了看这个姑娘，后知后觉地醒悟过来。

“啊……对！”他终于接上了舍友的话，“那什么，我……我觉得后排睡得比较舒服。”

庄梁立马背上自己的书包，将位置腾了出来，赔着笑脸对童烁一说：“我的位置给你坐吧，我去后头了哈。”

他转头冲着张琪做了个暧昧的鬼脸，识相地逃走了。

张琪心领神会，立马托辞开溜：“哇，隔壁班在拍照啊，我过去看看哈！”一阵烟似的，不见了踪迹。

童烁一自己的脑袋还没清醒呢，压根没看出来这俩人有什么问题，她将书包取了下来，一屁股就坐在了蔺晨的旁边。

“你怎么在这儿啊？”童烁一疑惑，“没有工作了吗？”

蔺晨的眼神朝窗外飘了飘，风轻云淡地说：“教授们在会议室里聊天，不需要我们在场。正好这边的讲座需要人在现场监督，我就过来了。”

他费尽心思地编了个理由，飘忽的眼神泄露心虚，而身边人只敷衍地“嗯嗯嗯”了几声。他低头一瞧，她正专心刷着微博，压根没听自己在说什么——原来也不过随便问问。

屏幕里的大明星穿着中学校服，在人群中也仍旧耀眼出众。童烁一捧着脸感慨道：“呜呜呜，我们遥遥真是太好看了。好好上学，妈妈等你。”

蔺晨：“……”

没过多久，几位教授纷纷入座，喧闹的大礼堂很快便安静下来。

戴教授是这场讲座的主讲人，他一身黑色正装配酒红色鲜艳领带，两鬓虽斑白，睿智有神的目光却透着少年之气，未语先露三分笑，和蔼而慈祥。

讲座的主题名为《宇宙中的光明》，科普宇宙中的发光星体，信息量丰富但语言通俗幽默，时常惹得台下学生齐声大笑。

戴教授说：“物理学中有一个单位叫 candela，坎德拉，这是描述发光强度的物理单位。一烛光是指光源在指定方向的单位立体角内发出的光通量。”

物理名词听得门外汉们一脸迷茫，他笑着解释道：“举例来说，太阳的亮度值是 $1.5*10cd/m^2$；满月的亮度值是 $2.5*10^3cd/m^2$。

“如果你喜欢的人会发光，对方的亮度值又会是多少坎德拉呢？”

台下的学生同时安静了下来，几秒后终于有人听懂教授的浪漫主义，星星零零的掌声很快汇聚成满堂彩。

童烁一扯了扯蔺晨的袖子，激动地说：“我明白这话的意思，就像我们总是说，偶像的眼睛里有星星。喜欢一个的时候，那个人是会发光的。对不对？”

要多喜欢一个人，才能看见那人的光芒呢？

蔺晨没有问出口，只是轻轻点了点头。

得到了肯定后，童烁一更来劲儿了：“我们宣遥的眼睛里不仅有星星，还有月亮呢！光芒更亮！”

蔺晨：“科学常识——月亮自己是不会发光的。月光是月球受到太阳的照射而反射出的太阳光，用月光和星光来比较是不科学的。另外……”

“我也跟你科普一个知识。”童烁一打断他，“你要是再说下去，我能让你原地看见星星。”

蔺晨：“？”

童烁一：“我一拳下去，保证打得你眼冒金星。怎么样，想看星星吗？”

蔺晨：“……”

讲座虽然有趣，却架不住童烁一晚睡早起的疲惫。没过多久，童烁一仰望星空的脖子就开始发酸了，她将脑袋倚在座椅后背上，打了个哈欠，不自觉地犯起困来。

她将背包抱在怀里，找了个舒服的坐姿，闭上眼：“那什么，我先睡一觉，结束了记得喊我。”

蔺晨点了点头，默默将手机调成了静音状态。

她是真的有点累了，昨晚修图也修到很晚，眼睛都熬成兔子了，还在一遍又一遍调整饱和度和对比度，以给那位龟毛甲方创造“酷帅中透着唯美”的感觉。

今天起这么早赶工，童烁一觉得自己的脑子都转不动了，好不容易安稳了下来，脑袋一歪，没几分钟就昏昏沉沉地睡了过去。

她睡觉的时候喜欢在怀里抱一个东西，整个身体都陷在了软垫里面，像回到壳子里的蜗牛。脑袋随意地歪在一边，丸子头顶着靠椅，算半个枕头。她长长的睫毛覆了下来，晨光斜照，投射出长长的影子。粉嫩的嘴巴不自觉地轻轻噘着，委屈又可爱。

童烁一这一觉睡得极沉，影影绰绰做了个美梦，对自己不安分的睡姿全然不知。

她睡觉时没有什么怪癖，只是一定要有一个支撑点托着脑袋才能睡得踏实。起初，她还能保持着后仰倚在座椅的靠背上的姿势，时间一久，不知不觉就朝左边倾斜了去，正好贴在蔺晨的肩上。

这本也算不得什么，蔺晨睁一只眼闭一只眼便忍下了。只是这家伙虽瘦瘦小小一只，脑袋倒是挺沉的，他的肩膀长时间无法动弹，很快就发了麻，整个右臂都泛起凉意。

蔺晨轻轻托起童烁一的脑袋，想替她换个支撑点，拯救血液不循环的手臂。不料对方不知梦到了什么，昏睡中随意嘟囔了句“黑酸走开”。蔺晨吓了一跳，手上无意间失了力道，她的小脑袋就滑了下去，沿着他的手掌、侧腰，最后压在了他的大腿上。

或许是趴着睡觉的姿势还挺舒服的，童烁一稍稍翻了个身，彻底把蔺晨的腿当作了枕头。

蔺晨：“……”

理智告诉他，大庭广众之下这样的亲密姿势并不合适，但是他的潜意识却占了上风，目光像甜腻的梨膏糖一样黏在了女孩的身上，怎么也挪不开。

他不自觉地抬起手，想要为童烁一拨一拨散乱的鬓发。指尖即将触碰到女孩白皙的皮肤时，他突然像烫到了一样收了回来，心脏加速跳动的声音，不用听诊器也能听得一清二楚。

蔺晨的喉结动了动，最终只化为嘴角一抹无奈的笑容。

真是……拿这个家伙没办法啊。

一场讲座两个小时，用来睡觉是怎么也不够的。

庄梁的肚子早就饿扁了，讲座一结束他就朝着蔺晨奔了过去，口中嚷嚷着：“晨哥，走，吃饭去，可把我给饿死了。”

周围的群众都收拾东西往礼堂外走了，蔺晨却端坐在位置上岿然不动。他伸出一根食指，做了个噤声的动作，目光如一潭清池，是从未有过的柔和。

缺根筋的庄梁压根没留意到对方的变化，催促道：“走不走？再不走食堂的糖醋排骨可就……”

“你小点声讲话能死吗？”见他压根没看懂自己的意思，蔺晨眼底的柔和荡然无存，“冷漠你晨哥”重新上线，“没看见她在睡觉呢？”

但这句警告到底还是晚了一步，童烁一揉了揉眼睛，下意识地撑着身旁人的腿，缓缓直起了身。

她睡眼惺忪地问：“什么糖醋排骨……”

庄梁这才发现童烁一在一旁睡觉，不对，准确地说，她是趴在蔺晨的腿上睡觉。

他揉了揉眼睛，怀疑没睡醒的那个人是自己。

蔺晨轻柔地安抚道："没事，你接着睡吧。"

"哦，好。"她稀里糊涂地又靠了下去，眼睛闭上两秒后突然猛地睁开，腾地坐直了身子。

她瞳孔放大，震惊地问："我……我刚才一直这么睡的吗？"

蔺晨想解释："你刚才……"

"你什么居心？"童烁一质问，"我认识你这么多年，竟然不知道你是这种人！"

蔺晨："明明是你自己……"

她大言不惭："就算你贪图我的美貌，也应该收敛一点！"

庄梁也站在一旁附和："蔺晨啊，这就是你的不对了。啧啧啧，我对你太失望了。"

蔺晨的嘴角抽了抽。

童烁一拍了拍他的肩膀："我说蔺晨啊，我知道你母胎单身这么多年也不容易，要是想认识女孩子的话我可以给你介绍一个……"

"爱睡睡，不睡起开。"蔺晨白眼翻上了天，起身就走。

童烁一茫然地坐在原位置，无声地用眼神向庄梁表示无奈："他这个人就是这个臭脾气，哎呀呀，忍一忍就好了。"

庄梁回她一个眼神，表示深有体会。

童烁一在食堂里找到了临阵脱逃的舍友老张。两个女孩边吃饭边聊天，饭吃了一半，张琪听见童烁一说，她要给蔺晨出"高清"。

这算是饭圈行话，拓展开来说明白了，就是指用相机拍蔺晨的高清照片。但当然不是简单的按按快门的事儿，抓拍、构图乃至天然光线都十分讲究，后期修图和调色也十分需要脑力。在这个世界上除了粉丝，还有谁愿意为别人做免费摄影劳工？

但是童烁一愿意。这一点让张琪颇为讶异。

童烁一嘴里的米饭还没嚼干净，就含含糊糊地反复“重播”：“虽然三三这个人嘴毒脾气差，但长得嘛是真不错，到时候照片传到网上，说不定也能做个小网红呢。”

张琪问：“他做不做网红关你什么事？”

“我……”童烁一想了想，“我俩谁跟谁啊，他要是发家了，我也能蹭点红利嘛。”

张琪放下筷子，正色道：“你这个态度很令我伤心，出高清是一个什么性质的事情？这是关乎着‘爱豆’的尊严与未来，象征着粉丝的爱意与正义的大事！没有高清图，我们的‘爱豆’怎么出圈吸粉？没有高清图，舞台上的绝美瞬间要怎么记录？没有高清图，我们的粉丝帝国怎么扩张强大？没有高清图，这个世界的美和光亮要怎么被看见？”

她痛心疾首地说：“可你现在因为一个素人而玷污我们光辉而伟大的事业！你太让我失望了！”

“我……”童烁一沉默了半晌，显然没能跟上对方机关枪一样的文字扫射。

“你跟我说实话，你是不是打算抛弃我们的革命事业，转而投向敌方阵营了？是不是蔺晨把你给策反了？姐妹啊，你听我一句劝，人可以没有爱情但一定要追星……你收拾东西干什么？我在跟你说话呢！”

童烁一擦了擦嘴，拎起背包就道了个别：“时间不早了我得去参加交流会了，有什么事晚上回去再说哈！”

她双腿一迈，溜得比兔子还快。

下午安排了几场交流会，其中一场是针对大一新生开办的问答会，学长学姐为大家分享在天文学院学习的种种经验。

这一次，蔺晨不只是藏于幕后的策划人，更是站在讲台前、手握话筒的主讲人。他平日里总是做得多说得少，常叫人忘记他一旦利刃出鞘，锋芒何其耀眼。

阶梯教室内早已满座，童烁一也不找座位，只混在校媒体里，站在教室的最后，遥遥望着台上那人。

他们中间隔着整个教室，上百人群，童烁一没戴隐形眼镜，肉眼并不能看清他。唯一庆幸的是，她今天出门很多东西都忘了，却没带错镜头。

童烁一当即举起相机，大白兔镜头伸展开，有半个手臂长。这镜头以长焦闻名，即使“爱豆”演唱会抢不到最前排的票，也能保证你拍到最美高清图。没想到的是，今天，知名站姐童不二，竟然用大白兔镜头来当望远镜，而且还是在看一位素人。

她手动调整焦距，将画面拉近，蔺晨的模样便清晰地出现在了取景框里。

蔺晨站在讲台前，一身黑白西装熨烫服帖，修身的款式衬出宽肩窄腰，高挺的鼻梁上架着一副银边眼镜，嘴角弧度浅浅，眼眸水光潋滟。教室内的灯光大半熄灭，只留投影仪映像清晰，一束白光与蔺晨擦肩而过，好似秋日澄澈的天空轻柔照拂而下，整个人间便铺上了一层柔光。

童烁一第一次意识到，蔺晨的名字取得真好。

晨，初升之阳，苍穹之光。

是比星星还要耀眼的存在。

她不由自主地按下快门，高速连拍，咔嚓咔嚓的快门声在耳畔绵延不绝。

也不知到底拍了几百张图，她的手指才终于从快门键上松了开来，当下一个激灵，托着镜头的左手一松，十来斤重的相机从手中滑落，在挂绳的作用力下，猛地砸在了她的胃部。

她捂着肚子闷哼了一声。

难道，这就是给“爱豆”以外的人拍图的惩罚吗？

恰巧此刻轮到大二学生代表上台发言，童烁一怀疑自己摄影技术过分高超，拍谁都能自带美颜，顾不上腹部隐隐作痛，不信邪地再次举起相机，对着学弟霍鑫一阵猛拍。

她敢说自己绝无敷衍，与方才凭本能按快门相比，拍霍鑫的这组图，她才是真的一百万个用心，构图和光度都多次调试。加之霍鑫本就是个样貌清秀的美少年，她原本自信满满，觉得定能盖过蔺晨一头，可最后的效果十分令人失望。

童烁一看看取景框又看看霍鑫本人，长达半个小时的沉默中一直在思考同一个问题——到底差在哪里呢？

大一第一次上摄影课时，那位在业内极富声誉的摄影老师这样说：“你们知道在摄影中，成功的关键是什么吗？是光线、构图还是技巧？都不是。成功的关键在于摄影师的观察力。

“什么叫作观察呢？就是无论多平凡多常见的事物，在你的眼中，这些事物都是特别的，好像能发着光一样。为什么现在很多明星的饭拍图比官方图好看多了？因为粉丝懂得观察，他们眼中的偶像是美的象征，因而拍出来的照片也是美的。”

霍鑫结束了发言，一蹦一跳地下了台。蔺晨重新回到视线中，高清

镜头也无法从他的脸上挑出瑕疵。

他似乎是发现了童烁一的存在，隔着整间教室和长枪短炮，一抬眼，便与她的镜头对视，深灰色的眸子直直望了过来，好似纷杂的人群中，一场遥远的四目相对。

其实童烁一很明白，蔺晨所看见的不过是一架黑白的、圆筒状的冰冷镜头，而不是她自己本身。但她仍旧不可自持地身体微颤，好像那双眼睛已然望进了她的心里，某些隐而不答的秘密即将呼之欲出。

就在此刻，蔺晨忽然微微倾下头，勾着一边的嘴角，轻抿双唇，展开了一个笑容。他在正式场合时总是紧绷着一张脸，仿佛极难亲近。这个笑容来得毫无征兆，仿佛一夜之间春回大地，冰封的河流裂开一道缝隙，汩汩地倾泻出清澈泉流。

而这所有的细微表情，全被童烁一的相机忠实捕捉。旁人看不清晰，只她懂得真切。

她看到了——隐藏在蔺晨躯体背后的，那道夺目的光芒。

——“如果你喜欢的人会发光，他的亮度值又会是多少坎德拉呢？”

数字的浪漫不是空话，而是藏于心底的隐而不答。

童烁一望着取景框中的蔺晨，心跳突然加快，乱得毫无章法。

她立马放下相机，预感到大事不妙。

交流会刚刚结束，几位学妹一齐跑上了讲台，举着笔记和课本将蔺晨包围。

“蔺晨学长，我们有几道问题想向你请……”

最后一个“教”字还卡在喉咙里，她们口中的蔺晨学长却合上了笔记本电脑，一把拽住身旁庄梁的领子，将无辜的他给揪了过来。

“不好意思，我还有事，有什么事请教庄梁学长吧，他非常乐意回答。”蔺晨礼貌却疏离，迅速收拾好东西，急不可耐地从人群中挣脱。

庄梁的确是位乐意为女孩子们服务的主，压根没觉得自己是被抓过来救场的，十分热情地同大家打了个招呼：“有什么事随时来问你庄哥哈，为学妹服务是我的荣幸！”

学妹们倒也不挑剔，相视一眼后就将目标转移到了庄梁的身上，笑容甜美、声音软糯。

“庄梁学长，我们大几要去天文馆实习呀？”

“学长学长，戴老师的课给分高不高呀？”

“学长……”

天文学院女生不多，庄梁第一次受到这么多女生的欢迎，乐得合不拢嘴，一时没控制住，有些得意忘形了。

“慢慢来慢慢问，来不及回答的可以加我微信哈，生活和学习有什么难题都可以找你庄梁哥哥帮忙，我二十四小时在线。”

庄梁相信，只要广撒网，总能捞到一两位知心学妹。打开微信名片，扫描二维码便能广结善缘。

乐极总易生悲，正当他颇为快活地通过一条又一条好友申请时，面前倏忽闪过一个白色身影，庄梁下意识地抬起头，目光从手机屏幕上移开，落在了刘雪悠的脸上。

他愣了好一会儿，才意识到这个满脸怒容、仿佛下一秒就要捶爆自己脑袋的人，是他邀请了整整一个星期，才勉强答应来参观院庆的人。她当时答应得很漫不经心，他等了一个上午也没见她来，只当自己被放鸽子了，没承想在最不合适的时候见到了对方。

刘雪悠看着庄梁身边围了一圈的学妹，冷哼一声，扭头就走，小皮

鞋踩在地上，哒哒哒地响。

“悠悠……你等等我……”庄梁几度挣扎，终于从人群中挣脱开。

可待他着急忙慌地跑到走廊上时，那人的身影却早已消失。

蔺晨倘若得知了庄梁的遭遇，想必也会生出几分同情心。只可惜此刻他无心顾及他人，只想从人潮中揪出方才混进教室的假记者。

童烁一并不知道，尽管蔺晨看上去全神贯注于主持交流会，并没有对她的存在做出任何表示。但说来惭愧，从她踏入教室的那一刻起，蔺晨就已经分心。

校媒记者的工作任务其实很简单，开场时换几个角度拍上几张照片后，剩余时间只需架个三脚架，开着机子自动录影便可。只有童烁一一个人全程举着板砖一样沉的相机，快门按个不停。

只是，她的镜头，似乎并不对着自己一个人。

霍鑫上台发言的短暂时间里，蔺晨分出神思多看了童烁一几眼，她的动作和表情都与方才拍摄自己时毫无差别，换了个摄影对象对她起不了丝毫影响，像一个没有感情的拍照机器。交流会结束后，她也是拔腿就走，丝毫没有上前同自己讲话的打算。

蔺晨在长廊穿行，越思量越心情郁结，脚步不自觉地加快，三步并两步地赶上了前方的女生，一把拽住了她的蓝色背包。

“童不二。”

毫无预兆地，蔺晨的声音突然从身后响起。正在翻看相机相册的童烁一骤然打了个激灵，拇指按着旋转按钮，快速地转了个圈，相册唰唰唰地往后翻动了几十张。

“小脑不发达，走路还不专心，摔得不够多吗？”蔺晨一开口便不留情面，冷着一张欠了他八百万的脸，视线下移到她的相机上，看似漫不经心地问了一句，“这么认真，看什么呢？”

童烁一心虚地将相机往自己身后藏：“没……没什么。”

难道要告诉你，我刚才在看你的高清特写照片，还看得走了神？

一想到自己的 SD 卡里还存着蔺晨的上百张高清图，童烁一的冷汗都要流下来了。她惊恐地往后退了两步，蔺晨却比她速度更快，一个转身就绕到了她的身后，从她手里将相机劫了下来。

“喂！偷看人相册是不道德的！”童烁一大喊一声，跳起来想要夺回自己的东西，一切却已经来不及了。

蔺晨将相机举过头顶，抬眼看着相机里的人，骤然陷入了沉默。

完蛋……童烁一观察着他的表情，紧张地吞了吞口水。

“你……喜欢这种的？”

蔺晨将手里的相机掉转方向，取景框转向她——霍鑫意气风发的照片出现在眼前。

童烁一呆了三秒，忽然拍了拍腿，用大笑来掩饰心中的情绪波动，张口便胡乱说：“这……这不是……学弟挺好看的嘛！没想到你们天文学院，帅哥还挺多的，哈哈哈！”

蔺晨当场黑了脸，毫无温度的眼神仿佛深不见底的黑洞，一切光亮都能吞没。

“帅啊，我跟你说，这个学弟真是帅啊！”见他信了，童烁一变本加厉道，“三三啊，不是我嫌弃你，你虽然也长得人模狗样的，但是和人家比起来，你就只剩下后面两个字了。”

狗样。

蔺晨：“……”

童烁一没有意识到自己掩饰过了头，根本管不住自己的嘴：“可惜这个学弟没去当‘爱豆’，不然一定有很多女友粉……喂，你小心一点！相机很贵的！”

她话没说完，蔺晨就将相机塞回了她怀里，没有兴趣再去看她拍的其他照片，生怕再看见更多的帅气小学弟，影响本系师兄弟情谊。

他的各项情绪都控制得很好，唯有自己的臭脾气从不管制，仿佛压根不知道自己沉下脸时有多令人畏惧，从头到脚都冒着幽幽黑气，脑门上贴着“生人勿近”四个大字。

蔺晨的喉结上下起伏，来回几次，像是将什么话生咽回去了一般，沉默转身，走得迅疾。

老实说，童烁一真的不知道蔺晨为什么会生气。

蔺晨绕着天文学院的三栋大楼走了许久，无论身后人说什么，他也只当听不见，毫无目的地大步走着，沉默着发泄情绪。

童烁一的腿本就比一米八三大高个的蔺晨短上许多，外加背着沉重的相机，没走多久就热出了一头的汗，而前方的蔺晨仍旧步伐紧凑，她喘着粗气几番追赶，仍是落下了好几米。

疲倦刺激之下，一向好脾气的童烁一也不禁赌起气来，搞不懂这个蔺晨发的哪门子的疯，非要这么折腾自己，自己又干吗非要跟着他不可？

走是走不动了，她索性站在了原地，叉着腰深呼吸几口，恢复精力。

没过几秒，蔺晨很快就发现跟在身后的人停了下来，他回过头时，与对方已经相隔了好长一段距离，女孩的书包随意地搁在了脚边，手掌作扇子，不停地在脸颊两旁扇风。

犹豫了片刻，蔺晨还是没忍住，转身走了回去。

不顾女孩的白眼，他没头没脑地问了一句：“你拍霍鑫，拍得很开心？”

童烁一莫名其妙地看了他两眼，诚实地开了口：“霍鑫是谁？”愣了半晌反应过来，后知后觉地说，“那……是挺开心的啊。”

霍鑫的的确确是位帅小伙，拍帅哥为什么不开心呢？

“你……”蔺晨眉头一蹙，像是突然就生起了气，胸口翻腾了几下又被他压制下去，沉着脸问，“你喜欢的不是宣遥吗？”

“这有什么呀。”童烁一豁达一笑，饱含哲理地说，“马尔克斯说过，人心的房间比旅馆的客房还多。[②]只要是帅哥，不管什么类型的，我们女生都爱。”

蔺晨的表情从愤怒变为了无语，他分不清对方生动的表情下说的是真话还是玩笑。

她想了想，又表明忠诚：“不过哈，我最喜欢的还是宣遥这种类型的，其他的人嘛，爬墙观望观望就够了。”

他问：“宣遥是什么类型的？”

“可爱、活泼、善良！”

他又挑眉：“那我呢？”

她脱口而出：“严肃、冷漠、恶毒。”

蔺晨：“……”

你还真敢说啊。

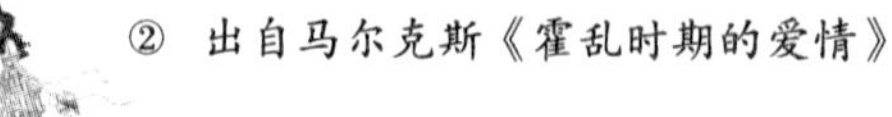

② 出自马尔克斯《霍乱时期的爱情》。

蔺晨冷哼一声，一把抢过地上的背包，轻而易举地挂在了自己的肩头。

童烁一一蹦三尺高："你干吗抢我的东西？"

"你自己背得动？"蔺晨淡淡地扫了她一眼。

童烁一目测了一下离开学院的路程，揉了揉自己发酸的脖子，谄媚一笑："那真是辛苦您了呢。"

蔺晨白了她一眼，转身便走。

这次，步伐明显慢了下来。

建陵大学与建陵天文台合作建立了天文与空间科学学院，从人才培养到实习就业，一条龙打包服务。因而，每年的院庆都会举办两场，第一天在建陵大学，第二天则转场建陵天文台。

建陵天文台位于淮山山顶，包涵天文博物馆和天文研究所两个部分。天文博物馆是对外开放的科普教育基地，研究所是进行专业观测的地方，非专业人员不可进入。

为了纪念建馆四十周年暨建大天文学院建立二十周年，建陵天文台的博物馆难得对公众免费开放，除了八大星系展厅和电影放映室之外，一些高新设备也首次在此展出。

天文馆早上九点才正式开馆，但当蔺晨等人进入时，其他的志愿者们已经基本到场，开始做准备工作了。

和昨天不同，今天来了不少大一的小崽子，还没被高数、大物摧残，正是闹腾的时候，此刻聚集在一起喋喋不休，整个博物馆内都回荡着他们吵闹的声音，完全颠覆了外界对天文学生木讷少言的看法。

直到蔺晨领着一位丸子头美少女走进馆内，某位大一的学弟突然尖叫了一声，手上的传单撒了一地，所有人都骤然安静了下来。

童烁一茫然地问："发生什么事了吗？行星撞地球了？"

没等到身旁人回答，不知哪位不怕死的突然号了一嗓子，嘹亮地喊道："这位就是大嫂吧！大嫂好！大嫂辛苦了！"他又拽了拽身边的人，"都愣着干什么？快给大嫂问好！"

众人后知后觉地醒悟，齐刷刷地鞠了一躬："大嫂好！"

童烁一脚下一软，差点把另一只脚给崴了。

她惊恐地躲到了蔺晨的身后，死死拽着他的外套，只从侧面露出一双眼睛，偷偷窥探前方。

蔺晨咳了两声，冷着脸训斥道："你们都不用工作吗？来博物馆开茶话会？"

谁都知道大三的这位学霸人狠脾气差，即使是相处两年的同班同学也不敢轻易搭话，兔崽子们更是脚底抹油跑得飞快，一伙人登时作鸟兽散。

童烁一沉重地说："蔺晨啊，你平常在学校是不是经常霸凌同学啊？"

蔺晨淡淡道："不啊，我只霸凌你一个。"

童烁一蹬鼻子上眼："你看你终于承认了吧！从小就欺负我人美脾气好，还……"

话没说完，对方突然从兜里掏出一个工作牌，不由分说就套到了她脖子上，活像是给自家宠物狗挂项圈。

"这是什么呀？"她一面问一面查看工作牌，工作职位一栏上手写着几个大字——组长助理——是蔺晨的笔迹。

童烁一问："组长？谁是组长？"

"我。"蔺晨挑眉，"志愿组组长。"

组长助理的潜台词是：没什么正经职务但是走后门硬塞进来的组长的亲属。

童烁一撇了撇嘴：“我不要当你助理被你使唤。”

蔺晨勾了勾嘴角：“你只有当我助理，才能不被其他人使唤。”

她正想问你这个组长是不是靠威胁同学才获得的，庄梁从储物间里探出头来，朝着他们的方向嚷了一声：“蔺晨，别谈恋爱了！过来搬地球仪！”

另一位不知名的同学藏在门后，反驳道：“说什么呢，学长好不容易把自己推销出去，谈个恋爱怎么了？谈！放心大胆地谈！”

童烁一：“……”

我觉得你们学天文的人好像也不是那么正经。

蔺晨拍了拍她的肩，嘱咐道：“我先去工作了，你走路的时候慢一点，有事给我打电话。”

话毕，一步三回头地走了。

童烁一来之前还很担心，听说学理的人都比较沉闷，万一没人陪她唠嗑，那岂不是太无聊了？

然而热情似火的天文系的学弟学妹们，却完全颠覆了她的认知。

“学姐学姐！你累不累啊？我们帮你搬个椅子吧！”

“叫什么学姐，喊大嫂！大嫂，你渴不渴呀，我们给你买瓶可乐？”

“喝什么可乐呀！碳酸饮料不健康！买橙汁，最贵那种！”

被派来大门口迎接游客的几位学弟热情又活泼，端茶倒水、捏肩敲背，把童烁一捧在手上，当成祖宗来供养。

这太可怕了。童烁一追星这么些年将“卑微”二字学得深入骨髓，第一次享受这样众星捧月般的待遇，鸡皮疙瘩掉了一地。

她连忙澄清：“那什么，其实我不是蔺晨的女朋友，你们别喊我大嫂了……”

学弟们愣了愣。

“我明白了！学长这是还没追上呢！”

童烁一原本是想劝他们不用对自己这么体贴的，没想到诸位学弟十分关心学长的感情生活，担心他真的追不到喜欢的姑娘，因而加倍地照顾童烁一，来弥补学长做得不好的地方。

受过照顾的学弟们十分主动。

一个学弟说：“大嫂，啊不，学姐啊。蔺学长其实人很好的，虽然嘴毒了点，但是教了我们不少东西呢。之前我们差点打碎天文望远镜，都是学长替我们跟老师说情的。”

另一位学弟也附议：“对对对。之前在教学天文台，数据也都是学长帮我们记录的。有时候为了辅导我们，连累他自己熬夜补习实验。”

猝不及防地，话题就突然变成了蔺晨的彩虹屁大会，一群理科生努力措辞来夸赞学长，为他在心上人的心中营造一个美好的形象。

童烁一原本一直担心，蔺晨日日顶着那张臭脸，肯定和同学处不好关系。却没想到，大家虽然看起来畏惧他，心底里却很崇拜他。只是因为太过崇拜了，反而不敢走得更近。

她忽然想到了什么，噗地笑出声来。

“其实你们不用跟我说这么多的。”她认真地说，“我很小的时候就认识蔺晨了，他是什么样的人，没有人比我更清楚。他难过了不会哭，开心了也不爱笑，喜欢把自己关在一个壳子里。可是啊——”

她微笑着说：“他从这个果壳里，能看见整个宇宙。”

什么样的人才会选择天文这样的专业呢？

他们的老家襄津只是一个普通的小城市，这么多年来，蔺晨是第一个选择天文系的考生。高考填志愿的那段时间，所有人都在谈论什么样的专业就业前景好，什么专业赚的钱最多。

所有人都执着于地上的六便士，而蔺晨却抬起头，看向了无边的星空。

童烁一并不知道此刻自己的表情有多么温柔，就像是无数次站在观众席中注视着镁光灯下的人，就像是亲眼见证自己的小小少年成长为了穿着西装的大人。

就像是，宇宙中渺小的一粒尘埃飞扬起，想要穿越银河。

“学姐，你为什么没有和蔺学长在一起？”有位小同学心直口快，不顾场合，捅破了这道窗户纸。

童烁一哑了哑，似乎从来没有考虑过这个问题。

友达以上，他们还要怎样往下走呢？

“你们观测星星的时候，一定要登上那颗星球不可吗？”思考良久后，她这样问。

“光是能看见那颗星星在发光，就已经是一种满足了，为什么非得得到不可呢？”

她笑了笑，七分豁达、三分苦涩。

有人说，想要移动富士山，只需要自己朝它走去。

可是想要移动一颗星球，又该怎么办呢？

角落里，蔺晨抱着一颗地球仪，默默矗立，站到双腿发酸。

只差一步，他就可以走出去，走到她的身边，装作若无其事一般参与他们的对话。

可是这一步，还是踩在真空里，没有引力牵引，一切都是飘浮的、无所归一的——他始终走不出这一步。

庄梁从储物室里走出来，见舍友待在原地动也不动，疑惑地推了推他，问："在这儿发什么愣呢？"

蔺晨并不回答，庄梁便顺着对方的目光朝不远处看去，那边，一群学弟正围着"大嫂"聊天，像是坐在篝火前听故事的小孩子。

"又看女朋友啊，啧。"庄梁摇了摇头，自顾自地往展厅走去。

蔺晨垂下了头，额前的刘海垂下来，遮挡住他的眼睛。

Chapter 04
天文台私生饭

早上九点，建陵天文博物馆正式对外开放，第一批游客是附近中学的高中生，在学校的统一组织下来天文台进行参观。

受专业限制，童烁一只能坐在前台充当咨询人员。游客需要提前预定才能入馆，因而数量不多，童烁一几乎没什么工作量，很是悠闲地和一旁的学妹闲扯。

“真羡慕高中生啊，除了学习啥也不用愁。”童烁一人未老心先衰，装作一副苦大仇深的模样，“我们宣遥要是没进娱乐圈，现在应该也在好好读书吧。”

隔壁学妹也是一位资深网民，立马竖起耳朵，凑过来说：“宣遥？他是不是还没十八岁呢？现在不应该在上高中吗？”

“唉！”童烁一叹气，“他工作那么多，一年到头也回不了学校几次。虽然他这段时间回学校上课了，但这种实践活动，他应该也不会——”

她无意中抬起头，一个穿着天蓝色校服的高瘦少年朝着前台走了过来。

“请问。”这位少年问，“建陵二中的同学是不是在这里啊？”

童烁一深吸一口气，误以为自己思念成疾。

这个高中生，怎么长得那么像我“爱豆”？

一个女生从放映厅里探出头来，喊了一声：“喂，宣遥！我们在这里！”

宣宣宣……宣遥？！

童烁一猛地一哆嗦，仿佛面前站着的不是她心心念念的美少年，而是毁天灭地的哥斯拉。

“谢谢，打扰您了。”虽然什么回答都没得到，宣遥还是向前台工作人员道了声谢，朝着放映厅走了过去。

宣遥没化妆、没做造型，戴着黑框眼镜，穿着松松垮垮的蓝色校服，大步跑向了自己的同学。今天的他和舞台上的他很不一样，没有了镁光灯和精修图，他不再是那个闪闪发光的大明星，却是一个能够随意嬉闹的普通高中生。

童烁一死死咬住自己的下唇，强烈的惊喜之余竟生出几分想要痛哭一场的冲动。

“哇哇哇，这个就是宣遥吗？果然很帅啊。”

放映厅内，同行的女生小声惊呼，不顾志愿者守则，掏出了手机悄悄拍了一张宣遥的侧影照，兴奋地发给自己的朋友。

蔺晨看了看手上的花名册，在倒数几个名字里找到宣遥。竟然不是重名，而真的是那位当红流量亲自到场了。虽然他见过不少宣遥的图片，却直到亲眼见到真人，才真正地知道他长什么样。

生活里的宣遥只是一名很青春很阳光的少年。他的确生得一副好皮囊，皮肤瓷白、五官立体，睫毛很长，深色的瞳仁像是透着光的黑曜石，眼型偏圆，更显少年人的可爱。他很高，瘦削的皮肉好似跟不上骨骼的生长，因而也显得极瘦，两颊棱角分明，站在人堆里，像一根旗帜飘荡的桅杆。

身边的女生感叹，宣遥真是模样好看。蔺晨想的却是，童不二这家伙，原来喜欢这种类型。

他瞥了一眼那女生的手机，轻声说：“你拍的那个照片，能不能发我一份？”

女生惊讶地抬起头，问：“你也喜欢宣遥？”

“我……朋友喜欢他。”蔺晨不自在地咳了一下。

女生倒也爽朗，很快就将照片发给了蔺晨。蔺晨并不打算留着欣赏，转手就发给了童烁一。

蔺晨：【宣遥好像来了，在放映厅，你要不要过来看他？】

不二：【不不不不！我不做私生饭！不看！我不能打扰偶像私生活！】

她痛心地表示了拒绝。

蔺晨：【你不是很喜欢他吗？不亲眼看看，不会觉得可惜吗？】

不二：【我还喜欢钱呢，难道非得去抢银行不可？距离产生美。】

她总是有一大堆的歪理。

蔺晨不再讲话，关掉了手机屏幕。可他在心里想，有时候我甚至宁可你去抢。

努力争取自己喜欢的东西，这样以后才不会后悔，不是吗？

虽然天文台里里外外没太多人，但毕竟是公众场合，宣遥身为当红歌手，认识他的人并不少。因而，来到天文台还不算太久，他的行踪就在网上传了开来，“宣遥生图”的关键词很快就上了热搜。

有偶像的地方总有人群。高中生们的电影还没看完，天文馆门口就出现了几位扛着单反相机的粉丝——不，按童烁一的话来说，这种连偶像私人生活都不放过的粉丝，应该叫作私生饭，是应当被抵制的存在。

起初，来到现场的只有一两位私生饭，因为没有预约所以只能守在门口。而随着宣遥身穿校服的照片在网络引起了热议，不少周边的粉丝也都闻讯赶来，架着手机就想往馆内冲。

宣遥本是想体验一下难得的学生生活，特意没有带上助理和保镖。不料树欲静而风不止，天文馆外头很快就围了一层层的人群，喧闹不止。学生志愿者和本馆的工作人员齐心协力，才勉强将他们挡在了馆外。

人虽暂时见不到，但是粉丝们也不肯走，彼此拉扯了两个小时后，他们干脆一屁股坐在了地上，扬言等不到宣遥决不罢休。

建陵二中的学生们在老师的带领下离开了天文馆，只留下宣遥在休息室，工作人员和志愿者们也聚在一起，为此商量对策。

天文台建在山顶上，由于后山尚在开发中，因而上山下山都只有一条路线，而这唯一的路上早就占满了粉丝。这样庞大的人群、这么激动的心情，如果宣遥下山，难保不会被挤成肉酱。即使大伙不是宣遥的粉丝，但面对这样一个不过十七八岁的少年，他们都拥有起码的同理心，不能让他冒这个险。

思索良久后，蔺晨慎重地开口："上次我随戴老师来天文台的时候，他曾经带我走过另一条后山的小路。但那条路多年不用已经荒废了，我也只去看过一眼，不敢保证能安全下山。"他征询大家的意见，"你们怎么看？"

"不行！"

"可以试试。"

童烁一和宣遥的声音同时响起，两个人大眼瞪小眼，休息室内顿时安静了下来。

“咳咳！”童烁一的眼神飘忽不定，“那什么，下山的路不好走，万一出了事怎么办啊？不行不行，还是等宣遥的经纪人来再说吧。”

“可是经纪人来也没用呀。”宣遥笑道，“下山路这么长，就算我被保镖团团围住，也难保不会出问题。我倒是觉得，可以走一走小路。”

童烁一的眉头拧成了一团，当场母亲粉上线：“那我跟你一起去！不然我不放心！”

“你放心，我送他下去，一定不会出问题的。”蔺晨拍了拍她的肩膀，安抚道，“你相信我。”

请你相信我。

不知这算不算是个人魅力，只要看见蔺晨笃定的眼神、听见他沉稳的声音，童烁一总是再慌乱，也总会慢慢平静下来。就像是漂泊在虚空中的流浪星球，终于找到了自己的运行轨迹。

“好。”她点点头，“我信你。”

童烁一满脸沉重地将宣遥和蔺晨送到了天文台的后门，活似一个目送儿子去高考的老母亲，满怀期待和忐忑。

宣遥跟在蔺晨的身后，突然想起什么似的，转过头看向童烁一，绽开了一个灿烂的微笑。

“对了。”他问，“你是不是我的粉丝啊，姐姐？”

在“爱豆”面前掉皮，是一种怎样的体验？

——你是不是我的粉丝啊，姐姐？我看着你很面熟呢。

在宣遥说完这句话的下一秒，童烁一的世界天旋地转，仿佛被塞进了人体离心机，几百倍的地心引力往她脑门上砸过去，血液也都无法传输向大脑了。

不是……我……等会儿……

童烁一张了张嘴却什么也说不出来。这副尴尬的模样更是坐实了她是宣遥粉丝的这个事实。

蔺晨主动出声："该走了，等会儿粉丝发现就晚了。"

宣遥歪了歪脑袋，道了声别："再见喽，姐姐。今天谢谢你们了。"

他的笑容是入口即化的慕斯蛋糕，甜而不腻，只化作心口一丝暖流，为人们驱散四肢百骸的悲伤与寒意。

童烁一看着"爱豆"的背影渐行渐远，死死捂住自己的胸口，满脑子都是他甜滋滋喊的那声"姐姐"。

什么母亲粉不母亲粉的，从今天起我就是姐姐粉了！

但是童烁一并没有高兴太久，很快又陷入了莫大的恐慌中。

下山的路不好走，为了能知晓他们的情况，蔺晨开了语音通话，和童烁一保持联络。但是自从他们走到半山腰后，通话突然中断，发出去的消息再也得不到回复了。

童烁一急得上蹿下跳，要是蔺晨和宣遥两个人同时出了什么问题，她恐怕真的会当场晕过去。

"怎么办啊怎么办啊？"童烁一焦急地问，"他们会不会走到一半发现没路了？会不会山坡太陡掉下去了？还是说又被私生给发现了？"

庄梁安慰她："他可是蔺晨欸，怎么可能出事？你放宽心，可能是手机没电了而已。"

学弟们也点点头："蔺学长这么厉害的人，我就没见过有什么事情是他做不好的。"

她反驳道："你们不能这么说，蔺晨再厉害也只是个普通人啊。"

“普通人？”庄梁挑眉，“普通人会在大二就自制出光学望远镜，大三就能够免试获得硕博连读名额吗？”

学弟学妹齐齐摇头：“反正我们不能。”

见他们对蔺晨如此不了解，童烁一十分不讲义气地将他的老底给掀了。

“别看蔺晨人模狗样的，他唱歌可难听了！”她激动地说，“还有跳舞也是！从小做广播体操都很难看的那种，四肢特别不协调。”

没有人见过蔺晨唱歌跳舞，也没人敢想象蔺晨唱歌跳舞的时候是什么模样。他们像是发现新大陆的原住民，瞪大了眼睛听童烁一讲述奇闻。

“他做饭也很难吃。”她接着说，“明明亲妈是开茶餐厅的，竟然做饭这么难吃，真是搞不懂。”

身后响起一个声音：“还有呢？”

“还有……”童烁一摸了摸下巴，“强迫症算不算？他连钱包里的钱都要按面额从大到小排列。”

“接着说。”

童烁一正说到了兴头上，迟钝的神经在听到这个熟悉的声音后慢了好几拍才反应过来，她似乎意识到了什么，看着对面众人的面孔突然严肃起来，畏惧地咽了咽口水。

“除此之外……蔺晨还有一个最大的缺点。”她强行镇定，“太帅了！实在是帅得惨绝人寰、人神共怒啊！他没做明星，真是我们娱乐圈十年来最大的损失！”

话毕，她故作不经意地转过身去，看见身后的蔺晨时，浮夸地尖叫了一声：“呀！蔺晨你终于回来了！我们可担心你了。”

他挑眉：“担心我还是担心宣遥？”

“像你这样十项全能的天才有什么好担心的？”童烁一改口，“你看我们宣遥娇娇弱弱的，那才需要担心嘛。”

蔺晨白她一眼，勾了勾手指：“跟我过来。”

童烁一不明所以，茫然地跟上了他的脚步。

有个学弟的胆子又壮了起来，大声喊道：“蔺学长，不可以家暴大嫂！”

“瞎说什么呢你。”庄梁清了清嗓子，吼了一声，“公共场合，注意尺度！”

已经到了午饭时间，天文台里没太多人，蔺晨将童烁一拽进了一间窄小的办公室里，紧锁上了大门。

童烁一警惕地瞪着他：“我没说你什么坏话，你用不着这样吧。我警告你，外面都是有正义感的大学生，小心他们……”

废话没说完，蔺晨将手机递到她面前，抬了抬下巴，打断道：“少说话，多用眼。”

她眨了眨眼看过去。屏幕上是某个人的朋友圈界面，背景图是风景照，头像是卡通人物，朋友圈设置了三天可见，只能看见一条消息。

如果一定要说有什么特别，就是这个人的微信名称——逍遥。

童烁一不明所以，问：“这是谁啊？给我看这玩意儿干吗？”

蔺晨一语惊人：“这是宣遥的微信。”

她愣了愣：“你开玩笑吧？你怎么会……有他微信啊？”

具体的情况是这样的。

蔺晨将宣遥护送到山腰的时候，因为附近安装着许多信号发射器，将手机信号屏蔽了，语音电话才会突然中断。一直持续到临近山脚下的时候，信号才再度恢复，童烁一发来的十几条语音消息鱼贯而入，蔺晨的手机振动个不停。

他没有戴耳机，原本想点击听筒模式却意外变成了扩音模式，童烁一的声音响彻这片寂静山林。

“三三！为什么突然挂电话！你把我儿子拐到哪里去了！”

“还活着吗？发个文字给我也好啊？ Hello ？”

“呜呜呜，快回我消息啊，你和遥遥到底怎么了？”

母亲粉遍布全中国的宣遥抬了抬眼，意识到这个大姐姐口中的“儿子”除了自己，也不会是别人了。

宣遥莞尔道：“蔺晨大哥，看来你女朋友很喜欢我呢。”

蔺晨瞟了他一眼，不甘示弱：“她更喜欢我。”

当然，这些事情，蔺晨是不会告诉童烁一的。

他清了清嗓子，只说：“宣遥挺喜欢天文的，下次还想来天文台参观，就留了个联系方式。”他挑眉，“怎么样，羡慕吗？”

童烁一原地暴走：“你连宣遥的出道曲都不会唱凭什么比我先搞到‘爱豆’的微信啊！我追了他这么多年才勉强混个眼熟！”

蔺晨歪了歪头：“我也可以把他的微信推给你。”

童烁一立马拽住了他的衣袖，目光虔诚：“真的吗？我们三三真是人帅心善小天使！行走的活雷锋！”

“说几句我爱听的。”蔺晨昂起了下巴，“刚才数落我的时候不是挺能说的吗？”

这个小心眼……果然还惦记着这事儿呢。

没关系，我们饭圈少女能屈能伸，不就是吹彩虹屁吗？小菜一碟。

“每次看到我们三三的时候，我都会激动地捶墙来感叹你的美貌。”童烁一谄媚一笑，“现在我们家已经变成单间了。”

“你知道心脏电击器的英文是什么吗？”见蔺晨不为所动，她又说，“LinChen's smile！”

蔺晨冷眼扫过去，无声地关上了手机屏幕。

“我的左心房右心室都在为您颤抖呢！”童烁一拽着他的袖子，满嘴抹了蜜，“好哥哥，再给我看一眼吧。”

好、哥、哥。

蔺晨的喉结滚了滚：“谁是你哥？”

“长得帅的都是哥哥！”童烁一变本加厉地喊了起来，“蔺晨哥哥，三三哥哥，欧巴！欧尼酱！”

蔺晨：“……”

给你给你，赶紧拿走。

他像是被雷击了一般，浑身泛起鸡皮疙瘩，心跳都因那几声软绵绵的撒娇而跳得迅速。他抿了抿嘴，侧过头掩饰不安。

童烁一欢天喜地地接过他的手机，将宣遥的微信名片推送给了自己。然而，在即将点击“添加到通讯录”时，她却突然僵住了。

“算了。”她叹了口气，突然蔫了下去，“我不加他了。”

蔺晨抬眼，问：“为什么？你不想和自己偶像聊聊天吗？”

“可我只是他的粉丝啊，一个有职业道德的偶像是不会私下和粉丝联系的。这叫私联！是大忌！”童烁一过分清醒，“我不想打着喜欢的名义，明知会偶像失格还去这样做。”

偶像这样的职业，不仅仅是在舞台上唱歌跳舞就足够的。最重要的，是为粉丝造梦。可所有的梦境都是明码标价的，是被条条框框束缚住的乌托邦。就好像是肥皂泡，美丽却脆弱，一旦用现实的铁锥刺过去，只会“啪”的一声，什么也不剩下。

童烁一早已不是混在饭圈的芸芸众生中迷失自我的小粉丝了，她越是往上爬，离“爱豆”越是近，越会明白距离和职业道德的重要性。为了自己，也为了千万个粉丝，她都必须坚守住这段距离。

蔺晨垂下肩膀，他问：“童不二，你面对喜欢的人时，都会这样远远观望，而一步都不敢走近吗？”

你面对喜欢的人时，都会这样远远观望，而一步都不敢走近吗？

童烁一承认，这个问题问得很有深度，她实实在在地思考了许久。

在喜欢这件事情上，不是经常会有这样的情况吗？

喜欢一位明星而忍不住去做他的私生饭，却意外跟踪到他与恋爱对象亲吻的画面，怒而脱粉，不忘回踩。

喜欢一个亲近的朋友而忍不住向对方告白，对方在惊讶之余却只能无奈拒绝，从此关系变得极为尴尬，连普通朋友也做不成。

喜欢的爱好发展为职业，为此苦苦奋斗多年，最终却发现自己根本没有这方面的天赋，也许一辈子都不能成功，只好遗憾放弃，回到老家找一份普通却安定的职业，过上普通却安稳的人生。

还有无数这样的案例。因为喜欢而忍不住接近，因为接近而揭开残酷的现实，最后一无所获，两败俱伤。

不知餍足是人天生的缺点。走近了一步就想再走第二步，得到了部分就想再获得全部。喜欢，最终也会变成偏执。

童烁一不想要这样。

她不想否认自己的天真和浪漫主义，明知最难得的是永远，也仍想求他个有生之年。

“我……”

童烁一思考了很久，缓缓开口。

“说实话，我并不确定。大概是追星追太久了，留下后遗症。我好像只学会了怎么去远远地崇拜一个人，而不懂得珍惜自己所喜欢的。所以我会害怕，望而却步。”

她将手机还给蔺晨，笑着说：“虽然不知道该怎么才能前进，但是至少我满意于现状，暂时停在原地，只做一个欣赏星星的人，也不是不好。”

她努力装作一位没心没肺的小粉丝，盼望着能用一首洗脑的口水歌来挥散所有的烦恼。

蔺晨看向她眼底，目之所及，却只剩星光暗淡、银河遥遥。

“你这种理科男肯定听不懂我在说什么吧！”童烁一突然拍了拍他，“平常多读点书，知道吗？”

蔺晨扫她一眼，知她有意打岔，却也只是沉默了。

可再抬起头时，看到她马上又重新找回了标志性笑容，又变回了那个积极乐观、没心没肺的童不二。

偶像大明星宣遥下山后没多久，他离开的消息又传回了山上。被摆了一道的粉丝们后知后觉，又慌忙扛着相机往山下奔去。最后的最后，总算还了天文台一个清净。

下午五点，有惊无险的天文台平安送走了最后一批游客，正式闭馆，只留下工作人员和志愿者们进行打扫和清场工作。

童烁一做了一整天的前台小妹，重复了上百遍“洗手间请往这边走”，脸都快笑僵了。蔺晨虽时不时会过来给她送一瓶水，但似乎心情不佳，放下水就走，一句多余的话也不讲。她猜想他大概是因为宣遥而生气，因而也不敢多问。

原以为今天的工作就到此为止了，当童烁一欢欢喜喜地换下了工作服时，蔺晨却走了过来。

蔺晨道：“想不想和我一起看星星？”

建陵天文台位于建陵郊区的淮山山顶，此处晴朗天数较多，大气的稳定性和透明度也极高，在长江下游地区，是公认的观测夜空的最佳天文台之一。经常会有游客自发组织上山观星。

他们走出天文台时山顶已是一片漆黑。为了保护暗黑夜空，山上没有路灯，只在地上用暗红色的荧光铺设出道路和台阶的方向，走路的时候需要十分小心。她没迈出两步就踩到了蔺晨的鞋，被对方一把揽住肩膀，小心翼翼地牵着她往前走去。

夜渐渐深了，不少游客陆续上山观星。同行的天文系学生也架上了他们自己的星特朗望远镜，与游客们亲切地交流观星经验。

童烁一记不清，她已经有多久没有看过星空了。城市五光十色的霓虹灯照亮天空彻夜不息，人们沉溺于绚烂的人造光屏时，却忘记了我们的星空正在悄然远去。

她抬起头，像个懵懂的孩子一样注视着夜空。银河高悬于头顶，无数星辰如泼翻的牛奶一般倾泻在各处，璀璨透亮，是亿万光年外的珍宝。

蔺晨打开射程遥远的专业手电筒，为她描绘出星空的图案。

“这是北斗七星，看到没？斗口的这两颗是天枢、天璇，这个就是北极星。我们在北半球看见的所有星星都是围绕北极星做逆时针旋转的，所以这个要最先确定位置。”他解说道，“北极星又属于小熊座。你再看，这个就是小熊座，这个呢是大熊座。”

童烁一皱着眉头，仰着脑袋直到脖子都酸了，也没看出这几颗星星哪里像只熊了。

她沉默了片刻，突然尖叫起来：“三三！那颗星星在动欸！是不是流星啊？”

蔺晨看了一眼，冷静地说：“哦，那是人造卫星。”

童烁一：“……”

“过来。”蔺晨扣住她的手腕，走到一边，“用望远镜能看得更清楚些。”

通过望远镜来看星空，对童烁一来说还是第一次。在适应了十几秒钟的黑暗后，放大后的星球渐渐出现在视野里。

“这是月亮。”蔺晨说，“看见上面的土坑了吗？”

“看到了。”童烁一点点头，“好丑哦，我密集恐惧症都要犯了。”

蔺晨：“……”

他调整了望远镜的方向，又说：“那你看看这个，看见土星了吗？它外面绕着的那一圈是土星环。”

童烁一惊喜地说：“这就是土星呀！就是当年慕容云海带楚雨荨看的那个土星吗？”

蔺晨：“……”

这都什么跟什么？一起来看流星雨？

他不死心，不想轻易承认童烁一的审美只局限于理解宣遥的美颜盛世上。为了再让她看看木星和它的几颗卫星，蔺晨绕到她的身后，双臂环住她的脖子，再度进行调试。

童烁一理解不了天文爱好者的想法，但若换个角度来想，她方才说的话无异于批评别人的“爱豆”长得不好且业务能力差，未必不能感同身受。

但还没理解太久，蔺晨突然紧靠过来，暧昧的姿势仿佛是从背后抱住了她，她想要走开，却被他死死圈住。

“这个位置能看到木星。”蔺晨的目光从望远镜移开，“这次你仔细看好了，再胡说八道的话，我就……”

童烁一听见他说话，下意识地侧过头看去，正撞上他抬起脖子，二人视线相撞，鼻尖几乎要贴在一起。

蔺晨未说出口的话顿时噎在了嗓子里。

太近了。

暗黑的夜空之下，只有星辰万里璀璨。若不是那双明亮的眸子和倾泻在皮肤上的灼热呼吸，童烁一几乎注意不到蔺晨就在身后，差一点行星相撞。

她听见雷鸣般的心跳声咚咚咚地在耳畔响起，却分不清那是自己的血脉奔腾，还是出自他的炽热胸膛。

童烁一咽了咽口水，吐出几个字：“你……干吗……”

蔺晨干咳一声，瞪她一眼：“看我干什么，看望远镜。”

大概心里发虚，这次童烁一老老实实地观星，没再做什么不正经的

评论。所幸天黑看不清，滚烫的脸颊贴着冰凉的望远镜，她的小心思才没有被身后人发现。

沉默了很久后，蔺晨突然问：“喜欢吗？”

“什……什么？”童烁一被这没头没脑的问句吓了一跳。

“我问，你喜不喜欢看星星。”蔺晨揪着她的衣领将她拉到一边，“你以为我要问什么？”

她打了个哈哈：“没、没什么啊。你这问句没主语嘛，我不就没听清。”

“我当然喜欢看星星啊。”她笑了笑，“你知道吗？其实看演唱会也很像看星星呢。那么大的一个体育场，所有人都举着荧光棒。明明只有那么一点点的光芒，可是所有人聚集在一起的时候，那么壮观、那么漂亮，这和星空不是一样的吗？

“只是……真的很渺小啊。每次站在人群里注视着舞台上的人，无论观众席离得有多近，我都会很难过地意识到，我和……他，隔着比银河还要遥远的距离。”

不知为什么，童烁一说着说着却忽而哽咽，鼻尖发酸。她忍不住偏过头去，湿润的眼角藏在漆黑的夜里。

为了不让那人发现自己眼眶含泪，她刻意地大笑了两声，扯开话题：“喂喂喂，你听过五月天的《星空》没有，你这种土老帽肯定没听过，咳咳，我唱给你听哈。

“猎户天狼织女光年外沉默，回忆青春梦想何时偷偷陨落……那一年我们望着星空，未来的未来从没想过……”

女孩清澈的嗓音轻轻哼唱着歌曲，好似山间的涓涓溪流在暗夜中静谧流淌。

“如果你在的时候，会不会伸手拥抱我？”

不知是否歌曲暗含伤感，童烁一还在歌唱，声音却越发哽咽，稳也稳不住，一时竟停了下来，再也唱不下去。

蔺晨看过去，昏暗的光线里，女孩瘦削的肩膀轻轻颤抖，眼泪都藏进了黑暗。

他双手握拳，起身走到她面前，缓缓地俯下身来。

“童不二。”

他张开双臂，像羽翼丰满的候鸟一样拥抱住了面前的姑娘。他的声音那样温柔，好似棉絮一般的星云，轻轻地抚摸着耳郭。

“形成碳基生命的元素都是恒星煅烧出来的。恒星死后，这些元素又成为宇宙尘埃，最终凝结成行星、孕育出生命。

“尽管我们无比渺小，尽管星星无比遥远，但是归根结底，我们都来自逝去的恒星。也就是说——

“我们，就是星辰本身。”

蔺晨这样说。

“你不要害怕，星星一直都在你的身边。”

不知过了多久，久到蔺晨以为童烁一在自己怀里睡着了的时候，一股大力突然推开了自己，他一个踉跄后退了几步，错愕地看向她。

童烁一欣喜地瞪大了眼睛，像是突然间领悟了什么一样喊道：“我想到了！我终于想到了！”

蔺晨茫然地望着对方，她的回应似乎不是那么合理。

“我终于知道要送什么给宣遥做生日礼物了！谢谢你三三！”童烁一嘴角飞扬，又问，“你刚才说的话是背的哪本书上的？能不能借我做

文案？”

顿了半晌之后，蔺晨才明白过来她在说什么。他方才那么深情那么真挚地在告白，而她的脑子里想到的却还是宣遥。

“你只想跟我说这个？”他噎了好久，不可置信地问。

童烁一用力点了点头：“我觉得你刚才说得特别好！我都感动到了！”

蔺晨质疑：“你真的听懂了我说的？”

“当然听懂了。碳基生命嘛，行星嘛，就是说我们和星星都是由同样的元素构成的，对不对？”她肯定地说，“我觉得这个思路特别浪漫，用在生日应援上一定能一鸣惊人！”

蔺晨咬了咬牙，咒骂：“滚蛋！”

童烁一茫然抓头，我又哪里惹到这位大爷了？

将童烁一送回宿舍的时候，蔺晨都快被自己的人道主义精神感动到了。他没把这个傻子扔在山上自生自灭，简直称得上是慈悲为怀了。

自从下山之后，蔺晨就始终保持沉默、一言不发，童烁一思来想去也猜不到他到底在生什么气，以为他是为了生日应援而恼火，再三指天发誓这次绝对不会乱花钱，一定理智追星。

但她越是这样强调，蔺晨的脸越是黑得厉害。

童烁一只好无奈叹气——

男人的心思你别猜，猜来猜去也不明白。

晚上十点，市中心某高级公寓。

经纪人冲进公寓时，宣遥刚刚结束了一轮课程辅导，将家教老师送了出去。大门还未关上，哒哒哒的高跟鞋声便从楼道里传了过来。

“宣遥，今天到底是怎么回事？”经纪人高敏未见其人先闻其声，大门猛地被撞开，惊得助理赵哥连退三步。

能在这栋公寓里大喊大叫的女人并不多，宣遥远远地听见了高敏的声音，恨不得撒腿就跑，还没跑出客厅便被她逮个正着。

“你过来！”女人一头中分短发，耳垂挂着金色的流苏耳饰，干练的酒红色西服配八厘米黑色高跟鞋。高敏眉头微皱、面露不满，语气里是不容置喙的命令。

她就是 Starlight 组合的经纪人，亲手将这个团体从默默无闻捧到无人不知。更是她，从茫茫人海里挖掘了宣遥，让这个少年走上了与同龄人全然不同的人生。

宣遥自知无路可逃，整理表情，挤出一个乖巧的笑脸，转身回看她：“敏姐，你怎么有空来这里啊？你不是陪朗哥去上海参加活动了吗？”

“你还好意思说！”高敏冷哼一声，严厉地说，“我说了多少次，在学校好好上文化课，其余时间不要乱跑，你倒好，瞒着我去参加什么社会实践。我这还是看见热搜才知道你偷跑了去！”

宣遥说出心里话：“我已经好久没有在学校好好上课了，好不容易能有机会和同学一起出去实践，我真的不想错过。”

“可你除了是学生，还是个艺人啊。”高敏刀子嘴豆腐心，“我听说今天围了一大群私生呢，万一出了点什么事，我怎么跟你的粉丝交代？怎么跟你家人交代？”

“这些我也知道，但是……”

宣遥坐在沙发的角落里，将怀里的靠枕玩偶牢牢抱紧。他垂头看着地上，将剩下的话咽了回去。

但是，他很想做一次普通的高中生，想和同学打成一片，想正大光明地走在路上，不会被当作动物园里的大象一般围观。

“既然得到了别人得不到的，总要失去点人人都拥有的。”高敏拍了拍他的肩膀，是训诫却也是安慰，“你已经比同龄人幸运很多了，年少成名，总要付出点代价。”

这些道理，宣遥从小听了太多，他不是不懂。

怀里的抱枕是粉丝送的，据说是国外的联名限量版，有钱都未必能买到。他无意间在直播中提到一句自己很喜欢这款抱枕，竟真的有粉丝留心了这句话，从多个渠道辗转购得，寄到了他的公司——可他至今都不知道这位粉丝到底是谁。

他成名后收获了很多东西——夺目的聚光，无数的粉丝。他随意的一句话、一个笑颜，都会被铭记在心，奉为圭臬。

他没理由抱怨。

“行了。看到你没事我就放心了。”高敏叮嘱道，“这几天我会再安排一个助理接送你，好好练歌，离生日会还有一个月，那么多的场子，你可一点都不能出错。”

宣遥握紧了拳头，比画出一个加油打气的姿势，笑道：“放心，我在舞台上绝不可能出错！”

高敏欣慰地点了点头，又交代了几句便回公司加班去了。

宣遥关上门，回头看着自己的公寓，窗帘厚重，密不通风，像个严防死守、生怕被外人看见的铁盒子。与其说这里是他的家，倒更像一个不定期居住的酒店。

他走到床边，将紧闭的窗帘悄悄拉开一道缝隙。市中心的天空是朦胧的深灰色，霓虹灯彻夜不息，夺取了属于星星的光辉。

在这一瞬间，宣遥突然怀念起那座天文台，怀念起他从未见过的真实星空。

十一月伊始，距离宣遥的生日还有一个月多，童烁一已经为生日应援而忙碌了起来。

生日应援是前几年才传到中国的产物，是指在“爱豆”生日期间，粉丝为庆生而自发组织的各项活动。最基本的应援方式是承包 LED 大屏和公共领域的广告牌，小到公交站牌，大到纽约时代广场，都被各位流量明星占领过。公益捐款也是常见的方式，粉丝以偶像的名义向各类公益组织捐款，既宣传了偶像的名字，也造福了社会。

只是随着这几年应援产业的迅速发展，各种想得到的想不到的应援方式都被采用过了，无论是北京水立方、上海外滩、广州小蛮腰，各类一线城市的地标性建筑，都曾被烙印上一群年轻艺人的名字。每一次惊人的应援成就，都会给下一年的粉丝带来更大的压力。

要怎么样才能让应援做到别树一帜、卓然超群呢？

童烁一想破了脑袋，终于从蔺晨那里得到了灵感。

星星。她想要为宣遥买下一颗星星。

“买星星命名权？”听说了童烁一的想法后，蔺晨挑了挑眉，一副看傻子的表情。

“你别小瞧我，我特地在国外的网站买的呢！”童烁一得意地昂起下巴，从背包里取出一个包装精美的纸盒，显摆道，“你看，我还有证书呢！”

打开包装盒，先入眼的是一张黑底烫金的信封，信封内装着一张设

计简明高级、印满英文的证书，上面记录了童烁一所买下的行星的名称，并标注了该星所处的恒星指数、星群、赤经和赤纬[③]等具体数据——乍一看，真的挺像那么回事儿。

蔺晨将证书翻来覆去地瞧了一遍，信封内外都不放过。两分钟后，他指着包装盒右下角一行不起眼的小字，问："你知道这上面写的什么意思吗？"

童烁一摇了摇头："这都是英文，我看它备考四六级？"

天文学的很多专著都没有中文译本，英语水平对本专业学生而言也十分重要。蔺晨翻了个白眼，轻轻松松地翻译了一遍："你所购买的星星名字不被任何官方机构、政府组织和个人承认，本公司也不对其法律效益付任何责任。"

"啥意思？"她呆了。

"意思就是——你这个傻子又被骗了。"

星星命名权、NASA登机牌和英国庄园，并列饭圈最常见的三大骗局，浪漫却又虚假。

蔺晨敲了敲她的额头，从专业人士的角度解释道："小行星是目前各类天体中唯一可以根据发现者意愿进行提名，并经国际组织审核批准从而得到国际公认的天体。但这个命名权是不能进行商业购买的。"

童烁一不死心地问："就没有什么其他办法搞到命名权吗？"

"有啊。"蔺晨微笑，"你可以在天文台观测那么几十年，发现小行星，提名后获得上级批准，再报给国际小行星协会。"

她龇牙："你还不如让我去做梦呢，梦里什么都有。"

---

③ 赤经、赤纬：天文学使用的在天球赤道坐标系统内的坐标值。

蔺晨：“你最近对自己的认知越来越准确了。”

童烁一：“……”

十一月底，建陵附近频发雷暴雨，不知哪里流出传言，称有人在附近拍摄到了巨大喷流[④]，引起了诸位天文天象摄影爱好者的关注。

巨大喷流是一种罕见且壮观的放电现象，天文学院的戴教授也坐不住了，不由分说地拽上爱徒蔺晨，扛着相机一起出了市区，一齐等待着这顶级自然现象的发生。

那个周五，他们早早地吃了晚饭，到达一处空旷的丘陵区。蔺晨架好了相机设定了自动摄影，自己则坐在一旁的折叠椅上，兴致缺缺地看着电子书。

自然现象可遇不可求，周围的摄影爱好者们一边等待一边闲聊。戴教授最是健谈，他聊得口干舌燥，回头一看，自己家的学生正怏怏不乐地傻坐在那里呢。

他拖着椅子坐到了蔺晨身边，开门见山地问：“你最近情绪好像很低落？怎么，被女朋友甩了？”

“我没被……”蔺晨下意识否认，怔了片刻改口道，“不对，我没有女朋友。”

“哦，我懂了。”戴教授恍然大悟，“你单相思啊！”

蔺晨想摇头，哑了哑，却什么也说不出口。

戴教授嫌弃地摇了摇头：“现在的小男生哦，真是念书念傻了，这

---

④ 巨大喷流（giganticjet）：发生在雷暴云上方的一种放电现象，其放电高度甚至可以达到电离层，会对空间安全产生重要影响。

样子怎么追得到女朋友呀。”

小男生蔺晨不动声色地挪开椅子，想离他远一点。

戴教授语重心长地说：“这谈恋爱就像我们拍天象一样，可遇不可求。你不仅要耐心等待，还要懂得抓住机会，不然这次的闪电跑了，谁知道下一次是什么时候……你离我那么远干什么，你过来我讲给你听呀！”

刚音刚落，亮光乍现，昏暗的山区亮如白昼，再一眨眼，却又复归黑暗。璀璨却短暂，如同瞬间抽离的梦境。

“刚才……那是……”

戴教授面对着学生，只余光里瞥见一抹亮光，来不及看清便悄然消散，迅疾得仿佛利剑出鞘。

“是闪电。”蔺晨拍了拍老师的肩膀，“这次的闪电跑了，谁知道下一次是什么时候？”

戴教授抹了把脸，臭小子，赔我闪电！

虽然语言上不够尊重师长，但是戴教授的话，蔺晨并非全当了耳旁风。

回学校的路上，许久未曾使用的微博被他再次打开。

蔺晨登入账号，点开“特别关注”一栏，@不二一点也不二的碎碎念悉数呈现在眼前。

蔺晨的手指迅速在屏幕上滑动。又是那些内容，别的姑娘都爱发自拍和心灵鸡汤，童烁一的微博却尽是“啊啊啊啊”和“哈哈哈哈”，鲜活真实的文盲式追星典范。

而在一种毫无实际意义的微博中，有一条原创内容引起了蔺晨的注意。

这条微博发布于前天中午，随文字配上了两张图片。第一张图是宣遥生日会门票的购买记录，第二张是从建陵飞往深圳的机票订单。

【@不二一点也不二：啊啊啊啊，我抢到票啦！遥遥，妈妈来见你啦！】

三秒后，蔺晨看懂了这条微博的实际意义，顾不上身旁还有老师在侧，当即爆了句粗口。

Chapter 05
追星败桃花吗
ta zhu chen xing

自从上次错过了回程的火车后，童烁一对所有交通工具都产生了心理阴影。尽管飞机十点才会起飞，但她六点钟就一个鲤鱼打挺起了床，七点准时拖着行李箱出门。

宿舍楼外有很长一段楼梯，相机和镜头都装进了箱子里，童烁一不敢暴力拉货，只好铆足了力气将箱子整个扛起来，走两级台阶就得喘几口气。

走到最后几级台阶时，大概是因为心中松懈，她手中忽然失了力道，全身的重心向一侧倾斜。她瞪大了眼睛却无能为力，预备好就这样朝着坚硬的水泥地栽去——而在这之前，一双有力的手掌稳稳地扶住了她。

童烁一正准备谢一句好人一生平安，目光上移，却瞧见了蔺晨那张阴沉的脸，他眉头紧蹙、斜视着自己，目光与未放晴的天色一般暗淡。

她倒吸一口凉气，说话都磕巴了：“你、你、你……这大早上，你怎么在这里？”

蔺晨反问：“这么早你又是在干吗？”

“我……我出门晨练！”说完，她就想给自己一个大耳刮子，这个谎言未免太过拙劣。

对方果然冷哼一声，一语戳穿：“你确定是去晨练，而不是去追星？”

“你……”童烁一瞪大了眼睛指着他，“你怎么知道？不会又是我妈让你来的吧？我警告你啊，这次你别想阻拦我，我就是死也要……”

“我跟你一起去。”

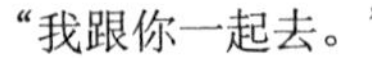

蔺晨打断她，轻飘飘六个字，分量却比她的行李箱还要沉。

“深圳这么远，你又打算独自一人去，然后在机场睡一晚吗？”他一把抢过行李箱的拉杆，眼底雾霭沉沉，“你要去的地方，我拦不住。我唯一能做的，就是陪着你。”

童烁一以为自己听错了，短暂间丧失了说话的能力。

“我说过的，你从来不是一个人。”

蔺晨轻轻拍了拍她的脑袋，如同驯服一只骄纵的狐狸。

——可是你千万不能忘记，你永远对你所驯服的东西负责。⑤

从建陵飞往深圳，横跨半个中国，童烁一虽不是娇滴滴的大小姐，但是女生孤身在外，也未必全然放心。饭圈姐妹除外，有人陪着她一起追星，这还真的是第一次。

童烁一在饭圈混迹多年，并不缺少一同追星的姐妹。只是中国实在太大，大家四散于各地，纵使是相识多年的好友也未必真的见过几面。

上了飞机，童烁一踮着脚想将背包塞进上方的储物格，奈何她个头太小，又有人从她身后经过。避闪不及，没放稳的背包顺势滑落，狠狠地在她的脸上刮蹭了一下。

所幸蔺晨及时赶来，他一手托住背包肩带，一手将童烁一按回了座位上。

他俯下身察看了一下小姑娘的情况，只是脸上蹭破了一点皮，皮肤泛红。他这才稍稍放心，单手举起背包，露出精瘦的手臂线条，轻而易

---

⑤ 出自《小王子》。

举地就将包塞进了储物格的最里，又拍了两下，防止掉落。

蔺晨问：“要不要我换位置坐过来？”

他与童烁一的座位不相连，甚至隔得有些远。见她连放个包都能砸伤自己的脸，心中未免放心不下。

童烁一茫然地问：“你为什么要过来？你的位置有什么不好？”

也不知她是真傻还是假傻，反问得蔺晨无言以对。他只好留下一个沉默的眼神，重新回到了自己的位置。

再过不久，飞机便起飞了。

今天的童烁一过于亢奋，又一大清早受到蔺晨的惊吓，把买早饭这件事儿给忘记了。她包里总共就只有一盒牛奶，过安检时还被无情地没收了。一直到现在十点多了，她仍然一口饭没吃，饿得不轻。

童烁一为了抢生日会门票再次掏空了家底，没钱买飞机上的昂贵食物。当空姐抱歉地说“本次航班不提供机餐”时，她只能凄凉地笑了笑，把脑袋埋进了毯子里。

过了几分钟，方才那位离开的空姐再度走了回来，将一个纸袋递给了她。她打开一看，里面装着一瓶矿泉水和一袋小面包。空姐温柔地说：“是前面那位先生给您的。”

被投喂的童烁一顺着空姐的目光往前探了探脑袋。经济舱里挤挤挨挨地坐了很多人，她在人群中扫视几番，正巧见一个胖乎乎的男青年探出头来。

男青年撞上她的目光，当即回了一个笑脸。

童烁一猛然记起了这个人——这不是隔壁女团 TwinkleGirls 的男粉胖虎嘛！

去年的跨年演唱会拼盘，童烁一和胖虎买了同一个黄牛的内场门

票，结果双双被放鸽子，两人只好坐在体育场门口，吹着十二月的北风畅聊娱乐圈八卦，由此结下了一段友谊。上个月她去参加签售会的时候，胖虎还特地过来捧她的场。

真没想到，他们今天竟坐了同一趟航班。这小胖人瞧着憨傻心底倒挺善良，竟然还知道她正饿着肚子，雪中送炭，真是讲义气！她决定从今天起再也不转发这个女团的黑料了。

两个多小时后，飞机准时在深圳宝安机场落地。一下飞机，童烁一就走到胖虎身边，笑呵呵地拍了拍他的肩膀，感激道："胖虎！谢谢你的面包！祝你女儿早点红，冲出十八线！"

"你儿子才十八线呢！"胖虎怒道，愣了会儿又问，"什么面包？"

"就你在飞机上给我的那个呀，巧克力夹心，还挺好吃的，哪儿买的呀？"

胖虎一头雾水："你有病吗？谁给你送面包了？"

童烁一啧了两声，边摇头边说："你害羞什么呀，我就是谢谢你。现在的男孩子哦脸皮真薄，啧啧啧……你跑什么呀我真没别的意思！"

蔺晨在这时背着她的书包赶了过来，童烁一指着胖虎的背影介绍道："看见那个小胖了没有，我在饭圈认识的朋友。多亏了他在飞机上给我送了一袋面包，不然我现在就得饿死了。"

"你说那面包……是他送的？"他噎了噎。

"对呀！"她说得笃定，忍不住又嫌弃了一句，"你看看人家多会体贴人。你这种直男理科生多跟人家学学，以后怎么交女朋友啊你。"

蔺晨："……"

还不如饿死你算了。

将行李送去酒店后才刚过中午，童烁一只匆匆洗了把脸，就急不可耐地往生日会现场冲了过去。

蔺晨疑惑地问：“生日会不是晚上七点才开始吗？为什么去那么早？”

童烁一神秘一笑，卖关子道：“去了现场你就明白了。”

本次的宣遥生日会在一座体育馆内举办，体育馆的四周都是广场，平日里游人不多，显得极为空旷。而今日的体育广场却一反常态，大大小小的遮阳篷在深圳仍旧火热的天气里撑起一片阴影，买卖周边产品的小贩和分发应援物的粉丝错落相间，蓝牙音箱循环播放着宣遥演唱过的歌曲，穿着蓝色应援服的粉丝们三三两两结伴而行。

刚下车时，蔺晨恍惚间以为自己来到了大型集市现场。

过生日的虽只有宣遥一人，但是粉丝们普天同庆的盛况却仿佛是某种全民欢庆的节日。精心制作的周边、难得一见的朋友、终于能亲眼目睹的舞台……他们从天南海北赶到这座城市，聚集在同一个地方，不仅仅是为了一场演出，更是为热爱而赴约。

每一次启程，都是去见爱的人。

童烁一牵着蔺晨在广场上转了一圈，终于在一棵大树下找到了印有自家站子 logo 的应援餐车。

餐车的窗户是关着的，童烁一敲了两下，一个女人的声音从里面传了出来：“餐车要等下午三点才会供应哦，具体情况见逐星站的微博！”

她喊了一声：“大毛！是我，不二！”

默了三秒，车窗唰的一声被打开，一个短发女人探出头来，尖叫着扑了上去：“啊啊啊，小不二！好久不见啊！”

一个扎着羊角辫的小女孩也从另一个窗口冒出头来，露出一双圆溜

溜的大眼睛，甜甜地喊了一句："姐姐好！"

"小星！"童烁一激动地捏了捏小朋友的脸蛋，"你都长这么大了呀！快给姐姐抱抱！"

看着这幅合家欢的场景，蔺晨有些受到冲击。他对"粉丝"的印象仍然是十几岁的年轻小姑娘，这恐怕是他第一次看见一位当了妈也仍在追星的女粉丝。

大毛之所以叫大毛，是因为她的微博 ID 名为"宣遥的腿毛由我守护"。在饭圈里，她既是前任站姐，也是砸起钱来毫不手软的金主；在生活中她早已结婚，有一个四岁的女儿。

两位许久未见的姐妹寒暄了一阵后，大毛的注意力很快转移到了站在一旁却久不出声的帅哥身上。

大毛问："那位帅哥我是不是从来没见过。难不成他就是……"

童烁一经常同这位好友倾吐情感生活，她对蔺晨的那点心思或许别人看不出来，大毛却是一清二楚的。

童烁一登时慌了神，双手无措地扑腾几下，想要解释什么却找不出借口来。

"其实他是我的……"

"宣遥的男饭！"

两个女人同时开口，彼此相视一眼，双双愣住。

大毛挑了挑眉，用眼神在说，嘿，朋友，你以为我要说什么？

蔺晨看不懂她们在交流什么，自顾自解释道："我是不二的朋友，她一个人来深圳，我不太放心，所以跟着一起过来。"

童烁一噘着嘴瞪他："有什么不放心的，我又不是小孩子了。"

"是吗？"蔺晨瞥她一眼，"那是谁把门票丢在酒店，差点白来深圳一趟的？”

童烁一跺了跺脚：“都说了那是意外！”

蔺晨耸耸肩：“好，行，是意外。”

大毛比这两个小毛孩多吃了十年的饭，男女之间的事情看得一清二楚。她托着下巴一脸慈爱地看着两位，笑着调侃：“哎哟哟，现在的年轻人呀。”

小星嗲声嗲气地模仿她：“年轻人呀！”

姐妹相逢必然有很多话要聊，大毛拽住童烁一促膝长谈，女儿丢给了蔺晨来照顾。

蔺晨没有和小孩相处的经验，不知道该跟她聊什么，只好在手机上下载了一本儿童天文读物，亲自科普基本的天文常识。

他指着一幅幅的星座图说：“你知道星座吗？你看，这个是狮子座，这个是天蝎座。还有这个，射手座。”

“我知道我知道！”小星扑腾扑腾举起小手，“宣遥姐姐的星座就是射手座！”

“姐姐？”蔺晨为她纠正，“宣遥是男生，你应该喊他哥哥。”

小星挺直了腰板坚定地说：“可是妈妈说，美女就是美女，美女不分男女。”

蔺晨：“……”

饭圈属性混杂，有唯粉、有团粉，还有 CP 粉和泥塑粉。后两者虽饱受争议，但总是能给这个圈子带来欢乐。

而大毛，光在现实生活里养女儿还不够，线上也要云养成，一口一个囡囡叫个不停。

蔺晨揉了揉太阳穴，已然能想象出对方振臂一呼、激情演讲的画面："让我们大喊——性别平等！泥塑无罪！"

在粉丝聚集的广场上待了一个小时后，蔺晨逐渐意识到有些不对劲了。

很多人的目光都集中在他的身上。

起初他也只当自己是有些自作多情了，平日在学校里他的回头率便很高，女孩们都爱多看他两眼。但是再仔细留意，发现当下的情况有些不一般。周围的路人不仅时不时就瞟过来几眼，用手指着他小声说着什么，还有胆子大一点的偷偷在一旁拍照，有两位忘记光闪光灯，一阵白光乍现登时撒开腿跑了。

蔺晨一头雾水地问："你们家的粉丝，看起来不是很欢迎我？"

周六的体育广场被花花绿绿的宣遥周边和盛装出席的女孩们彻底占领，而在这群女子大军中间，最惹眼的不再是挥舞的旗帜和闪光的灯牌——而是淡然处于其间的帅哥。

十分钟前，有一位粉丝拍摄了一张蔺晨的照片发布到了宣遥的粉丝超话里。照片上的蔺晨只有一个侧脸，午后的日光打磨出他高挺的鼻梁和锋利的下颚线，眼帘微垂，睫毛覆了下来，拉出一道长长的阴影。

这位不知名的帅哥嘴角平直，面不带笑，手上却握着宣遥的手幅，写着"宣遥看看妈妈吧"这几个大字。

该微博的文案是：【震撼我全家！逐星站的皮下竟然是个这么好看的男孩子吗？我圈男饭雄起！】

这条微博一经发布就被迅速转发，热转第一条来自@宣遥的腿毛由我守护：【澄清一下哈，这位帅哥不是逐星站的皮下，是同行家属罢了！】

评论区立马炸开了锅。

【什么什么什么？逐星姐姐竟然有男朋友了吗？说好的追星败桃花呢！】

【爱豆追不到，男朋友也没有。啊，我死了。】

【什么？追星还需要男朋友吗？我单方面宣布宣遥是我一个人的了！】

诸如此类。

童烁一额头上的青筋跳了两跳，她扑过去就掐大毛的脖子，逼着她删微博。

两人正闹腾着，余光里却刚好瞥见了两位年轻的姑娘朝这边走来。

蔺晨作为被压榨的劳动力，正机械式地向过路人分发手幅，他理所当然地认为这两位是来领应援物的，头也不抬地说："请出示超话等级截图，六级以上可以领手幅，八级可以领礼包。"

女孩们却并没有领礼包的意思。

梳着麻花辫的女孩在身旁好友的鼓励下羞答答地问："小哥哥，你也是粉丝吗？我们可不可以微博互关一下呀？"

摇扇子的手顿了顿，蔺晨抬起头，从头到脚地打量了对方一眼。

似乎是怕他不答应，女孩又说："其实我是第一次追星，很多方面都不太懂，能不能跟小哥哥你请教一下呀？"

童烁一放开大毛，一个箭步冲了过去，挡在了蔺晨身前。

"他他……他不是粉丝！"她赶忙解释，"只是同行的……路人！"

"啊……那真是不好意思。"女孩瞪大了眼睛，难为情地退后了两步。

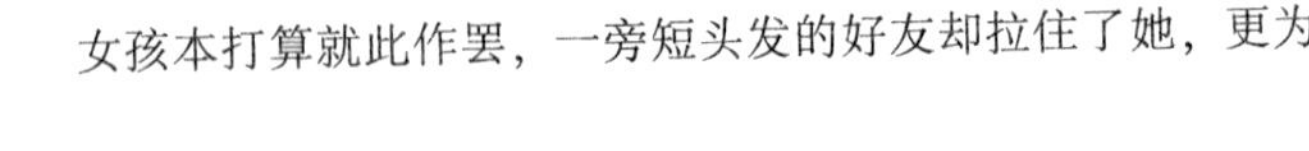

女孩本打算就此作罢，一旁短头发的好友却拉住了她，更为开朗地

说："不是粉丝也没关系，相逢就是缘，留个联系方式交个朋友也好呀。"说着还朝蔺晨眨了眨眼，"帅哥，你用微信还是QQ？"

童烁一磕磕巴巴地说："这就不必了吧，我这个朋友他平常不怎么上网，你就算加了他也……"

"又不是问你，我是在问他。"短发女生昂了昂下巴，强行打断她的话。

闻声，蔺晨毫不犹豫地站了起来，上前走了几步，说得大方："谁说我不上网的？社交账号我总是有的。"

正主亲自开口，童烁一反被噎得说不出话。她垂眼看着地上，心中暗骂这个家伙重色轻友。

接着，蔺晨的声音便飘进了她的耳朵。

"我有人人网账号。"他说，"怎么样，要加个好友吗？"

短发女生："……"

送走了两位不速之客后，童烁一从包里掏出了一包未拆封的口罩，塞进了蔺晨手里。

"把这个戴上。"童烁一说，"趁她们还没人肉你之前，千万捂住了脸。"

蔺晨看了看未落的日头，不太情愿地说："可是深圳很热。"

热死也比别人一直盯着你的脸看好！童烁一撇撇嘴，把这句话烂在了肚子里。

他眯了眯眼，问："是不是我陪你来追星，反而给你丢人了？"

"你丢什么人啊，我怕把你给丢了还差不多……"她小声嘟囔了几句，忽然意识到自己不小心说出了心里话，立马捂住了嘴。

蔺晨弯下腰，将左耳凑了过去：“你说什么，我没听清。”

童烁一慌忙掩饰：“我说你不想戴就算了，这么帅一张脸给大家欣赏欣赏也不错！嗯！”

他扫了对方一眼，重新站直了身子，拆开包装袋，将海绵质的黑色一次性口罩戴了起来，遮住大半个脸。

她眨了眨眼，呆呆地问：“你不是嫌热吗？怎么又戴上了？”

“明星的脸才需要被人欣赏。我又不是明星。”蔺晨看向她，“我只给一个人欣赏。”

下半边的脸被遮住了，他那双深邃的眼眸更显明亮。他的眼尾很长，眼角泛着深棕色，眸光穿透下垂的浓密睫毛照了出来，好似揉碎了星辰洒入江畔。童烁一注视着他，深灰色的瞳孔里倒印着自己的模样。

你口中的那“一个人”，究竟是谁呢？她好想这样问，话到嘴边，转了个圈，开口时就变成了：“你口罩戴反了。”

“……”

蔺晨拧过头去，重新将口罩戴好。

方才的话题便擦肩而过，恍若听错。

生日会在晚上七点正式开始，可六点刚过，会场门口已经排起了长队。

应援餐车派发完了小甜点后，童烁一就开始坐不住了，一见到有人抢先排了队，也急不可耐地往前冲。她花了大价钱购得最前排的 VIP 门票，发誓要拍出全网第一绝美饭拍。

“宣遥，妈妈来啦！”她大喝一声准备冲进人群。

“等一下。”蔺晨一把拽住她的卫衣帽子，抓小鸡似的揪了回来，

“充电宝带了吗？”

“哦，对对对。”她呆了一下，赶忙跑回餐车。

蔺晨双手抱胸，又问：“相机的备用电池呢？”

童烁一刚走，又再次折了回去。

确定了所有东西都带全之后，她终于挺直了腰板，拍着胸脯说：“这次东西全都带全了，可以让我走了吧？”

“演出……几点结束？”蔺晨的问题真是不少。

童烁一答：“十点左右吧，应该挺晚的。你等会儿就直接回酒店吧。”

“我可以……”

“而且我和大毛看完演出还要去吃火锅呢！”她提到火锅就格外兴奋，声音盖过了对方没说完的话。

蔺晨抿了抿嘴，把“我可以等你”这几个字咽了回去，沉默地点了点头。

终于可以出发了，大毛抱起小星，捏着她的小脸蛋笑道：“小星，我们走，去看宣遥姐姐喽！”

童烁一当即奓毛：“是哥哥！”

大毛做了个鬼脸：“略略略，泥塑无罪！”

两个大人又吵又闹地朝着体育馆走去，渐渐消失在了茫茫人海中。

蔺晨望着她们的背影渐行渐远，过了好久才无奈地叹了口气，却又忍不住扬了扬嘴角，不知在为什么而发笑。

生日会开始之后，体育馆外却仍旧围聚着不少人。

一部分是没有买到演唱会门票而滞留在场馆外不愿离去的粉丝，也有像蔺晨这样等待演出散场的。而更主要的一部分，则是手里的票没卖完，开始清仓甩卖的票贩子。

票贩子，俗称黄牛，以三四十岁的中年男人为主，虽然饭圈对他们深恶痛绝，但是有时又不得不依赖他们的特殊渠道达成特殊目的，多年来二者相伴同行，始终无法摆脱彼此。

宣遥是娱乐圈炙手可热的新星，生日会规模不算大，售票很少，不少死忠粉都没能抢到票，更遑论蔺晨这样的纯路人了。而不管防范有多么严格，黄牛们却总能搞到一大把票，一度将票价炒到上万元。粉丝们尽管不情愿，但是为了见“爱豆”一面，也总有人默默接受。

“要票不啦？”一位黄牛大叔晃悠到了蔺晨的身边，“看台现在只卖一千，内场的票也有，后排便宜点，两千就出给你啦。”

蔺晨扫了他一眼，摇了摇头：“不用了，我不看演出。”

大叔锲而不舍：“别呀，进去陪陪女朋友多好啊，总比傻坐这儿好吧？”

蔺晨愣了：“你怎么知道……”

“就你这样的，铁定是陪女朋友来的。”大叔笑了笑，一副看透俗世的模样，他指了指对面坐着的几位男生，“看见没有，那边也是陪女朋友追星，自己没买到票的。”

对面的花坛边正坐着四位年轻男孩子，他们一边组队开黑一边交流心路历程：

“你女朋友说没说她什么时候出来？”

“谁知道呢？估计结束了也得陪小姐妹吃火锅去，哪儿有工夫管我啊……这边草丛里有一个人，快来快来。”

“咱也买张票进去看看得了，我倒要瞧瞧这小子到底有多帅，见天

儿地勾引我女朋友。”

同一个世界，同样的追星女友。

黄牛大叔又晃悠到了这几个男生的身边，从包里掏出一沓票来，笑呵呵地说：“帅哥，买票不啦？看台现在只卖一千二，你们要是一起买，我再给你们便宜点儿！”

蔺晨：“……”

就这几分钟的工夫，又涨了二百块钱？

夜色渐深，体育广场亮起了路灯，体育馆内的磅礴音效时不时漏出声音来，足以想见场内是怎样的人声鼎沸。

开场一个小时后，广场上的人群也都散得差不多了，场外的粉丝们收起易拉宝，印着“宣遥十八岁生日快乐”的横幅也取了下来。有几位姑娘提着垃圾袋收拾场外的垃圾，害怕别人会因为这些小细节而对宣遥的粉丝产生恶感，最终反噬到“爱豆”本人的身上。

蔺晨调亮了电子书的灯光，无论喧哗或沉寂，看着英文原版的天文学专著，总能时刻保持专注。

黄牛大叔的票卖得差不多了，手上只剩下一两张了，逮着人就开始大甩卖。

见这个小伙子还没走，大叔又凑了过来，推销道：“小伙子，大实惠啊！内场后排的票，只要五百块！只要五百，你就能进去陪你女朋友了，划算得很啊！”

蔺晨并非不想进去，但是花钱造福黄牛这种事，他做不来。因而他再度坚定地摇头，否决得果断。

黄牛见这小子是个一毛不拔的铁公鸡，所幸一屁股坐到了他身边，攀谈起来："我跟你说啊年轻人，追女孩子不能怕花钱！特别是这种追星的女的。哎哟哟，我见得多了呀！就宣遥这个毛没长齐的小屁孩，之前参加一个综艺给我搞到了一张媒体票，多少人来抢啊！最后你猜我卖出去多少钱？两万！我跟你说哟，这群女人的钱最好赚了！"

蔺晨仍旧一言不发，他收起了电子书，从口袋里掏出手机放在了耳边。

"哎，你这小子，我跟你讲话呢，你打电话干啥子？"他的无视终于惹恼了大叔。

蔺晨侧头看着大叔，真诚地回答："哦，我在打电话报警。"

大叔疑惑了："好好的报什么警？"

"当然是抓黄牛啊。"

蔺晨嘴角弯弯，眼中却没有一丝笑意，像是一潭黑漆漆的湖水，栽进去才知道，湖里全是刀子。

黄牛回过神来，撒腿就跑。

"欢迎来到宣遥十八岁的生日会现场！让我们尽情享受这个夜晚！"

主持人雄厚的声音响彻体育馆。鼓点交织吉他和贝斯之声，六道火焰环绕舞台迸发，干冰缭绕之中，升降台缓缓上升，身着中世纪骑士服装的宣遥从伴舞群中一跃而下，灯光大开，观众的尖叫声响彻云霄。

大毛呐喊到几近忘我，涨红的脸庞让贤妻良母的形象一去不复返。小星模仿妈妈的样子乱蹦乱跳，蓝色的荧光棒抱在怀里，与她的胳膊一般长。

童烁一的位置在第二排的正中间，视角绝佳。她座位四周的粉丝几乎人手一台相机，快门声此起彼伏、不分你我。她们既不尖叫也不呐喊，宣遥出现时便高抬相机，宣遥下台后便迅速发预览、修图、编辑文案、发微博，整齐划一的动作仿佛训练有致的职业记者。

这早已不是童烁一第一次近距离观看演出，似乎从第一次的演唱会开始，她就无心去做一名沉浸在音乐世界的观众，大大小小的演出中，她心中唯一挂念的就只有拍图、录制 focus，盘算着怎么样才能以最快的速度修出最好看的图。至于宣遥到底表演了一些什么，她往往记不真切。

生日会的流程，其实也不过就是那些。唱歌、跳舞、粉丝互动，最后再由队友推着定制好的蛋糕上台，卖一波团队友情——她早已熟知一切。

直到最后，最后一首歌。没有伴舞，没有绚丽的舞美，舞台上只有宣遥一个人，他换上了一件白衬衫，胸前别着一枚星星模样的金色胸针。他刘海微卷，洒着金粉，在镁光灯下一闪一闪的。

他坐在一架钢琴旁，握紧了麦克风，微笑着对台下的观众们说：“大家好，我是十八岁的宣遥。在演唱最后一首歌前，我有些话想对大家说。希望大家能够放下相机、放下灯牌，让这些话真正属于我们。”

放下灯牌的粉丝们倒很干脆，异样的颜色熄灭，整片会场只剩下一片纯净的蓝。童烁一和身边几位站姐交流了一下眼神，不确定是不是真的要放下相机。

“一直以来，我都很感激大家的喜爱。有时我常常在想，这个地球上住着七十亿人，为什么偏偏是我？为什么偏偏是你们？思来想去也没有一个很好的答案，如果一定要回答，那或许是一种因缘，是抹不掉的缘分。”

身边的站姐似乎受到触动，沉重的相机缓缓放了下来，麻木的手臂肌肉发酸。

“我是那个值得的人吗？我问自己。除去偶像的身份，现在的我也只是一个平平无奇的高三学生。初中时我就成了练习生，而那个时候，我并不知道自己在做什么。仅仅唱歌就可以了吗？仅仅跳舞跳得好就足够了吗？——我还希望能为你们做更多。

“比起成为必须被仰望的繁星，我更希望能成为带给大家温暖的太阳，在我们相遇的每一个地方，在做着梦的每一时刻，都给大家带来光芒。”

不知是否是力气消耗殆尽，童烁一只觉得手臂越来越沉，不自觉地就放下了相机，只用一双肉眼，去注视着眼前的少年。

宣遥缓缓按下黑白琴键，清澈的钢琴声涓涓流淌，他开口，歌声舒朗。

“那女孩对我说，说我保护她的梦，说这个世界，对她这样的不多。她渐渐忘了我，但是她并不晓得，遍体鳞伤的我，一天也没再爱过。”⑥

童烁一意识到，这么久了，这竟然是她第一次放下相机，不是从取景框，而是用自己的双眼注视着他，第一次认真聆听他所唱的歌词，体会这个十八岁少年的爱与不舍。

舍去了屏幕和滤镜，真实存在着的你，才是我所追寻的意义。

“我不需要自由，只想背着她的梦，一步步向前走，她给的永远不重。”

宣遥站在光里，眼底藏着光年星河。

人生海海，你就是这人间的星光。

---

⑥ 歌词出自黄义达《那女孩对我说》。

无数人问过童烁一，你到底喜欢宣遥什么呢？为了偶像付出这么多，有什么意义呢？她从前常常回答不上，直到此刻注视着这位刚刚成年却坦荡无畏的少年，她想她终于明白。

追星怎么会是无意义的事情呢？朝着有光的地方奔跑不是人类和自然的本能吗？

是舞台上的偶像用自己的人生告诉我们，青春可以是永不褪色的底片，拥有热爱与坚持，我们的梦想也可以做到最顶峰。

保持炽热、坚持到底，或许前路未必是光明坦荡，但一定也充满着无限可能。

体育馆对面的海底捞店面，无数粉丝号啕大哭。

贴心的商家将店内的背景音乐全部换成了宣遥的歌，并为每一桌送上了一大沓纸巾，女孩们哭得稀里哗啦，妆容模糊好似牛油锅底。

小星早已困得睡过去了，没有瞧见自己老妈为了那位毫无血缘关系的“姐姐”而涕泪纵横的模样。

“怎么这么快就十八岁了啊呜呜呜！我刚认识他那会儿，他还是个没长开的小土豆呢！呜呜呜，我的遥遥啊，妈妈好舍不得你长大！”

童烁一和大毛两位母亲粉抱成了一团，如同锅里黏成一团的拉面一般，分也分不开。

虽然没有亲自当过妈，但是童烁一对爱豆饱含母爱。有人说过，爱上一个男人不可怕，最可怕的是怜爱一个男人。对于宣遥，她的感情恐怕比怜爱还要深。

“我儿子怎么都成年了哇！就算成年了也不能抽烟喝酒交女朋友呜呜呜！妈妈不许！”

就算已经哭得死去活来了，童烁一仍然不忘记提醒小“爱豆”遵守偶像法则，铁血事业粉绝不认输。

锅里的菜没捞几口，她又再次在菜单上下单，点了一大扎的啤酒，豪爽地大吼一声：“喝！今天不醉不归！”

童烁一言而有信，真的把自己给喝趴下了。

大毛照顾好小星已经很不容易了，还得拖着喝成一摊烂泥的童烁一。一上出租车，童烁一十分不老实，几次捂着嘴仿佛要吐在车上，吓得出租车师傅一路狂飙，赶紧将她们送回了酒店。

蔺晨赶到酒店大堂时，看见的便是这副模样的童烁一。

每个人发起酒疯来都各有不同，童烁一属于疯得比较厉害的那一种，见人就抱上去，看见个男人模样的便以为是自己家的“爱豆”，本着过了这村就没这店的想法，一通揩油，惹得蔺晨眉头紧蹙，几次想把她从背上摔下去，靠着多年的修养才忍了下来。

童烁一死死搂着蔺晨的脖子，热气吐在他的耳朵上，废话连篇：“上升期不许谈恋爱！听见没有？你这个时候谈恋爱就等于失业啊！听妈一句劝，娱乐圈的女人是老虎，都是为了蹭你热度的！”

蔺晨茫然地看向大毛，询问她这是什么情况。

大毛抱起了小女儿，讪讪一笑：“‘爱豆’生日嘛，这不太激动就给喝大了嘛……我先送小星回房间，等会儿回来哈！”说完撒腿就跑。

好真实的友谊啊……蔺晨叹了口气，从童烁一的包里摸出房卡，将她送了回去。

“垃圾公司，毁我青春，败我钱财！我儿过生日也要让队友来蹭热度！早糊穿地心了好吧！我家王牌 ace 的位置也有人敢质疑？也不看看自己正主长什么样还敢花式洗地！要不是我儿流量支撑，早八百年 flop 到谷底了！”

蔺晨满头问号，你到底在说什么？

他将对方抱到床上，童烁一刚刚坐稳，突然猛地揪住了蔺晨的领子，凶恶地瞪着他大骂：“你们这些洗脚婢！说了多少次了不准给我儿拉 CP！我家宣遥独自美丽！抢我家 C 位的账还没跟你们算呢！竟然还想买热搜上位！祝你们原地爆炸！”

蔺晨疑惑了，这是又把我当成对家的粉丝了？

“好好好，你们宣遥最好了，没人比得上。”他敷衍地应了几声，又说，“乖，把鞋脱了。”

童烁一醉眼蒙眬地看着他，猛地一抬脚，昂着下巴骄纵地说：“洗脚婢，过来！给你巨 C 爸爸脱鞋！”

蔺晨翻了个白眼，要不是知道她是真的醉到神志不清，大概早就骂一句“给老子滚蛋”。

但是喝醉的童烁一也有喝醉的可爱，噘着小嘴故作凶巴巴的模样倒颇为好笑。蔺晨最终决定忍辱负重，替她脱下了白色运动鞋，这笔账等到明天再算。

他拍了拍对方的小脑袋，好言好语地劝道：“现在乖乖睡觉好不好，先别闹了。”

“呜呜呜……”不知是不是他的语气太过温柔，蔺晨在童烁一的视角下再次变成宣遥，她发出了两声呜咽，双手抚摸上他的脸颊。

她的眉毛拧成了“八”字，委委屈屈地说：“我们遥遥真的长大了，我都快认不出你了呜呜呜！可是你怎么变丑了呀？”她捏了捏蔺晨的脸，“脸都变肥了，眼睛也变小了。”

“你才变丑了。”蔺晨被内涵到了。

“我们遥遥，以后会成为更厉害的人，被更多人喜欢的。以后一定要去鸟巢开演唱会啊！”她揪着“宣遥”的耳朵发表豪言壮志。

蔺晨无奈地附和了几声,亲自动手架着她的肩膀逼迫童烁一躺下去，再将被子盖上，裹得严严实实。

童烁一叽里呱啦讲了一堆后，终于有些累了。她打了两个哈欠，在温暖的被窝里缓缓闭上了眼，昏昏沉沉，似乎睡了过去。

见她安静了下来，蔺晨这才放心地去了洗手间。他在混乱的梳洗台上找到了卸妆水和卸妆棉，上网查了一下卸妆的注意事项，捧着一堆用品再次回到床前。

蔺晨蹲在床边，轻轻扯下盖在童烁一脑袋上的被子，用沾满了卸妆水的棉纸轻轻地擦了擦她的脸。从眉毛到嘴唇，动作温柔而仔细，始终小心翼翼。

作为一位从来没化过妆的男生，他不太懂女孩子的卸妆具体如何操作，只能依葫芦画瓢，差不多过了五分钟，才勉强确定自己替她卸干净了。

褪去了厚重的妆容，素颜的童烁一依旧面容姣好，更显清纯灵动。醉酒使她身体发热，两颊始终通红，双唇即使褪去唇彩也依旧鲜艳嫩红，如同盛夏熟透的樱桃。

蔺晨本收拾好了东西预备要走，临走前又回望她一眼，心中有一根线被钩住了一般，偏生将他拉了回来。睡梦中的女孩卸下防备，好似一只娇小可怜的小兔子，发丝都埋在柔软的枕头里。

他不自觉地伸出手，受蛊惑般轻轻抚上她滚烫的脸颊。他瓷白的手指天生冰凉，如一阵清凉的晚风般擦肩而过。

童烁一被风唤醒，于蒙眬中睁开眼。

床头的橙色灯光迷蒙而温暖，蔺晨的半边脸颊被照耀得明亮，半边脸则沉沦在黑暗里。他的呼吸只有咫尺之距，精雕细琢的五官一伸手就能触摸。

鬼使神差地，童烁一轻声开口，嗓音微微发哑——

“我……

“我好喜欢你啊。”

Chapter 06 今天是女友粉

我……我好喜欢你啊。

童烁一鲤鱼打挺，猛然惊醒。

宿醉的报应来得一点也不晚，她刚刚从床上坐直了身子，脑袋就炸裂般地痛起来，昨晚的破碎记忆涌入脑海，她恍惚中回忆起了什么，再仔细思索却又什么都想不明白。

昨晚,我和大毛一起去吃了海底捞,然后我们一起喝了酒,再然后……再然后我都干了些什么?

她敲了敲自己的脑袋，第六感告诉她自己肯定是讲了些什么不该讲的话，以至于她一觉醒来就心底发怵，没来由地慌张。

正当她陷入自我怀疑中时，浴室的门突然从里打开，披着一条毛巾的蔺晨一边擦着湿漉漉的头发，一边走了过来。他刚刚洗完澡，浑身散发着薄荷味沐浴露的清香，额前的刘海被他撩了上去，露出一双浓密的剑眉。

童烁一抱着被子连连退后，缩在床角惊恐地质问："你你你！你怎么在我房间？还、还……还这个样子！成何体统！"

蔺晨将毛巾搭在肩上，淡定地问："你喝断片了？"

她转了转眼珠子，虽然依稀记得那么些破碎的片段，但是这个时候还是打死不承认的为好。于是，她果决地摇了摇头，一副"不管我干了什么你都别指望我认账"的模样。

"那我帮你回忆回忆。"蔺晨走到床边，嘴角笑意浅浅，"你掐着我的脖子说我是垃圾公司，毁你青春败你钱财。记得吗？”

童烁一掰了掰手指，隐约觉得这话好像是挺熟悉的，难道是她把蔺晨当作桑榆娱乐的那位垃圾经纪人了？

“你还让我帮你脱鞋，记得吗？”蔺晨仰起头，居高临下地看着缩在床角的人，眼神不善。

她心中“咯噔”一声，没想到自己竟然这么大胆，让蔺晨给她脱鞋？借她十个胆子她也不敢啊！

“对不起，哥，我错了，我真的错了。”三十六计，认屃为上计。童烁一双手合十，目光虔诚，生怕对方再讲出什么来，说不定自己得当场跪下。

“还有，你还说……”蔺晨俯下身子，双手撑在她肩膀两侧，眼底笑意愈浓，“说你好喜欢我。现在，还记不记得？”

“轰”的一声，一道惊雷劈向了童烁一的天灵盖。

——“我好喜欢你啊……”

这句话，原来不是在做梦，竟当真是她说的。

她咽了咽口水，垂死挣扎：“我我我……我是把你认错了，我以为你是宣遥来着呢你知道吗，我不是天天说我喜欢宣遥吗，所以昨天晚上肯定说……你你你……你干吗？”

懒得听她废话，蔺晨的身子忽然靠了过来，鼻尖抵着鼻尖，近得连呼吸都交织在一起。童烁一本能地想要后退，却惊觉身后是坚硬的墙壁，她早已无路可退。

蔺晨捧着她的脸，深灰的眸中流光跃金，滚动的喉结好似潜伏着小兽。他柔声开口，清凉的薄荷气息迎面而来。

“饭可以乱吃，话不能乱说。你说过的，我当真了。

“你做过的事我可都记得，休想赖账。”

童烁一眨巴眨巴眼睛，心脏狂跳：“我……我还做了什么吗？”

蔺晨挑眉问：“你以为我为什么会在这个房间里？”

“为何呢？”

“因为你不让我走。”

如同任督二脉被人打穿，童烁一瞪大了眼睛，该记的不该记的，全都回想了起来。

她双手一软，瘫倒在床之前被蔺晨一把捞进怀里。他的嗓音如磨砂一般富有磁性，倚在她的耳畔悄声说话，好似在念什么咒语，叫人全身发软，不得动弹。

蔺晨问：“你难道不想听听我的回答吗？”

仿佛被点醒了一般，童烁一逐渐将记忆的碎片拼接起来，依稀记得自己似乎半夜醒来过一次，正好看见了来送醒酒药的蔺晨，她却只以为这是场梦，本着梦到就是赚到的想法，手脚并用全方位揩油。

她像只八爪鱼一样趴在了蔺晨的背上，蔺晨几次想放她下来都无果，最后被折腾得实在没有办法，只能好言好语地劝说八爪鱼回床睡觉。她虽听从了，却不肯放蔺晨离开，但凡蔺晨离开床两米远，她就开始大哭大闹撒酒疯。蔺晨无可奈何，只好搬了个椅子在床边，勉强熬了一宿。

这就是蔺晨所说的“你不让我走”。

这段回忆太过惊悚，以至于童烁一怀疑这是外星人植入到她脑子里的，并不属于她本人。她怎么可能拉着蔺晨的手撒着娇说“呜呜呜哥哥你别走”这样恐怖的话呀！

她咽了咽口水，蔺晨深情的眼神在她的视角变成了威胁警告，误以为对方是为了昨晚的事情找她来算账了。

童烁一仔细盘算起来，这个时候向他下跪还来不来得及。

蔺晨见她许久不语，便料想到她又一次神游天外了。这家伙还真是……无论什么情况下都能对自己呼之欲出的告白视而不见。

想明白对方心意的最好办法是什么——直接询问对方。再怎样词不达意，也胜过人心隔肚皮。

蔺晨叹了口气，将床头的醒酒药递给她："先把这个喝了，醒醒酒。"

童烁一不敢不从，捏着鼻子一口气灌下了肚，苦得直吐舌头，又忙不迭接过他递过来的温水。来回折腾几下，倒的确达到了醒酒的作用。

她缓过劲儿来，心怀愧疚地注视着蔺晨，两个人大眼瞪小眼，彼此沉默着。

良久后，坐在床边的蔺晨伸手拨了拨她耳边的碎发，温柔地问："现在清醒了没？"

"醒了醒了！"童烁一点头如捣蒜。

"那好，我有话对你说。"

蔺晨牵过她的右手，温暖的掌心与她的五指紧握。他深吸了一口气，像是下了场很大的决心，藏了半辈子的小秘密，终于要告之秘密的主人公。

"童烁一，我喜欢你。"

"哈？"

女主人公噎了一下，三秒后突然爆发出一阵大笑："三三你是不是也喝多了没醒酒呢？这个玩笑有点瘆得慌，你以后不要跟别人……"

"我没在开玩笑。"蔺晨扣住她的手腕，轻轻使力便将她拽到了面

前，“也许你没把昨天说的话当真，但是我很在意。”

天上突然掉下一个好大的月饼，砸得她有些蒙。

童烁一支支吾吾半天，讲不出一句完整的话来：“可是……你……我……”

她心中慌张，眼神躲闪，根本不知在表达些什么。

不给她浑水摸鱼的机会，蔺晨捧住她的脸，离得极近，冰凉的双唇几乎贴在她的面颊上。他说：“我只问你一句，你说你喜欢我的话，是不是真的？”

心率快得几乎要爆炸了，童烁一注视着蔺晨，从他深灰色的眼眸中看见了自己的倒影。她从没想过这么一天，光是控制自己不要过界就已经达到了她的极限，连做梦都是禁欲的，生怕亵渎了他。

可是这样一个人，这样遥远到要挂在天上仰望的人，却为她坠入凡间，同她求一句情真意切。

说喜欢你的话当然是真的，真到不能再真了，比我嗑的CP都还真。

童烁一喉咙干涩，发不出声音，胸膛里一股热流涌出，直冲大脑。她心说我真的好喜欢你，动作却比话语更诚恳。

她抬起头，一个轻柔的吻落上了蔺晨的唇。

蔺晨三秒前还占着上风，此刻却睁大了眼睛，始料未及。女孩生涩的吻如同刚刚摘下的青果子，酸涩微甜而清脆芳香。他闭上眼，手指与棕色长发纠缠，托着她的脑袋俯下身子，陷进软绵的被窝里。

“不二！醒了没！我买了广式早茶！一起来吃呀！”

门外大毛的声音出现得十分不合时宜，像掐准了时间般故意来破坏气氛。

听见有早茶吃，快要饿扁了的童烁一不由得分了神，她推了推蔺晨想要溜出去，他的双臂却缠得更紧，将她禁锢在怀抱里。

“等等再去。”他轻轻咬上小姑娘的耳朵，给她的不安分一个警告。

童烁一委屈道：“我真的要饿死了。”

蔺晨在她的脖颈上倾吐一口气，幽幽道：“我比你饿得更久。”

她深吸一口气，意识到他们所说的“饿”，可能不是同一个意思。

大毛在餐厅里等了有半个钟头，这对新出炉的小情侣才扭扭捏捏地赶来吃饭。

童烁一的左手被蔺晨牵着，小小一只缩在他的身后，半张脸都埋进了卫衣帽子里。说来也奇怪，明明是熟到不能再熟的老朋友了，点破那层窗户纸后却忽然尴尬了起来，她的手被对方的大掌紧紧包裹，光是这样就已经叫她不敢直视对方。

她像个盲人似的，眼睛不看路，全靠蔺晨引导。经过门槛时也没看见，她脚下一个踉跄，直直往他的背上扑了过去，不经意就搂上了他的腰。

蔺晨偏过头来看着她，劝导道：“大庭广众的，你矜持一点。”

童烁一果断否认：“我只是没站稳！”

他低头看了看拴住自己小腹的那双手，挑眉：“那你往哪儿摸呢？”

她这才意思到自己的手放在了不该放的地方，慌忙要收回去。蔺晨的掌心却盖上她的手背，颇为大方地说：“没事，你摸吧。女、朋、友。”

最后的三个字加了重音，念得抑扬顿挫，新晋女朋友蓦地红了脸，手握成拳不敢揩油。

小星的脖子上系了一条口水兜，小胖手笨拙地握着勺子。她唇边都

是牛奶沫，咂咂嘴巴问：“妈妈，姐姐和哥哥在干什么呀？怎么还不过来？”

大毛撩了撩头发，笑道：“可能是在秀恩爱吧。”

蔺晨牵着女朋友坐过来时，正好听见小星问：“什么是秀恩爱啊？”

童烁一脚下一滑，一屁股栽在了椅子上，尾椎骨隐隐作痛。

大毛眯了眯眼，调侃二人：“看来你们昨天晚上过得很不错嘛。年轻人，记得要节制一点。”

“噗！”童烁一正在喝汤，差点全喷在桌上，她挤眉弄眼地使眼色，“当着小孩子的面，说什么呢你？”

“你们当着小孩子的面卿卿我我，我说什么了吗？”大毛耸了耸肩。

小星眨巴眨巴大眼睛，一脸无辜地吃着云吞面。

大概是习惯了从前和蔺晨互相伤害的相处模式，一夜之间身份转变，童烁一显然很不适应。

蔺晨也不太懂该怎么对女孩好，只会在饭桌上一个劲儿地给她夹菜，从水晶虾饺到肠粉，从沙爹牛肉粉到叉烧酥，她碗里的食物堆成了小山，有种被当成猪来饲养的错觉。

她瞧了瞧对面小口喝着虾蟹粥的大毛，故作矜持地说：“你别给我夹这么多菜，我怎么吃得完呀？”

蔺晨瞥她一眼，十分有信心地说：“别闹了，说什么呢，这点都不够你塞牙缝的。”

假装淑女失败，童烁一懒得再演，咬了一个小汤包，满嘴都是鲜嫩的汤汁。

她虽长得瘦弱，但是胃口不容小觑，风卷残云似的扫空了碗里的食物，蔺晨又贴心地端上了另一碗，坐实了她的大胃王人设。余光中看见对方空空如也的盘子，她这才意识到蔺晨根本没动几口筷子，光撑着下巴盯着自己看了。

童烁一问："你怎么不吃？不饿吗？"

蔺晨浅浅一笑："刚才吃饱了。"

她正想问你什么时候吃的饭，慢了半拍才意识到他的话别有深意，又羞又恼，在桌子下狠狠踩了他一脚。

末了，她躲开对方灼灼的眼神，娇羞地说："你老看着我干什么呀，我有那么好看吗？"

"你知道吗？"情人眼里出西施，蔺晨说什么话都好似情话。

下一秒，却听见这位男西施说："你牙齿上沾着韭菜。"

"……"

童烁一忙不迭埋下头偷偷剔牙。

说好的情话呢？

童烁一和蔺晨难得来一次深圳，大毛本想带着他们尝遍深圳美食，奈何时间有限，当天下午就得回去。思来想去后，大毛决定将行程省略，带着他们去了一家著名的潮汕火锅店。

因为追星的缘故，这两年来童烁一也跑了大大小小不少的城市，名胜古迹没游多少，种草的美食店基本都吃了个遍。她中午被蔺晨投食太多，现在并不太饿，吃了几口牛肉就放下了筷子，光顾着和大毛一起自拍。

"这个滤镜好看，再拍一张。"大毛举起手机，对着前置镜头比了个剪刀手。

童烁一将身子往后靠了靠，要求道：“等等。你把瘦脸效果开到最大……不行，我的脸还是好大啊，你再往前一点。”

女孩子的自拍是一门艺术，不仅要换遍美颜相机和美妆滤镜，后期还要再次修图，没半个小时决计结束不了。

大毛将刚才拍的照片发给她，问：“你看看这张行不行，没问题的话我就发朋友圈喽？”

“等等！”童烁一喊住，“不行不行，我觉得我还是不好看，我们再拍一次吧。”

蔺晨默默地看着这对姐妹花乐此不疲的模样，忽然意识到在某些时刻，小姐妹是比男朋友更重要的存在。

他叹了口气，给小星夹了一块火腿。

小星耳濡目染，从老妈那里学来不少饭圈知识，不知是想起了什么，突然好奇地问：“哥哥，CP 是什么意思呀？”

“CP？”蔺晨摸了摸下巴，用自己的脑回路回答道，“CP 是英文 clockpulse 的简写，也就是时钟脉冲的意思。”

小星皱起了小眉头，一个字都没听懂。

蔺晨进一步解释道：“按一定电压幅度、一定时间间隔连续发出的脉冲信号就是时钟脉冲。在单位时间内所产生的脉冲个数称为频率，它的标准计量单位是赫兹。电脑中的系统时钟就是一个典型的频率相当精确和稳定的脉冲信号发生器。”

小星嚼了嚼嘴里的火腿肠，更加听不懂了。

她怎么记得妈妈说的嗑 CP，好像跟这个哥哥讲的一点都不一样啊？

离飞机起飞的时间也没多久了，童烁一和蔺晨收拾好自己的东西，便结束了饭局，准备赶去机场。

分别时刻，在火锅店门口，童烁一很是不舍地给了大毛一个大大的拥抱，她忧愁地说：“中国怎么这么大呀，不知道什么时候能再见到你呢。”

大毛笑着拍了拍她的后背，安慰道：“傻丫头，你放心。下一次宣遥办演唱会的时候，只要是在这个地球上，不管多远我都会去见你。”

“嘻嘻,你叫我一声丫头,要不要做我的母亲粉？我可以满足你跟‘爱豆’私联的愿望。”她得寸进尺地说。

“可拉倒吧你，赶紧走，小心赶不上飞机。”大毛揉了揉她的头发，疼爱地看着这个小姑娘，真心地将她当作了自己的妹妹。

“对了。”大毛扭过头看着蔺晨，警告道，“你这个臭小子，可要好好对我们不二。你要是敢对她不好，我就让你感受一下追星女孩是如何手撕渣男的。”

蔺晨揽过童烁一的肩膀，认真地点了点头：“你放心，你说的话，我会一直记着的。”

童烁一疑惑地插嘴：“嗯？她跟你说什么话了？还有什么我不知道的事情发生过吗？”

大毛和蔺晨相视一笑，却闭口不答。

在童烁一上洗手间离开饭桌的间隙，大毛同蔺晨说了很多。

大概是喝了酒，大毛一时感性大发。

她对蔺晨说：“你没真情实感地追过星，有些事情你大概不会懂，但是如果可以，希望你能永远像现在这样理解不二。

“喜欢屏幕里的人太久了，就会很难去喜欢现实里的人。我们看到

的总是偶像完美无缺的那一面，精修过的图片、剪辑过的视频、刻意建构的文字……我们当然知道这不是真实，但是现实里真实而丑陋的东西还不够多吗？我们只是想追逐一些美好的东西。

“偶像与粉丝之间的关系始终是疏远的，因为隔得太远，才会显得美好。但是现实的恋爱是不同的。月亮那么美，靠近了看却坑坑洼洼的，你是学天文的，这个道理你应该懂吧？我知道你们之间的事情，我一个外人不好多说什么，但是，我只想以不二朋友的名义拜托你——

“不管你们能走多远，不要让彼此太难堪，不要让她失去继续追逐下去的勇气。”

大毛叹了口气，将杯中残酒一饮而尽。

追逐星辰，追逐光亮，我们才能拥有继续往前走的勇气。

正是因为这份勇气，我们才能更勇敢地面对现实人生。

大毛抱着小星上了出租车，临别前挥了挥手，留下一个飞吻。

童烁一望着渐渐远去的汽车，久久地出神。

晚风将蔺晨的发丝吹乱，他站在路灯下，昏黄的路灯投射着斑驳的光影，他的影子被拉得很瘦很长，像少年瘦削的肩胛骨，兀自撑起一个宇宙的重量。

蔺晨朝着女孩伸出手，他微笑起来，整个夜空都变得明亮。

“我们回家吧。”

他对童烁一说。

航班延误了半个小时，童烁一一上飞机就昏昏欲睡。她向空姐要了条毯子，刚刚盖上，蔺晨就同她身边的人换了位置，挨着她坐了下来。

“你怎么过来了？”童烁一揉了揉惺忪的眼睛，惊喜地问。

蔺晨将肩膀靠过来，轻轻托起她的脑袋，倚靠在了自己的肩头。他只说：“睡吧，到了建陵我会叫醒你的。”

她吸了吸鼻子，心中泛起了涟漪，她说：“你知道吗？我追星这么久，飞机、高铁、绿皮硬卧、大巴车……我全都坐过。但是今天我第一次，累的时候能靠在别人的肩膀上睡一觉。”

他轻抚着小姑娘的脸颊，柔声道：“一束光发出之后，可能要经历几百年的时间、穿越茫茫宇宙，才能落入我们眼中。你今天看见的星光，其实在很久很久以前就向你奔跑而来了。”

童烁一往他怀里蹭了蹭，笑道：“虽然我不是很听得懂你在说什么……但是谢谢你呀，男朋友。谢谢你能接受我的爱好，接受我的朋友。”

这世上有千万种否定和不理解，但偏偏，蔺晨是她的千万零一。

“不客气，女朋友。”他低下头，在她的额头上落下一个清凉的吻。

童烁一安心地闭上眼，长途飞行的焦虑感渐渐散去。她倚靠着心上人的肩膀，缓缓沉入睡眠。

颠簸的气流造就起伏的梦境，她在这梦里摘下了一颗星星。

她后知后觉，在梦中才明白他所说的话。

即使此刻的你还没能望见那道属于你的星光，但是请你相信，那道星光正全力以赴地向你奔来，隔着亿万光年、银河浩瀚。

即使缓慢，也终会到来。

回归校园生活后，童烁一兴奋地把自己脱单的事情告知了舍友张琪。

“我恋爱了。”

“哦。”

"我说我谈恋爱了！"

"哦，知道了。"

"你好冷漠！你就是这么对待你可爱迷人的舍友的吗？"

最后一个敌人被击毙，成功吃鸡的张琪放下了鼠标，缓缓转过身来，冷静地看着童烁一，问道："恋爱嘛，很好嘛，我很为你高兴。"

童烁一握住她的手，感慨道："一直以为追星败桃花，没想到我母胎单身了那么久，还有翻身农奴把歌唱的一天！我实在太……"

"所以宣遥是发新歌了还是出写真了？"张琪喝了口水，淡定地问。

"什么宣遥！我说的不是宣遥！"

"你……"张琪思索道，"你爬墙了？"

童烁一抱起薯片就砸了过去："我不允许你随意玷污我的铁血母亲粉身份，谁都能爬墙我也不会爬，我们宣遥只有我们'摇摇乐'了。"

张琪拆开薯片吃了几口，咂咂嘴，说："谁说宣遥只有你们的？他还有颜值、财富和绝顶的舞台魅力。"

童烁一："你这么一夸，我竟然无法反驳。"

张琪接着从专业角度分析道："你昨天拍的那套图我也看见了，色调蛮不错的，不过构图还需要加强。你记不记得我们摄影专业课讲的黄金分割线构图法来着？来，我给你仔细讲讲哈。"

职业炮姐童烁一立马搬着小凳子坐了过去，两颗脑袋凑在电脑前认真地讨论起了摄影构图的五大法则。

半个小时后，童烁一回过神来，茫然地说："不对吧，我记得我来找你是有别的事儿的。"她猛拍脑袋，"我刚刚说到哪儿了？"

张琪提示："说到你爬墙了。"

"对，我爬墙了……"她后知后觉地醒悟过来，"什么我爬墙了？

我没爬墙！我是想说我和蔺晨在一起了！”

此话一出，宿舍内登时一片寂静。

半晌后，张琪才幽幽开口：“你说的蔺晨，该不会是你知我知全校同学皆知的那位天文系的——蔺晨吧？”

童烁一得意地反问：“咱们学校还找得出第二个蔺晨吗？”

“你之前不是说你们只是单纯的友谊吗？嗯？就是这么单纯的吗？”张琪把薯片砸回了她怀里。

“这个……世事难料嘛！去深圳之前，的确还是纯友谊来着。”她笑嘻嘻地挠了挠头。

张琪蹙眉，问：“你俩有合照吗？”

童烁一摇了摇头：“没有。他不爱拍照。”

“有电话录音吗？”

“谁打电话还录音啊？”

“有聊天截图吗？”

童烁一翻了翻手机，她和蔺晨的聊天记录还停留在去深圳的前一个晚上。

不二：【你下晚自习了吗？可否顺路帮我带一杯宣遥同款的芋圆奶茶呢？】

三三：【这个点喝奶茶？你是猪吗？】

张琪看了看聊天记录，又抬起头看了看自己的舍友，沉痛地说：“姐妹啊，追星追得卑微就算了，交男朋友可不能还这样啊。”

童烁一：“……”

蔺晨洗完澡时已经是深夜了，对面的宿舍楼大半都熄了灯，漆黑的

风里只听得树叶沙沙作响。

“吃鸡了吃鸡了！噢耶耶耶耶！”庄梁从椅子上蹦了起来，一个抬头就磕到了上铺的铁栏杆，又痛得哇哇大叫。

唔，再安静的夜晚，也总有吵闹的舍友作陪。

蔺晨一手裹了条毛巾擦着湿漉漉的头发，一手打开手机。戴教授和班群的消息占满了大半个屏幕，他弯了弯手指，第一个点开的却是童烁一十分钟前发的消息。

不二：【你有自拍吗？】

这个问题十分没头没脑。蔺晨的手机相册里只有网课视频截图和观测绘图，只好诚实作答：【没有。】

童烁一没追问什么，两秒后发来一个委屈唧唧的表情包，回复一句：【那好吧。】

文字聊天不带情感，说话语气都不过是个人脑补。那人不过三个字的文字消息，却让蔺晨读出了千百种情绪。

他扯下了半湿的毛巾，鬼使神差地打开了前置相机。无滤镜无美颜的镜头下出现了蔺晨的一张脸。他湿哒哒的头发随意地耷拉在额前，遮住了半边浓密的眉毛。因为刚洗完澡，他的皮肤还泛着一层水光，热蒸汽熏得他双颊隐约透红。

蔺晨不爱拍照，不懂自拍技术，仰视着横放躺平的手机，咔嚓咔嚓就拍了几张照片。完全不顾及死亡视角之下，自己的脸有多么——好吧，他连死亡视角的手机生图，也都是好看的。

他不确定童烁一要的是不是这样的自拍照，盯着镜头犹豫了许久，身后的庄梁却突然转过身来，朝着他的方向大喝了一声。

“你你你！你在干吗？”庄梁表情惊恐，“你竟然在自拍？”

蔺晨给了他一个疑惑的眼神。

庄梁还在持续震惊："天哪！我要去班群告诉大家！蔺晨竟然在自拍！在自拍！"

蔺晨抬手就将毛巾扔到他的脸上。

两秒后，蔺晨的手机振动了一下，戴教授的愤怒感溢出屏幕——

"你这兔崽子，宁可自拍也不回我消息？是不是想期末挂科？"

蔺晨："……"

与此同时，庄梁的现场直播已经由文字进化到了视频，他边拍摄边配上旁白："看见没有，就是这个姿势，蔺晨刚才就是以这个姿势在自拍的……唔！你踹我干什么？"

蔺晨忍无可忍，抬脚就是一击。

冬天的到来比想象中还要更快。还没来得及将宿舍门口的落叶清理干净，一夜寒潮突袭，毫无防备地赶走了秋日余温，一点过渡也不剩。

蔺晨刷完牙时，睡过头的庄梁正急急忙忙从衣柜里找衣服穿——却是蔺晨的衣柜。

"这件大衣借我穿一下！"口头虽是询问，但庄梁没等到答复就匆匆往自己身上套起了衣服。

蔺晨将牙刷放回原处，一伸手就拽住了大衣后领，制止他："这件我今天要穿，你穿自己的衣服去。"

庄梁奇了："你之前不是不喜欢穿这种衣服吗？"

这件驼色毛呢大衣是童烁一去年帮蔺晨挑选的，西装领、双排扣，长款开衩。即使是蔺晨这样一米八三的大高个，衣摆也长到过膝，齐到小腿肚。保暖性能不见得多好，唯一的好处就是穿起来贼帅，走起路来

脚下生风，颇有几分韩剧男主角的气势。

蔺晨从前觉得这个衣服华而不实，并不爱穿，被庄梁借出去穿过几次，扮酷勾搭小姑娘。不知为何，这一次，却借不成了。

庄梁拜托道："我别的衣服都洗了，就借哥们儿穿穿呗？"

"其实有一件事情我一直想提醒你。"蔺晨拍了拍他的肩膀，露出一个营业式微笑，"上次你穿这件衣服的时候忘记了垫鞋垫，大衣下摆都蹭到地上了，我洗了很久。"

庄梁："我恨你。"

大清早将衣柜翻了个底朝天的，不止庄梁一个人。

张琪手里的包子早就凉透了，才等到穿着嫩绿色格子短裙的童烁一走出宿舍楼。

建陵的初冬潮湿阴冷，清晨薄雾未散，半边天也仍是灰色的，路上的行人大多裹上了毛衣和厚外套，缩着脖子匆匆而行。张琪再三确认了天气预报，今天的最高温度也不过才十二度，童烁一那双细长的筷子腿却不畏严寒地暴露在空气中，惊得她不禁捂紧了自己的围巾。

"等……等很久了吧。"童烁一刚开口就禁不住打了个哆嗦，全身的毛孔都立了起来。

张琪的半口肉包子生生噎在了嗓子眼,猛拍了几下胸脯才咽了下去。她问："童烁一同学，请问你是免疫系统坏掉了还是脑子坏掉了，你知道现在是十二月了吧？"

"你不懂，要风度不要温度，今天是我和三三正式交往的第一天，我一定要漂漂亮……阿嚏！"寒风无情刮过，童烁一张口就是一个响亮的喷嚏。

张琪抽了抽嘴角，冷漠道："我看你是想交往第一天就进医院吧。"

童烁一倔强地挺直腰板："没事！我撑得住！"

张琪扔给她一张纸巾："先擦擦鼻涕吧你。"

童烁一："……"

磨蹭了五分钟后，美腿美少女还是被寒潮击败，不情不愿地回宿舍换了一条加绒的厚裤子。

当童烁一再次走出宿舍大门时，张琪却已经不见踪影，等在楼下的人变成了蔺晨。

她一向知道这个人好看，却第一次发现他原来好看得这样出众。

双肩宽阔，腰身精瘦，穿着长款驼色大衣，领口微敞，内衬黑色高领毛衣。偶然风过，大衣下摆飘然掀起，露出一双修长的腿。

上学早高峰，人群像潮水一样涌过，蔺晨就这样站在人群之后，隔着一条不算宽阔的街道和数层台阶的高度。他的脚下是坚守到岁末方悄然飘零的落叶，他的头顶是等待新生的枝丫。

路人匆匆，只有蔺晨注视着她，和煦的笑容弥漫在风中。

像是遇见了日出般，童烁一迎着光大步走向蔺晨，在他面前停下脚步，只隔着一拳的距离。

"你怎么……"她为他的到来而惊喜，却又迟钝地意识到这其中的理所当然。最后，她的目光落在他手里白嫩嫩的包子上，改口说，"我的早饭怎么在你手里？"

蔺晨抬手看着冷掉的包子，回想起五分钟前来到这里时，一个短发女生颇为爽朗地拍了拍自己的肩膀，一面说着"你赶紧把童烁一这二百五带走"，一面把童烁一的早饭塞给了自己。

他知道这位记不清名字的女生是不二的舍友，眼瞧着对方离开后又

折回来了，怀着一份愧疚的心情对他说："听说你们交往了？你说你前途这么光明的一个大好青年，怎么这么想不开啊……果然学天文的人，格局就是大，审美也国际化！"

这位舍友废话不少，字里行间透露着一种丑女儿攀上高枝、激动中又藏着愧疚的复杂心情。

蔺晨淡淡笑了笑，点点头，心中为童烁一感激，她的身边总是有关照她的人。

当事人并不懂得这些，她肚子咕咕叫了几声，伸手想去拿早饭，蔺晨却侧过身挡住她的动作，另一只手递来一份煎饼。

"吃这个吧。"他又补了一句，"我更想吃包子。"

食堂的煎饼很受欢迎，每次都要排很久的队，童烁一想吃却没耐心排队，因而也没多想便答应了他。煎饼捧在手上热乎乎的，从嗓子眼一直暖到胃里。

蔺晨没多说什么，抬了抬下巴，与她并肩往前走。他手里的包子早就凉透了，却吃得很是开心。

第一天，正式交往的第一天，不管做些什么都觉得意义非凡，值得记在日记本上等待多年后回想感慨。

毛概课一连上四节，整个上午都被困在教室里，大部分学生都昏昏欲睡，理论知识一句也听不进去。前排男生睡倒了一片，蔺晨却坐得笔直，笔尖在物理公式间飞转。

教师里很安静，游戏声和音乐声都藏在耳机里，闭上眼就是一个新天地。但无声的东西有时也常喧闹，在听不到的地方叫嚣。

一道物理题计算了满满一张 A4 纸，蔺晨终于停下笔，侧过头，身旁的目光比晨光还耀眼。

童烁一没料到他会突然回过头，立马撇过头去翻书，随便挑了一个章节就假装在听课。

蔺晨撑着脑袋看她，懒洋洋地说：“你的书拿反了。”

她心中发虚，想也不想立马把书掉转了一个方向。三秒后，意识到哪里不对，放下书一瞧，现在的这个方向才是反的。她又羞又恼，恶狠狠地瞪了蔺晨一眼。

他轻笑一声，朝她勾了勾手指。

童烁一半信半疑地凑过脑袋，只听见他悄声说：“想看就靠近点看，免费，不收门票钱。”

“谁……谁看你了？自作多情。”童烁一哼哼一声，装作不在意，“是你挡着我看窗外风景了。”

蔺晨朝窗外看了一眼，教室外是一片建筑工地，坑坑洼洼的工地里停着一辆黄色的铲土机，建筑工人们坐在一旁休息晒太阳。

童烁一故作镇定：“咳，那什么，劳动人民……最美丽！”

蔺晨静静地看着她，听她鬼扯。

“好吧。”她低下头去，消沉了两秒后又握着手机抬起头来，问，“那我可以拍几张照片吗？”

蔺晨抬了抬眉。

她嘿嘿一笑：“这不是……职业病嘛。”

蔺晨侧过身，注视着她，点头说：“拍吧。”

“咔嚓！”

闪光灯骤然亮起，四周学生纷纷看了过来。

蔺晨：“……”

老师敲了敲讲台，提醒道："大家用手机拍 PPT 的时候要记得把闪光灯关掉，不要影响周围的同学学习。"

童烁一："……"

虽然闹出了笑话，所幸照片拍得还不错。阳光从窗外投射下来，蔺晨逆着光，脸庞轮廓镶着一层金边。深灰色的眼眸燃烧着暖棕色的光，倒映着她的影子。

爱给喜欢的人拍照是职业病，童烁一用软件仔细修了修照片的光线，炫耀似的发到了朋友圈里。

大家的回复也来得快。

胖虎评论道："你这是公开爬墙了吗？这又是哪家公司新'爱豆'？"

童烁一宣示主权："这是我男朋友！"

胖虎压根没听懂她的意思，回复："不做妈粉，改做女友粉了？"

下课铃刚好响起。

童烁一关掉朋友圈，捧着蔺晨的这张脸左右端详，忍不住发出疑问："你长这么好看，为什么不去当明星呢？大家都以为你是哪个明星呢，完全不相信你是我男朋友。"

"不要。"蔺晨摇摇头，"做不来。"

"这有什么做不来的？唱歌、跳舞、演戏都可以慢慢学，光是有一张好看的脸就已经在娱乐圈赢了一大半了。"她说得直白。

蔺晨看着她，答得果断："明星不是不能谈恋爱吗？这一点，我做不来。"

童烁一咳嗽两声，笑眯眯地问："你这算是……间接跟我表白吗？"

"你觉得这很间接？"蔺晨反握住她的手背，"那我再说直接一点好了。

“被众星捧月、被镁光灯追逐，这些对我来讲都比不上你更重要。我可能天生就只能做个普通人，没有办法为了前程放弃我喜欢的人。

“天上的星星那么多，有一颗是属于我的，那就足够了。”

今天的蔺晨很不一样，尽管童烁一分辨不出到底哪里发生了变化，但是过去藏在他眼底的谨慎隐忍与惶惑不安似乎荡然无存，他比过去所有时间都更加坚定坦荡，要在黑暗里抓住一抹亮光。

童烁一笑了起来，眼角弯弯如月牙。

她不是没有担心过，友达以上，过分亲密的关系是否是她可以承受的。越是喜欢就越害怕失去，越是害怕就越不敢靠近。她习惯于站在怯懦犹疑的阴影里，仰视着镁光灯下的人，却无法登上舞台并肩而立。

好在，站在她身边的人触手可及，他手掌的温度沿着皮肤传递，心跳与她的脉搏共振。

“对了，你刚才说什么来着？”蔺晨拿起她的手机，问，“别人不相信我是你男朋友？”

童烁一委屈巴巴地点了点头。

蔺晨勾了勾手，侧身将她揽入怀中。他举起手机，转换前置摄像头，年轻男女的模样便被圈进了屏幕里。

他说：“看镜头。”

童烁一下意识地抬起头，快门按下，她迷茫的模样被瞬间定格，和身边二十岁的少年在初冬晨光的见证下，被数字化的相片储存在云端，永不消磨。

或许是二人太过沉浸在自己的世界，完全没有发现，在教室的最后一排，另有一对男女并肩坐着，注视着他们的背影。

“你喊我来，就是为了看这个？”刘雪悠声音微颤，喉咙里满是藏不住的怒意。

尽管天气越发冷了，她仍旧每日坚持早起，花一个小时认真梳洗打扮，永远以最好的状态出现在外人的面前。今天的她仍旧如此，头戴白色贝雷帽，耳边的吊坠隐隐摇晃。

庄梁从初中就与刘雪悠相识，见证着她一年比一年出落得更好看——只是他终于明白，她精心的美丽，并不是展现给他看的。

“这是蔺晨的意思，也是我的意思。”庄梁叹了口气，“你以后不用再向我打听蔺晨的情况了，他已经有了女朋友，你差不多也该放下了。”

刘雪悠心情不佳，笑容里也掺着冷意，她问：“我早跟你说过，我已经对他没兴趣了。你还要特地来讽刺我？”

他解释：“我只是想帮帮你。我知道你最近总是来找我，其实还是为了……”

“我不需要你帮我！我找你是因为……”刘雪悠咬咬牙，后半句话吞进肚子，只化作一句恨铁不成钢的埋怨，“你根本什么都不懂！”

上课铃再次打响，学生们纷纷走回教室。刘雪悠拎起包就走，逆着人潮奔出了教室。

庄梁遥遥看着她的背影，这一次，却再没追上去。

“对了，有个东西，一直忘了给你。”

蔺晨从书包里取出一个小信封，打开来，里面装着四张书签。书签上印着四个 Q 版卡通小人，小人穿着宣遥的经典演出服，瞳孔描摹成了星空的模样。

童烁一睁大了眼睛：“你怎么会有这个？”

他摸了摸鼻子，故作淡然地说：“哦，之前不是弄丢过你的书签吗？总该还给你的。”

“这都过了多久了？而且……这个限量版的早就买不到了，你从哪里弄来的？”童烁一来回盘弄着失而复得的书签，又惊又喜。

蔺晨只说：“正巧看到有人转卖而已，不是特……不是特意买的。”

这书签发行极少，粉丝们都很珍惜，很少有人愿意出手。童烁一的印象里，只有大毛一个人转卖过。

——“这不正好有新粉想买书签嘛，正好我手上周边太多放不下了，就打包全卖给她喽。”

——“没想到这人还挺有钱，都不刀一下，直接就付了款。”

她忽然想起之前和大毛聊天时，曾提到有一位新粉斥巨资购买了自己的二手周边，两人一直以为是个女孩子。童烁一不禁心怀隐忧，缓缓地看向了蔺晨。

“转卖给你的人，昵称是不是叫‘宣遥的腿毛由我守护’？”

这个昵称搞笑又羞耻，但凡见过一眼便难以忘记。蔺晨对此印象深刻，毫不犹豫地点了点头。

“怎么了？”他问。

“没……没什么……”童烁一堆出一个笑脸，“我很喜欢，真的谢谢你。”

蔺晨见她露出了笑容，自己也开心了起来。

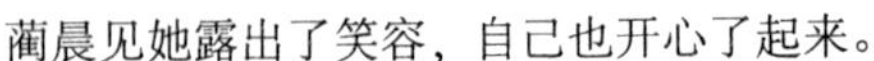

很多人总觉明星周边贵而无用，他虽不能感同身受，却保持理解。不管是什么东西，只要是她喜欢的，他就一并尊重。

童烁一将头撇到一边，隐藏了自己的复杂表情。

花五六百块买几张纸片的那个倒霉蛋，原来就是她的男朋友……

她揉了揉眉心，愤怒地给远在深圳的大毛发了一条消息。

【顶你个肺！】

大毛一头雾水地回复：【？】

Chapter 07 追星从小抓起

戴教授临时出差，周五的课暂停不上。班级群里一片欢呼，蔺晨思考了片刻，将火车票改签。

周五早上八点到达高铁站，蔺晨刷过闸机走上月台，高铁还未进站，空荡的铁轨绵延成一道淡淡的黑色长线，朝着无休止的远方蔓延。周遭排队的旅客大多三两结伴，他独自提着沉重的行李箱，一眼望去，全是陌路人。

蔺晨这次回老家，童烁一本想跟着一起去，无奈周末早已定下了外出采访，不能临时取消。两人刚刚交往不到一周，却要被迫分离三天。

口头上，童烁一为此表达了深深的遗憾。

比如："哎！我也想和你一起回去的，但是张琪说了，我要是敢放她鸽子，她就撕了我的海报，我这也是……无可奈何呀！"

又比如："你放心，这几天我一定会茶不思饭不想地思念你，你一不在啊，我连追星都觉得没意思了，唉，好难过哦。"

话虽是这么说的，而下一秒，微博就自动弹出了一条消息。

【特别关注】@不二一点也不二：#脸蛋天才宣遥##舞台王者宣遥#今天是投票最后一天！千万不能松懈！我们一起给十八岁的遥遥送上第一个奖杯！冲！！

蔺晨回复她六个字："我看你好得很。"

日光穿透雾霾遮蔽的天空，远处的高铁飞驰而来，车厢内灯火明亮，鼓鼓北风阻隔在外，蔺晨提着箱子迈上驶往襄津的列车。

他送辰星

他从前总觉得建陵是陌土，如今第一次意识到，有爱人在的地方，从不是他乡。

蔺晨这一次返乡是为了给母亲过生日。

他的父亲蔺如海是个画家，天生一颗四方流浪的艺术心，在蔺晨小学六年级那年不辞而别。为了把儿子拉扯大，母亲陈希没有倒下，她忙得日夜颠倒，餐饮店越开越红火。他们的生活越来越富足，从老房子搬到了复式别墅，再没有人指着他们母子二人，流露出怜悯的眼神。

蔺晨在性格上与母亲很像，话虽不多，做事却凌厉。平日里虽很少和母亲谈论生活上的事情，但是逢年过节都会准时回去，和母亲一同过节。

改签车票提早回去这件事，蔺晨也没有告知母亲。他想给她一个惊喜。

从建陵到襄津不过三个小时的路程。一出车站，蔺晨来不及把箱子送回家，直奔餐饮店。

到店时正好过了中午最繁忙的时段，店里只有零星几个客人，在这家店干了十几年的刘婶正在收银台前整理账目。

“刘婶好！”蔺晨心情极好，颇为爽朗地打了声招呼，又问，“我妈在哪儿？”

大概他的提早回来实在有些突然，刘婶摘下老花眼镜，瞪圆了眼睛望着他，半晌只吐出一句：“你不是……晚上才回来吗？怎么这么早？”

蔺晨笑笑：“正好今天停课，就提前回来了。”

刘婶下意识地朝二楼瞟了几眼，支支吾吾地说：“你妈她……她……”

“在二楼是吗？我现在就过去。”他没等刘婶把话说完，三步并两步地上了二楼，留下刘婶望着他的背影发愣，手里的记账本一团乱麻。

餐饮店的二楼并不大，只有两三个包厢和一个员工休息室。休息室里搭了个小床，有时候在店里忙到太晚，蔺母陈希就会在这里睡上一晚。

几个包厢都是空的，员工们正在清理餐桌。蔺晨匆匆扫了一眼，直奔休息室。

休息室的大门虚掩着，蔺晨正准备敲门，两个人的谈话声却从狭窄的门缝中漏了出来。

“晚上晨晨就回来了吧？你早点回去收拾一下家里，多做几个菜，我自己可以去医院的。”

这是一个男人的声音，沉厚沙哑的烟嗓，同蔺晨记忆中的某个嗓音交融，却能清晰地听出年龄的苍老。

然后是陈希的声音：“不急，还早着呢。我只是担心，到时候要怎么跟他讲，你……”

“别说了。”男人打断她，“就当我没有回来过吧，你们母子照常生活，我嘛……一个人习惯了。”

“可你毕竟是他的爸爸！”陈希有些着急，嗓子也渐渐泛哑。

男人深深地叹了口气：“只怕他……我没资格要求他原谅我。”

后面再说了什么，蔺晨已经听不到了，全身的血液仿佛在那一刻都上涌至心头。

这几乎是他二十年来最狼狈的一瞬间，跌跌撞撞地往楼道跑，沿路撞翻清洁工的水桶，飞溅的污水湿了他的裤脚和鞋袜，黏稠的寒意无孔不入。

他以为一切已经过去了。人只要抬头仰望星空就不会看到脚下的污泥，但不是这样，远远不是。当年那个拽着爸爸的衣角哭得满脸是泪的小男孩原来并没有长大，只是被他藏在了看不见的天幕中，装作一切从未发生。

蔺晨失魂落魄地走回收银台，他的行李箱还在这里。

“刘婶，别告诉我妈我来过。我……我先回家吧。”他勉强笑一笑，却藏不住眼角的疲惫。

“行，你路上小心。”刘婶的眼中流露出久违的怜悯。

她想起什么，又提醒道：“对了，你妈上个月就从别墅搬回老房子去了，你准备回哪里？”

蔺晨张了张嘴，却发不出声音来。

老家在襄津市的北部，全市较早的一批居民区，虽离市中心有点距离，但附近有菜市场、超市和小学，生活很方便。

蔺晨已经许久没回来这里了。十年过去，从前的崭新楼房外墙发灰生旧，楼道栏杆上满是铁锈，墙上贴着密密麻麻的广告，今日撕掉，明天复又生。

拿出钥匙环时，蔺晨才恍然意识到，就好像过去的自己一直期待着有朝一日会重新回到这个地方一样——他原来并没有丢掉这个家的钥匙，无意识中完好地存放着它。

老房子还是原来的样子，干净整洁，只是墙上不再挂满了各家名画，落地窗前不再有画架，就连颜料迸溅在白墙上的污垢也被墙纸遮盖住。

父亲留在这个家里的痕迹都被涂抹了干净，但他本人的存在从未真正走远。

蔺晨的手机从上了出租车就一直振动个不停。他坐在沙发上看着窗

外熟悉的风景，发了好久的愣，后知后觉地打开手机。

童烁一的消息一条接一条地弹了出来，着急的心情似乎能溢出屏幕。

不二：【到站记得给我发短信哦！】

不二：【欸？都几点了，你到襄津了没？】

不二：【Hallo？你在吗？你回我一下呢？】

不二：【喂，你别吓我呀，看到消息立马回复我！】

除此以外，还有很多很多。

蔺晨知道她在着急，在担心自己。但是他好像暂时失去了同人交流的能力，一张口嗓子就发疼，手指僵硬到连打字的力气都没有。

许久得不到回音，童烁一终于拨打了语音电话，蔺晨犹豫了几秒，最终点击了绿色的接听按钮。

"呀！你终于接电话了，吓死我了。"童烁一在电话那头拍了拍自己的胸脯，"你怎么回个家还能搞失联？我还以为你在路上出了什么事呢！"

小姑娘的声音天生泛着甜味，着急发火时再怎样的张牙舞爪，都不过是一只奶声奶气的小猫咪，只叫人想要伸手揉一揉它肚子上的小绒毛。

蔺晨喉咙哽咽，发不出声。

童烁一连唤了他好几声都没得到回应，心中渐渐紧张起来，语气变得柔软，询问："三三，出什么事了吗？"

"没有，刚才……睡着了。"他开口，声带却似火烧灼过一般疼痛，他强忍着不适，只说，"我回了趟老房子，离你家只有一栋楼。"

他们儿时住在同一个小区，曾一同度过最无忧的童年。每当蔺晨闷在房间里学素描时，童烁一却在外面的泥地里打滚。她总会时不时地摘树上的桑葚果往他的房间里扔，和小伙伴们一起吵闹地嚷着："三三，快出来玩呀！"

初中的时候蔺晨搬了家，却仍然和童烁一在同一个班级。那个时候他长得瘦小，平日里不爱说话也不爱笑，不大受同学欢迎，只有童烁一喜欢围着他叽叽喳喳地讲话，隔三岔五地就想抄他的数学作业，烦得很。

“欸？你回去了吗？”提起老房子，童烁一很惊讶，“我好像很久没见你回去过了。”

这里有太多让人不愉快的回忆，从前的蔺晨连踏入这个小区都觉得抗拒。

蔺晨在小区花园里坐了很久。

暮色四合，一家家灯火亮起，玩闹的孩子们被爸妈喊回家吃晚饭，花园内空荡荡的，九年失修的路灯忽明忽暗，将蔺晨的影子拉得极长。

他坐在老旧的秋千架上，铁链布满锈斑，每一次摇晃都伴随着悠长的“嘎吱”声响。坐上秋千的那一刻，无处安放的双腿让他再次意识到自己已然长大，站起来时额头能触到架顶，十分勉强才能坐上矮架。

小朋友都爱荡秋千，小时候的蔺晨也不能免俗，白天里装作不屑一顾，晚上却会偷偷溜出家门，坐在秋千架上，摇啊摇，晃啊晃。

其实他那段时间不好过，常常独自抹泪。父母总是吵架，油盐酱醋、鸡毛蒜皮，全都是争吵的原因。他原先总是躲在自己的房间里，隔着一扇门，听见父母用最尖锐的语言伤害对方。时间久了，他无法再忍受，冲出家门，躲在黑暗里，哭得伤心，无人知晓。

童烁一是唯一发现这个秘密的。

也是凑巧，她那日因偷买专辑而被妈妈训斥一通，抱着专辑赌气离家，路过秋千架时听见一个小孩呜咽，凑近一瞧，竟是白天嘲笑自己数学成绩的蔺晨。

“三三，是你吗？”小女孩走过去，看见了一个泪眼蒙眬的小脑袋，她问，“三三，你怎么哭了呀？有人欺负你吗？”

见来人是这个讨厌鬼，蔺晨立马撇过头去，把脸埋了起来。

童烁一蹲在他的跟前，笑嘻嘻地说：“你别躲啦，我知道是你！”

“你走开！”蔺晨的声音闷闷的，带着哭过后的鼻音和哭腔，和平日里很不一样。

小女孩挠了挠脑袋，有些疑惑：“三三，你别哭呀。”

光这样劝毫无效果，她转了转小脑瓜子，又说：“电视剧里说，想哭的时候就倒立，你要不要试试看？”

蔺晨终于抬了头，却是恶狠狠瞪了她一眼，眼眶通红。他像头受了欺凌的小狼，受委屈时也不愿服输。

她思考了一下，又说：“那你跑步试试？眼泪蒸发成汗水，就不会哭了。”又是电视剧里的桥段。

蔺晨小声嘟囔了一句什么，她没听清，特地把耳朵靠了过去，问：“你说什么？”

“童烁一是大笨蛋！”他扯着喉咙嚷了一声，震得对方慌忙捂住了耳朵。

“好吧。”童烁一有些委屈地摸了摸鼻子，“那你接着哭吧，我不拦你。”

什么叫接着哭？蔺晨瞥她一眼。

童烁一坐在另一个秋千上，从怀里掏出了一个粉色的MP3，随机播了一首韩国舞曲，音量开到最大。

“你哭吧，现在哭就没人听得到啦！”她得意地扬了扬下巴，觉得这个主意绝妙非凡。

的确听不到，花园里安静得很，只听得见扬声器里喧闹的歌声："Gee gee gee gee baby baby baby,gee gee gee……[⑦]"

洗脑又中毒的旋律一旦听了就停不下来，童烁一全然忘记了身边还坐着个小哭包，没心没肺地跟着歌曲哼了起来。

蔺晨又气又恼，皱着眉头埋怨："吵死了，你能不能关掉？"

"你不要不好意思嘛，你现在哭谁也不知道。哭吧！"她完全会错意。

"我才不哭呢！谁说我要哭了！"

"你刚才明明还在哭呀，我都看见了。"

"我没有，你胡说，我才不要哭呢。"蔺晨越说越委屈，"我为什么要哭啊，我不要哭……呜呜呜，我才不要哭呢，我一点也不难过，呜呜呜……"

他越说越难过，"哇"的一声大哭起来。

和先前的悄悄啜泣完全不同，小男孩已经忘记了自己忍耐了多久，竟然会藏了那么多的眼泪，洪水决堤般哭了出来。超大声，却也超痛快。

那天晚上，蔺晨一直哭到童烁一的MP3没电了，才终于停了下来。

后来，童烁一用这件事情威胁蔺晨整整一个学期，每天都蹭他的零花钱吃辣条和干脆面，自己的零花钱则省下来——买新的专辑。

当时为什么会这么老实地任由对方勒索，蔺晨已经记不清了，但他知道，过去的自己有很多话都没来得及告诉对方。

那时年纪太小，来不及告诉你，我好感谢你，我好喜欢你。

所幸，长大后的我没有弄丢你，停留在过去的遗憾，就用今后的人生慢慢来填满。

---

⑦ 少女时代《Gee》。

蔺晨沉浸在回忆里太久，重新回到家时，却发现灯火通明，母亲在厨房忙进忙出，桌上摆着他最爱吃的卤菜。

“晨晨回来啦！”陈希听见声响，从厨房里探出头来。

和白天在餐厅里听见的那个声音完全不同，现在的她不再犹豫惶惑，她变回了那个掌管三家餐饮店的老板娘。

锅里蒸炖着羊肉汤，陈希在围裙上擦了擦手，走过来，嗔怪道：“你这小子，提前回来也不告诉我一声，要不是你刘阿姨跟我讲，我还眼巴巴地等着你呢！”

蔺晨坐到餐桌旁，只是浅浅笑着，并不回话。

陈希又问：“听你刘阿姨说，你下午去了趟店里？”大概刘婶并没说全实话，她这话里带着点试探，“怎么来了一会儿就走了？我都没来得及见你。”

“店里太忙了，我怕打扰你。”蔺晨这谎说得拙劣。

也不知道是否真的相信了，陈希并没有在这件蹊跷的事情上计较什么，像是刻意掩盖什么一般，迅速略过了这个话题。

“洗洗手吃饭吧，我炖了你最喜欢的汤！”陈希笑笑，迅速将碗筷摆上了桌。

母子俩各怀心事，这顿饭吃得极安静。陈希数次抬起头看着儿子，欲言又止，话到嘴边却变成了：“尝尝这道菜，妈新学的。”

蔺晨只字未提他所看见的事情。父亲为什么回来了？为什么回来了却还要瞒着他？他打碎了牙，只往肚子里咽。

一顿饭慢慢吞吞吃到最后，陈希终于按捺不住，开口道：“晨晨啊，其实有件事妈一直想跟你……”

话未说完，餐桌上的手机疯狂地振动起来。突兀而刺耳的铃声，像某种不祥的预兆。

二十分钟后，蔺晨和母亲陈希出现在医院，病床上躺着的，是刚刚从生死线上抢救回来的父亲蔺如海。

蔺晨知道一切会发生，但终究还是发生得太快。

蔺如海，或者再尊重些唤他一声爸爸，他生了病，很严重。说不清是因为生病了才想到要回来，还是回来后才发现自己生病了，总之结果都是一样，他重新回到了年轻时最不珍惜的人身边。

病床上昏睡不醒的男人两鬓斑白，枯瘦而衰老，他不再是儿子记忆中那个永远风华正茂、肩背宽阔、不甘于平凡的美术老师了。说得现实些，蔺晨实在对他生不出什么同情心。

蔺晨始终记得最后一次看见蔺如海的场景。

那日父母彻彻底底地大吵了一架，家里能摔的东西都摔了个稀烂，客厅里一地的玻璃碎碴。陈希坐在餐桌旁哭，蔺如海迅速地打包了行李，拖着箱子摔门而出。正在复习期末考的蔺晨终于意识到了什么，笔还握在手上，穿着拖鞋就追了出去。

那年的夏天来得极早，晚风刮在身上是滚烫的。楼道口，蔺晨拽着父亲的衣角，呜咽般哀求道：“爸爸……不要走……不要丢下我。”

蔺如海双手攥成拳，指节泛白。他快速地擦了擦眼角的泪，转过身，蹲下来，正视着孩子干净的眼眸。

他说：“晨晨，你记不记得？爸爸在你房间挂了一幅画，是凡高的星月图。”

小男孩懵懂地点头：“记得。”

“可是你知道吗？在这个城市，是看不见星空的。”蔺如海笑得凄凉，“在这样的城市，你抬起头，只能看见一片黑暗，什么也没有。我看不到光啊，你知道吗？我看不到啊！”

他双目赤红，成年人的痛苦小孩又如何能听懂？他终于意识到自己的可笑，在变得更可悲之前，他果决地扭过头去，提起他的行李箱，再也没看那孩子一眼。

小男孩满脸泪水，迷茫地望着远方，父亲的背影渐行渐远，在最后的最后化作黑夜中的模糊一点，如水融于水一般，消失不见。

直至这时，小男孩缓缓低下头，才发现赤裸的脚上一片血红，玻璃残碴刺进皮肉，迟钝地、钻心地疼。

“我去给你打点热水。”

蔺晨拍了拍母亲的肩膀，挤出一个宽慰的笑容。

陈希疲惫地点点头，紧握着曾经爱人的双手。

他走出病房，步伐如有千斤重。轻声关上大门后，他终于支撑不住，沿着白色的墙壁，缓缓地、缓缓地蹲了下来。

周日晚，天文学院小山丘。

“怎么一片黑啊？什么也没有啊，一点光都没有。”

钟亦学弟凑在天文望远镜前一顿瞅，眼珠子都快掉进去了，还是什么都没看见。

霍鑫翻了个白眼，操着一口京片子：“你镜头盖没开，看个毛线？”

戴教授被这两个活宝逗乐了，笑道：“你们别急，长夜漫漫，有的是时间。”

钟亦和霍鑫彼此互瞪一眼，围着望远镜边打边闹，重新开始了调试。

而一旁，长发翩翩的学妹多次操作失败，害羞紧张又怀抱着期待，踱步走到一晚上都没说一句话的蔺晨学长面前，将鬓角的碎发别到耳后，娇声请求："学长，我按照操作说明试了很久，但是怎么都组装不了呢，真的好奇怪哦。"

闻言，钟亦和霍鑫同时一惊，警惕地看了过去。

今天晚上是天文系的常规观测课，主要任务是学会独立动手组装和调试天文望远镜。由于学生较多，除了一位教授坐镇外，还有几位闲来无事的学长学姐也过来手把手指导新生。这其中就包括了蔺晨。

霍鑫小声地说："学长不是说今天家里有事来不了的吗？怎么提前回学校了？"

钟亦摇摇头："谁知道呢？他昨天就回来了，脸色一直很差，我都不敢跟他讲话。"

"是不是和大嫂吵架了啊？"霍鑫疯狂脑补，"肯定是他惹大嫂生气了，大嫂要跟他分手，学长心情才会这么差！"

向来泰山崩于前而色不变的蔺晨也有表情管理失控的一天，钟亦思来想去也猜不出其他理由，便也觉得霍鑫的猜测不错。他盯着那位漂亮学妹，很是忧心："大嫂都要闹分手了，要是再看见学长身边还围着这么多女生，那岂不是……糟糕！"

霍鑫大义凛然地撸起了袖子："既然这样，还是由我来指导这位女同学吧——她是不是叫沈娇娇？我刚开学就觉得她超好看！"

钟亦恨铁不成钢地给他后脑勺一巴掌："都什么时候了还撩妹！"

这时，一位白衣女孩来到了小山丘下，站在一棵大树下，远远看着

这边，却没有走过来的意思。蔺晨视力好，隐约觉得这位女生有些眼熟，又思考了片刻，拍了拍庄梁的后背。

“喏。”他指着半山腰的人，“你不过去看看吗？”

庄梁早就发现了刘雪悠，却一动不动，只是低下头，说：“算了，可能我跟她真的没什么缘分吧，就算过去也是惹她生气。”

“是不是很难受？”蔺晨侧头看他，“失去一个喜欢了很多年的人，是不是真的很难受？”

“你这不是废话！”庄梁轻轻给了蔺晨一拳，“我也就活了二十年，这二十年里，十几年的时间都在喜欢她。可能我的喜欢也不值几个钱，但是……我真的只喜欢过她一个人。”

庄梁吸了吸鼻子：“我知道很多人都说我没骨气，明明知道她不喜欢我还总是围着她打转。但是真的没办法，喜欢一个人是可以控制的事情吗？”

蔺晨眺望天空，瞳孔却失焦：“是啊……一辈子，就那么一个人。如果那个人回来了，怎么样都会接受吧。”

“嗯？你这是什么表情？”庄梁看着他，眯了眯眼，“你不是刚刚热恋吗？不会在搞劈腿吧你！”

“胡说什么呢。”蔺晨捣了他一胳膊，“我只是……想到了一个我认识的人。”

待在医院的第二天，蔺如海就醒了。

陈希守了他一个晚上，最终被儿子劝回家去休息，蔺晨代她守在这里。

蔺如海大概没想到会这样直接地见到他，意识刚刚清醒，便急切地想要起身，被呼吸机堵住的嘴拼命地想要说些什么，只吐出一团模糊的雾气。

“你先躺好。”蔺晨按住蔺如海的手臂，终究还是不忍心。

才五十岁不到，蔺如海满脸沟壑纵横，似年过古稀的老人一般干枯，只一双眼睛湿润着，像细浪拍岸的海滩，混浊而深远。

“我知道。”蔺晨说，“你想说的话，我都知道。”

病床上的人暂时讲不了话了，但一双眼睛还微闪着光，还能听得清晰。

“很多事情我未必能理解，但是我可以接受。”蔺晨说，“我不知道我妈为什么还是愿意走回头路，但是，既然她这样选择了，那我也尊重她的选择。

“拜托你了，真的，算我的拜托吧。

“我不知道你们的以后还有多久，还有什么样的难关，但是至少，拜托你，让她陪你走完最后吧。”

山顶上，钟亦和霍鑫终于调试好了望远镜，视野里出现了今日的月亮。

“啊，看见了看见了！终于看见光了！”

他们两个激动地拍掌。

戴教授摸着胡子笑了笑：“别以为一团漆黑就是什么都没有了，宇宙这么大，多的是看不见的物质。但是看不见，不代表不存在、不代表没有价值。”

蔺晨听在心里，只觉得这话用在任何地方都好合适。

当年追逐着光芒、不甘平凡的那个青年，在老去之前，才真正明白光之所在，不在天上，而在身旁。

好在，他知道得够早。

蔺晨对庄梁说：“去看看吧。大冷天的，别让人家干等着。”

庄梁的一颗心早就飘到半山腰去了，犹豫半天，摸着脖子找借口说：

“我去看看吧，万一她打扰到我们观测，那就不好整了。”

话毕，健步如飞，跑得迅速。

蔺晨远远地看着舍友的背影，只能无奈地笑笑。

十二月,伴随着冬日一起到来的,还有影响着全校学生命运的期末考。

新闻系的学生平时看起来还算清闲，看看电影跑跑采访，似乎都不算辛苦。但临近期末，除了去四处蹲点拍片子以外，还有整整一学期的考纲和知识点，需要在两三个星期内迅速消化并且背上。

每到复习阶段，图书馆和自习教室就挤满了人，想要找寻一片安静的学习场所是个不小的难事。

传媒学院的教学楼很小，大部分是多媒体教室，不在假期开放，为数不多的几间自习室日日人满为患。童烁一和张琪思索了很久后，将目光投向了天文学院。

天文学院的学生虽然少，但占地面积却大得很，实验室、多媒体室、自习室、生活间……各类设施一应俱全，馋死别家学院。只是，这样的好福利却只提供给本学院的学生，并不欢迎陌生面孔。

话虽如此，但……

“大嫂怎么能算是陌生人呢，这当然是自家人呀！”钟亦拍了拍桌子，热情好客地说，“正好大四的学长学姐出去实习了，自习室都空着，随时欢迎大嫂来学习！”

蔺晨近来心情好，故意说道：“不行，要是让外面的人知道了，反而觉得我们区别对待，还是让她们去找别的自习室吧。”

钟亦吹了个口哨，调侃道：“哦哟哟，刚才还不承认呢。你别脸红呀！脸皮薄追不到学姐的！”

隔日。

“网上舆论需要把握以下三个方面：一，对网上具有倾向性的、处于萌芽状态的问题应及早主动地进行引导；二，加强正面引导，唱响网上主旋律；三，着力增强网上正面引导的亲和力、感染力。”

童烁一放下课本，试着回忆刚才的考点。

“网上舆论需要把握三点：一，对于……对于……”她皱着眉头回忆，大脑却一片空白，“一是什么来着？”

童烁一痛苦地趴在课桌上，陷入自我放弃的颓废状态。

人一旦遭遇挫折，就擅长推卸责任。她转过头，看着身边的人，愤怒地说：“都怪你！都是你影响了我的学习效率！”

蔺晨放下英文期刊，十分无辜：“我一直在看文章，什么事也没做。怎么影响你了？”

她义正词严：“你的呼吸影响到我了，你呼吸太大声了。”

蔺晨翻了个白眼，合上书本，挑眉：“那我出去好了，不打扰你。”

“别啊。”童烁一立马服软，像只树袋熊一样抱住了他的胳膊，“其实，是因为你坐在身边，我总是想偷偷看你，根本静不下心学习。”

她厚着脸皮说：“如果我这门课考砸了，你得负责。”

“好，我负责。”蔺晨的手掌覆住她的手背，贴在自己的脸颊上，“手怎么这么冷？”

冰凉的手逐渐感受到了温度，连带着她的心里也升腾起暖意。

童烁一又凑近他一些，舔了舔发干的嘴唇，悄声说：“三三，我……我有点想亲你。”

手里的钢笔顿了一下，蔺晨侧过头，将正脸对着她，说得坦然：“给你亲。”

童烁一有些扭捏：“还是不太好吧，我说好是来学……”

“学习”两个字还没能说完，后半句话便被蔺晨的吻给吞没了。

他捧着童烁一的脸颊，俯下头便擷住了她柔软的唇，虽来势汹汹，触及之处却成了绕指柔。他的动作极轻极缓，化作了一摊水包裹住她的唇齿与口腔，循循善诱般，耐心引导她回应亲吻。

“傻子。”蔺晨轻柔地放开她，“要用鼻子呼吸。”

童烁一从来纸上谈兵，没有实战经验。本就害羞又紧张，被他突然偷袭，她一时间连呼吸都忘了，小脸憋得通红，大口大口地喘着气。

“谁让你……那么突然……”她越说越小声，没脾气地嘟囔着。

方才蔺晨低下头的同时，她几乎能听见门外学弟们的惊呼和尖叫，一想到被那么多人瞧见了，她的脸上就如火烧一样发着烫。

而她越是害羞，蔺晨的笑容反而越是张扬。他捏了捏女孩的脸颊，调笑道：“唔，看来以后需要多多练习。”

童烁一经不起他戏弄，索性拧过头去背对着他，佯装生气地说：“什么以后，没有以后了。”

“不，有的。”蔺晨从身后揽住她的腰身，附在她的耳畔，认真地说，“不二，我们还有很久的以后和将来。”

她愣了片刻，忽而明白过来他所说的意思，热潮从脸上褪去。她想起什么似的，说：“可你不会觉得厌烦吗？我们已经认识这么多年了，也许以后日子再久一点，你就会觉得无聊，一辈子只耗在一个人的身上，是一种浪费。”

“怎么可能是浪费？”

蔺晨放开她，双手握着她的肩头，让她正面与自己对视，毫不畏惧地凝望着她的眼睛，四目相对。

“从童年到老年，即使用尽一辈子的时间，我也只觉得不够。”

越是见识过宇宙的浩瀚，就越会明白人生的短暂。而这渺小的人生，是因为有在意的人存在，才显得不凡。

童烁一扑向他的怀中，左耳贴着他的胸膛，隔着温暖的毛衣听见蔺晨的心跳。

我和你，还有很远的未来要共同度过。

她回答：“蔺晨，我们来日方长。”

江南的冬日最是难挨。

期末考试那一周，建陵的天空始终是灰蒙蒙的，不时飘着细细密密的小雨，裹挟着寒意往人的毛孔里钻去。空调的热风总是不足，虚掩着一层轻薄的热气，羽绒服和厚大衣始终不离。

经过几轮考试折磨，这学期的课程终于结束，但是长达五十天的实习任务一日不落地追赶上来。蔺晨和庄梁一同去了建陵天文台参与实习，童烁一找了份新媒体宣传的工作，张琪忙着复习考研，大家都没急着回家，仍旧留在学校。

一月初至，建陵下起了一场连绵数日的大雨，冰冷干燥的大地被丝线一般的雨水浸湿，积累了整个初冬的尘埃都被洗刷干净，天幕中升腾着朦胧的灰色大雾。

天气预报称，这场寒潮覆盖面积广，一夜之间整个长三角地区气温骤降，各省市都有着不同程度的降雨。鞋袜易湿，出门记得常带雨具。

雨夜安眠。大概是因为放了假，童烁一这一觉睡得很是踏实。第二天起床时精神饱满，不用闹钟催促也早早地起来。她难得没有揪着白水啃面包，而是去食堂踏踏实实吃了顿小笼包和豆浆，又替老张带了两个包子回去。整理好东西后，她便去公司上班，新人工作不敢随便玩手机，关了静音扔抽屉里，一早上都没拿出来。

直到午间休息时，童烁一才终于打开手机，刚刚与互联网世界重新接轨，张琪的微信消息已经填满了整个屏幕。

在一大堆的表情包和感叹文字的最后，张琪只说了一句有实际意义的话：【不二，出大事了。房子塌了。】

童烁一抬头看了看头顶稳固的天花板，意识到对方是在说饭圈黑话，当即问道：【谁家的房子？】

张琪：【你的爱豆、我的爱豆——Starlight 的房子塌了。】

童烁一心中"咯噔"一声，匆忙打开微博热搜。

科技在进步，人类在发展。二十年前，人们获得重要消息的方式还是看报纸，十年前进化到了看电视。而如今，社会热点、娱乐头条，打开微博热搜榜，都能一眼扫尽。

而今日热搜头条，深红色的"沸"字标签的前面，是这样的一行黑体字——宣遥退出 Starlight——言简意赅，震撼全家。

童烁一没坐稳，一屁股从凳子上摔了下去。

早在三天前，关于宣遥要退队的传言就在某知名粉丝论坛上传得沸沸扬扬，但论坛本就是各种八卦谣言的生产地，Starlight 组合一向以团魂炸裂闻名，粉丝们只回复"不知道、不清楚，抱走我家宣遥""有锤吗，没锤说什么说"，并未发酵。

事情的转变发生在昨夜凌晨。

一则以“回归无望！宣遥退团完整时间线”为标题的帖子引起熬夜吃瓜的夜猫子网民的热议。与之前含糊其辞的描述不同，这则帖子逻辑严密，时间线精准，细数宣遥从十月开始的行程和动态，条分缕析地扒出了宣遥退团的蛛丝马迹。

“我是宣遥老粉，从他还是练习生的时候就支持他了，桑榆娱乐把他当亲儿子，出道就站C位，资源大把大把往他身上砸。但是他早就不想待在团里了，当歌手又苦又不挣钱。这几个月借口高三复习不参加团体活动，私下里不停地在接触剧本，就等着考进影视院校，正式转行做演员去了。”

在这一段表明自己身份的开头综述后，发帖人开始带领吃瓜群众分析。

宣遥最后一次参加团体活动是十月初的新专辑签售会，之后的活动他一律以学业繁忙为由请假不参加。实际上宣遥却并没有看上去的那么忙，据学校内的同学说，他并不每天按时上学，时不时就会请假，忙着排练个人的生日会。而生日会过后，宣遥消失得更加彻底，不发个人微博，公司也没有他的物料，饭圈对此产生极大不满，但闹了几次仍没有回应。

若以上这些只是模棱两可的推测，那么彻底打垮粉丝信任度的，是宣遥的艺考报名证书。

“宣遥只报了一所学校，建陵戏剧学院。想当演员的心不要太明显了。他之前说什么想要一辈子做歌手的话都是假的。谁不知道现在做演员最吃香，名气大、来钱快？但是他们团一共就四个人，别人的资源全被他抢走了，好不容易捧出一个人气顶流，不想着带团飞升只想着自己独美。可笑啊，什么梦想啊兄弟的，在宣遥面前也比不过实际利益罢了。”

这句话说得不留情面、尽是嘲讽。讽的虽是宣遥，伤害的却是所有粉丝的心。

这帖子经过一晚上的转发，在早上七点，“宣遥退出 Starlight”爬升至热搜第一。

桑榆娱乐的官方微博在今天早上八点做出回应，发布了一条公告函斥责虚假信息的传播。但是这条公告函的信息模棱两可，对于关键的内容并没有做出具体说明。粉丝们疯狂评论，“宣遥真的要退团吗”“宣遥到底报考了哪个学校”“宣遥真的要改行做演员吗”……

这些问题，桑榆娱乐却没有给出回应。

这件事情爆出后，Starlight 的粉圈瞬间乱成一团，团内其他成员的粉丝疯狂围攻宣遥，指责他过河拆桥、忘恩负义，维护宣遥的粉丝不甘示弱、拼命回击，键盘大战如火如荼。也有和平主义者并没有参与斗争，却陷入了自我怀疑，他们在宣遥的微博下不断评论：“哥哥你快出来解释啊，我相信你一定不会退出的，这些都是假的对不对？”

官朗和宣遥的 CP 粉也没闲着，他们的微博首页被同一首歌占领——《真相是假》。如果微博能发语音，此刻定然哀号遍野。

经此一役，微博客户端被猛增的流量吓到瘫痪，怎么刷新也都是一片空白。身边的同事使劲儿甩了甩手机，奇怪地问：“我们公司的 Wi-Fi 是不是信号不好？我怎么打不开微博了？”

童烁一拍了拍身上的灰，沉默而坚强地从地上站起来。

她觉得断掉的不是 Wi-Fi 信号，而是她的脑神经。

Chapter 08 我家房子塌了

接下来的一个下午，是童烁一度过的最棘手的一个下午。

网络上的消息一传十、十传百，传到最后往往面目全非。当一道干净的墙面裂开了第一条缝，闻风而来的群众们并不关心裂缝本身，却拼命往墙上泼脏水，将墙缝越抠越大，直到这面墙四分五裂地倒了下去，他们才会高洁而悲悯地摇一摇头，转向下一个目标去。

事情核心原本在与宣遥退团与否，但到了当天下午，舆论风向全盘翻转，宣遥的家庭状况、练习生时期鲜为人知的过往、细枝末节的生活日常……但凡是能议论上几句的，统统被拎出来大肆发酵。

“富二代”“公司太子爷”“出道空降兵”“队内霸凌”等种种标签一股脑儿地往宣遥的脑门儿上贴。尽管宣遥的粉丝紧急发布种种澄清贴，却架不住营销号和不明真相的路人，宣遥的名字裹着一层黑料，在泥地里越滚越大。

依赖着社交网络，人们获取信息的途径看似扩大了，实则却是被局限了。有名气有影响的人所说的话往往被看作是事实，而背后的真相只攥在少数人的手里，捂得密不透风。

宣遥的粉丝们扛不住铺天盖地的抹黑和造谣，将矛头对准了他的经纪公司，甚至有粉丝跑到了桑榆娱乐的公司门口，要求公司站出来给一个明确的说法。

宣遥的经纪人高敏一个上午接了几十通电话，茶几上全是她喝空了的咖啡罐。焦头烂额中，她的手机终于耗光了最后一度电，彻底关了机。世界终于清净了下来。

她疲惫地坐在沙发上，想起了昨天打给宣遥的那通电话。

昨天本是宣遥面试的第一天，考生本人却放了鸽子。高敏气急败坏，也不询问他原因，一个电话打过去，张口就是斥责。

“宣遥你能耐了！艺考面试也敢不去！只要你现在去学校，今天的闹剧我就勉强原谅你，不然……”

“敏姐，我不想考表演系，我只喜欢唱歌。”一向乖巧的宣遥竟打断了经纪人的话，开口一句不卑不亢，直接表明立场。

高敏恨铁不成钢，训斥道：“我不是已经跟你谈过了吗？你读了表演系还是可以唱歌啊，我们在戏剧学院有人脉，到时候你请假也好毕业也好都能帮上忙，你何必这么固执？”

“我不是没有妥协过。拍偶像剧容易火，所以我去拍戏；商演不能缺席，所以我不去学校上课；红了才会有人听我唱歌，所以我拼命地赶通告，听你们的话做一个乖偶像——可是这一次，我真的不能再妥协了。”

他的话里听不出情绪，声音好似飘散在了风里，忽近忽远。

从练习生成长为大明星，宣遥一向听从公司安排，鲜有违逆。高敏仍当他是在赌气，始终坚持己见：“我们做出这个决定也都是为了你好，公司能害你吗？现在的市场就是资本为王，你这样天真在娱乐圈怎么生存？”

“我不想要生存，我想要好好生活。”

谈无可谈，宣遥挂断了电话。

高敏对着手机猛吼几声，回复她的却只有一阵忙音。

隔了几秒，她再重新拨回去，对方的手机却已经关了机。

晚上六点，建陵某烧烤店。

烤好的羊蝎子都快凉透了，对面坐着的两位姑娘却连筷子都没拿起，一个长吁短叹，一个愁云惨雾，好似整个天都塌了下来。

“别光叹气了，多少吃点东西。老祖宗说得好，天下大事，分久必合，合久必分。不是我家房子塌，就是你家在吃瓜。”胖虎宽慰她们。

他今天是来建陵出差的,趁着有空便约了线上好友童不二一起吃饭，奈何赶得早不如赶得巧，从前扛着相机在机场狂奔都大气不喘的铁血站姐，正遭受着有史以来最大的职业危机。

坐在童烁一身边的是张琪，在饭圈也是位知名的同人文写手，不少经典名句还曾漂洋过海传到隔壁女团的圈子里，胖虎与她在线上认识，见面却还是第一次。

“是你不懂！”知名写手老张悲愤地说，“说好了一辈子做兄弟，少一年、一个月、一天、一个时辰，都不是一辈子！”

“他是组团出道，又不是签了卖身契。”胖虎撇了撇嘴，“不就是退团吗？有什么了不得的，我巴不得我家 Shirley 赶紧从那个小破团跑路呢！”

张琪啐了他一口：“气死我对你有什么好处？”

“也不是没有好处啊。”童烁一突然开口，仔细盘算道，“宣遥在团队里总要被废物队友拖后腿，还不如自己单独出道呢！以后再也不用和官朗捆绑营业了！”

张琪怒了:“你把话说清楚！在内涵谁是废物队友呢？说了多少次了，我们‘官宣’不是营业，是实实在在的好兄弟！”

“内涵也是官朗的粉丝先内涵我们的！”提到这茬，童烁一就生气，

“宣遥还没正式宣布退团呢，你们家就开始抽奖庆祝了。人血馒头也敢吃，不怕出门两百迈，正主糊到十八线吗？”

“什么我们家？官朗的唯粉跟我可没关系，我是个一碗水端平的CP粉！”

“要不我说你们双担偏心眼儿呢，这个时候还在帮别家说话！上次官朗被造谣谈恋爱，你们急得跟什么似的？现在宣遥被全网黑，怎么一个个都在装瞎？”

“我们有在反黑好不好！可我们一开口就要被你们攻击，双担即原罪，我们能有什么办法？”

童烁一和张琪一来一往吵得不可开交，胖虎原本是想来安慰两位受伤少女的，没想到她们一旦战斗起来比谁都要强悍。他尴尬地看着两位吵了很久，怎么也插不进话。

胖虎摇了摇头，给自己倒了杯饮料，暗自感慨，不火也有不火的好啊，顶级流量的粉丝三天一小吵、五天一大吵，这日子还怎么过？

他耳朵里听着别人争执，自己倒优哉游哉地刷起了朋友圈，食指按住屏幕往下拉，正刷出一位做新闻的朋友刚刚发表的内容。

胖虎将这段不长的文字反复看了很久，终于缓缓抬起头，语气颇为沉重：“你们停一下，宣遥出事了。”

童烁一不以为意地看了他一眼：“你这话说得新鲜，全国人民都知道宣遥出事了。”

“不，我不是这个意思，我是说——”胖虎摇了摇头，“宣遥失联了，桑榆娱乐已经乱成一锅粥了。”

“全都停一停！”

高敏踹开训练室的大门，猛地拔掉音箱总插头，正在播放的音乐戛然而止，话筒发出一声刺耳的噪音。

训练室内坐着 Starlight 的其他三位成员和两位声乐老师，齐齐抬头看向这位不速之客。

“你们今天有没有联系过宣遥？”高敏不复往日的冷静，急躁到眉间冒火，“所有人给他打电话、发短信，赶紧想办法找到他！”

队员们彼此对视了一眼，摇摇头，无奈地说：“他手机关了机，也不回复信息，我们也不知道他去了哪里。”

昨天打完那通莫名其妙的电话之后，再没人跟宣遥有过联系，直到今早助理准备接他去参加艺考面试，打开公寓门却发现屋内空无一人。一直到现在，整整二十四个小时，无人知道宣遥的行踪。

所有人都面带忧愁，一旁的官朗却好似无事发生，漫不经心地拨弄着吉他，头也没抬一下。

高敏看着他，问：“官朗，你和宣遥关系最好，你是不是知道他去哪儿了？”

“你们都不知道，我怎么会知道？”官朗换了个和弦，忽而勾起了嘴角，“他只跟我说过，他想去看一次星星。”

高敏没听出他话中的深意，又一个娱乐媒体的电话打了过来，她揉了揉太阳穴，推开门走了出去。

晚上九点，“宣遥失联”空降微博热搜。

淮山山区，建陵天文台科技馆外。

冬季的建陵本就湿冷，淮山海拔不低，越往山顶走，耳畔的冷风越发萧索。两位穿着深蓝色冲锋衣的男人捂着领口在山间四处乱逛，用手机打着手电筒，好似在寻找什么人。

“人呢？这天都黑了，上哪儿去找人啊？”戴着黑框眼镜的中年男人终于失去了耐心，一屁股坐在山间的石凳上，双脚早已冻到麻木。

站在他身旁的男人戴着黑色鸭舌帽，模样看上去年轻些，焦灼而迷茫地环顾四周，奇怪地说：“我明明看见他往山上走了啊！我盯了他一整天了，不可能看错的。”

黑眼镜男朝着山上看了眼，猜测道：“从淮山上去只有一条路，就是去天文台的。但是这个时间点，天文台早就关门了吧？”

年轻男人蠢蠢欲动：“来都来了，上去看看吧，说不准他就藏在上头呢。”

黑眼镜男重新打起精神，站起来道：“走，去看看。全建陵的娱记都在找这位小祖宗，我倒要看看他能藏到哪里去。”

今日馆长不在，留在科技馆值班的都是一群还在上大学的实习生，正是喜欢热闹、闲不下来的时候，趁着无人管教他们，早早地准备了成箱的食材，只等入了夜，一边值班一边涮火锅呢。

值班室里，钟亦和霍鑫将藏了一整天的电磁炉搬了出来，在窗边捧着食材进行清点。

“火腿肠呢？我的火腿肠买了吗？”霍鑫探头探脑地往箱子里看了看，“这是啥？香菜吗？你涮火锅还吃香菜？真是重口味。”

钟亦瞪他：“什么香菜啊，这是芹菜！”

霍鑫撇了撇嘴：“芹菜更难吃了。我讨厌蔬菜。”

“你能不能吃一点绿色食物？”

“能啊。”霍鑫笑了，“我可以喝雪碧！”

钟亦："……"

还没来得及上手揍这个讨钱鬼，一个黑色的人影突然从窗前飘了过去，霍鑫的手一抖，刚拆开的火腿肠滚落了一地。

"刚……刚刚有个影子飘过去了，你看见没有？"霍鑫立马拽住了钟亦的胳膊，瑟瑟发抖。

钟亦头也不抬地说："鬼影子有什么可怕的？能有被学长发现我们在偷吃火锅可怕吗？要是学长发现了，我们就得去做鬼了。"

霍鑫愣愣地看着窗外，使劲儿掐了一下他，抱怨道："你这张嘴是开过光了吗？怕什么来什么。"

钟亦慢半拍地看过去，隔着一道透明玻璃，蔺晨学长双手抱胸，凉凉的目光从他们脸上扫过，好似窗户漏缝，刺骨寒风迎面刮来。

霍鑫当场举双手投降，还没来得及认㞞，学长却朝着科技馆外走了过去，将两位鬼鬼祟祟举着相机的男人挡在了门口。

"抱歉，科技馆已经闭馆了，请改日再来。"

蔺晨走到馆外，将两位试图偷偷闯入的男人拦了下来。

他身材高大，门边一道夜光小灯从他的头顶投射下来，勾勒出他深邃的五官。有那么一瞬间，举着相机的年轻男人以为自己看见了某位男明星，使劲儿揉了揉眼睛，才确认这个面孔极其陌生，只是位素人。

尽管前进的路被挡着了，但是戴着黑框眼镜的中年男人没有一丝慌乱，仍旧朝馆内看了几眼，颇为淡定地说："已经关门了？可惜啊，那我下次再来好了。"

话虽这么说着，但他并没有要离开的意思，两只脚前前后后来回徘徊，脖子抻得老长。

蔺晨关上大门，不动声色地往一旁的灌木丛走了两步，警惕地看着眼前人，先发制人地问：“你们在找什么吗？”

年轻男人立马询问：“你有没有看见一个高高瘦瘦的小伙子往这边走了？那个人是我们的同事，天太黑走散了。”

蔺晨摇了摇头：“闭馆后就没人来了，如果找人你们可以去远处的草坪看看，有几人在那边观星。”

“这山上还有人？”两个男人对视一眼，面露欣喜。他们向这位陌生小哥匆匆道了个别，朝着他所指的方向跑了去。

跑了十米远后，戴眼镜的那位又突然折返，往蔺晨的口袋里塞了一张名片。

“这位小哥，以后要是有兴趣进娱乐圈，记得来找我哈。我人脉广，绝对能帮上忙！”他抬了抬下巴，留下一个颇有深意的笑容后便再度往远处跑去。

就着门口的光亮，黑底烫金的名片照出两行字来——

《Truth 周刊》

娱乐部记者老黑

蔺晨扫了两眼，毫不犹豫地扔进了一旁的垃圾桶里。

远处的两位娱乐记者——或者也可称作狗仔，渐行渐远，消失在了黑暗里。

夜幕浓稠，四周一片寂静，只有夜风吹动松柏的枝叶声，和一道紊乱的呼吸。

“出来吧。”确定两位狗仔走远后，蔺晨在空旷的黑夜里再度开口，“你藏这么久，不冷吗？”

周遭安静了足足半分钟，见蔺晨一副笃定不走的模样，靠着一身黑

色羽绒服隐藏在黑暗中的少年这才扶着发麻的腿缓缓站了起来。

他的刘海盖过了眉毛，隐约能看见一双明亮的眼眸。摘下黑色口罩，那张常年印在大街小巷广告牌上的脸，因为寒冷而泛着青白色，嘴唇干涩，可怜又狼狈。

“你……怎么知道是我？”宣遥搓了搓冰冷的双手。

蔺晨将他从头到脚打量了一遍，只说：“有什么话，进来再说。”

宣遥失联的消息传出后，饭圈内地动山摇，原本齐心协力痛斥经纪公司的粉丝们也不禁对自己的偶像产生了怀疑，童烁一和张琪双双气馁，面对着桌上的残羹冷炙止不住地叹气。

就在这时，童烁一收到了一条私信。

【逐星姐姐，宣遥哥哥真的要退团了吗？网上好多人都说他仗势欺人、拖累团体，真的是这样吗？我真的很喜欢在舞台上唱歌的他，也喜欢和哥哥们一起打闹的他。我真的很想支持他的每一个选择，但是现在，我真的不知道真相是什么了。】

发这条私信的是一位高中生妹妹，她的寒假被补课和试卷占满，只有每天晚自习回家才能偶尔碰到手机，看一看偶像的消息。偶像是她枯燥生活中的一抹光，是她勤恳努力、不懈怠的直接动力。远大的理想触不可及，平凡的欢愉埋没考卷，她从宣遥的身上获得的，是最简单而易得的快乐。

可是今天再次上线，她看见的不再是永远微笑、永远完美的偶像，而是被污水和流言泼得面目全非的残破玩偶。

她问：【逐星姐姐，宣遥不是他们说的那么坏，对不对？】

不是的，宣遥不是那样的人。

他是那个献出每一个周末和假期去公司训练的练习生，是那个在出道发布会哭红双眼的新人，是那个将自己关在录音室里整整一个月只为打磨一首歌的创作者，是会对她笑着说“姐姐，你是不是我的粉丝啊”的那个小偶像。

无数人看着他长大，无数人陪他一同长大。她亲眼见证着宣遥一步一步登上更大的舞台，一年又一年被更多的人认可。你们怎么能这样肆意地去伤害他们爱护的人？

胖虎问：“你们相信宣遥吗？他现在几乎把所有人都惹恼了，如果连你们都不相信他了，恐怕他真的要被唾沫星子给淹死了。”

“信！我当然信！”张琪握紧了拳头，“宣遥和官朗这么多年的兄弟情，是不可能轻易被打败的！”

童烁一也笃定地点了点头：“我亲眼见证成名的‘爱豆’，我不去相信他，难道去信那些造谣的人吗？”

“那就别光坐着叹气了，我一个路人都看不下去了。”胖虎拍了拍桌子，“你们总该为他做点什么吧？”

童烁一和张琪对视一眼，醍醐灌顶般清醒过来。

科技馆休息室里，折叠桌上摆着一个电磁炉，电磁炉上炖着一口大锅，红油肆意的牛油锅底往外冒着又麻又辣的香味，氤氲的雾气笼罩在整个房间。

霍鑫和钟亦手里虽握着筷子，却迟迟都不敢下菜。

他们在准备这次夜宵之前已经讨论过了，蔺晨学长自从谈恋爱之后脾气变得越来越好，大多时候都是刀子嘴豆腐心，虽偷懒吃火锅铁定要挨骂，但总归还是会睁一只眼闭一只眼默许下去的。

他们的这番猜测并没有错，只不过……

也没人告诉他们，要再多准备两双筷子啊。

蔺晨扫了一眼对面的人，提醒："下菜啊，锅早就煮沸了。"

"下，下，这就下菜。"钟亦哆哆嗦嗦地夹起他的宝贝火腿肠，一股脑地倒进了锅里，力道过猛，溅了自己一身的油。

宣遥主动站了起来，腼腆地说："我来吧。"

"这……"

霍鑫和钟亦对视一眼，心中很是为难。

他俩虽不追星，但也是个常年混迹互联网的年轻人，女生们最近喜欢哪些明星，他们多少也听说过一些，更别提是宣遥这种名气贼大的，超市里随便逛一圈，便能找出不少印着他照片的商品。

可怎么有一天，照片里的明星会突然变成大活人，还坐在他们对面一起吃火锅？

见对面两位学弟眼睛直愣愣地盯着宣遥，蔺晨皱了皱眉："你们这是什么表情？动物园看猩猩呢？"

他俩忙不迭否认："不不不……不是！我俩这不没见过世面嘛，多多体谅哈。"

宣遥对此并不在意："没事，用更怪异的眼神看我的人多了去了。"

"他们是他们，我们是我们。"蔺晨说。

宣遥愣了一下，筷子没夹住肥牛片，轻飘飘地落进了锅里。

"你是不是……比我们年纪还小啊？"钟亦犹豫了半天，还是忍不住问道，"之前只看你照片，觉得还挺成熟的。可是今天看见你真人，觉得年纪好小的样子。"

照片里的宣遥化了妆、修了图，连微笑的弧度都经过了特别打磨，与生活中的他相差极大。而今天他出现在这里，穿着一身纯黑的衣服，没洗头、没化妆，遮住那双眼睛，便和最普通的年轻男孩没什么两样。

但到底还是个好看的年轻人，纯素颜的一张脸也没有任何瑕疵，一双杏仁眼好奇地看着四周，黑曜石一样的瞳孔里沉着光亮。他比照片里看上去还要瘦很多，巴掌大的脸上几乎没什么赘肉，手腕骨节分明，冷白的皮肤下隐隐透着青色的血管。

宣遥没什么明星架子，点头回答："我刚过十八岁，还在上高三。"

霍鑫惊了："十八岁！你才十八岁？天哪，我怎么觉得你已经火了好几年了？"

"我很小就出来当练习生了，可能出道比较早吧。"这么被人当面夸，饶是宣遥也有点不好意思，挠了挠头，回复得谦虚。

"那什么，我有个问题挺好奇的，能不能问问你？"霍鑫眨巴眨巴眼睛，脸上写满了好奇。

"当然可以。"

"什么都能问吗？"

"什么都能，没关系。"

"那，我想知道……"霍鑫好奇道，"你一年能赚多少钱啊？"

钟亦一口饮料喷了出来，浇了肇事者一脸。

压根没想到霍鑫会问这个，宣遥简直哭笑不得。他压低了声音，用手指比了个数字"八"，含蓄地说："大概这么多吧。"

霍鑫："八十万？八百万？"

宣遥："大胆一点猜。"

霍鑫震惊："请问我现在去出道还来得及吗？"

拉着宣遥来吃火锅的这个安排看似很无厘头，其实蔺晨有他自己的想法。

钟亦和霍鑫是面对谁都能活泼欢脱的个性，在他看见宣遥苍白而狼狈地躲避狗仔时，他猜到对方遭受的寒冷不仅是生理上的，还有精神上的冰川期。有些事蔺晨自己做不到，但是他们可以。

他预料得不错，没过多久，饭桌的气氛就快速度过了尴尬期，几个年纪相仿的年轻人很容易便找到兴趣相同的话题，笑声震天响。蔺晨偶尔加入他们说上几句，更多的时间则在默默给他们下菜。

“那你今天为什么会来这里啊？是来参观的吗？”话题绕了一大圈，兜兜转转，这个问题最终还是被钟亦问出了口。

宣遥摸了摸脖子，笑着摇了摇头：“其实……我也不太清楚。我只是想找一个离市中心很远的、没太多人的地方。不知道为什么，就想到了这里。”

霍鑫了然地点了点头：“我就说嘛，我们天文台的旅游产业发展得真的很差劲，都没啥游客。”

钟亦掐了他一下，暗示他闭嘴。

宣遥不太想聊自己的情况，摸了摸鼻子，转移话题：“其实我也很想问你们，你们为什么会学天文？是因为喜欢吗？”

霍鑫挠了挠头，笑道：“其实我是被招生宣传骗过来的，以为学天文就是满世界乱跑看星星月亮，结果进来后才知道要学那么多数学和物理知识，可把我气死了。”他顿了顿，又补充，“不过，比起整天搞代码编程，我还是更喜欢天文。”

钟亦也点点头：“我的偶像是史蒂芬·霍金，从小就想考进天文系。但我父母一直不太同意，觉得这东西学了没有用，不好找工作也赚不到钱。高考填志愿的时候吵得不可开交。不过好在，他们最后还是听了我的。”

“你呢？”宣遥看向蔺晨。

蔺晨面不改色地说：“哦，我是听说天文系奖学金比较多才来的。”

“？”宣遥面露疑惑。

霍鑫狡黠一笑，压低了声音，故意拆他学长的台：“才不是这样的。我之前听庄学长说了，是因为我们大嫂在高中的时候随口提到过学天文系的人很酷，蔺学长这才……你、你干吗瞪我……”

蔺晨心里翻了个白眼，心说庄梁这厮还真是到处造谣，导致全系弥漫着有关他的传说。

霍鑫口出狂言，钟亦立马夹了一筷子吃的塞进他的嘴里：“你快少说两句，没看见学长脸都黑了吗？”

“唔……呸呸呸！你为什么给我吃生姜！”霍鑫将口中的食物吐了出来，追着钟亦就要揍他。

宣遥看着这两位上了大学还仍旧幼稚的哥哥，笑到肚子都在发痛。

蔺晨看着他们欢快打闹的样子，拿着手机默默走出了休息室。

从今天中午开始，童烁一断断续续给蔺晨发了几十条微信消息，有文字也有语音。

蔺晨一向话不多，有时候忙起来也没法及时回复她的消息，可是童烁一并不在意。很多时候他常常觉得，对方或许并不需要回复，只想拥有一个倾诉对象，而蔺晨，就是她最值得依赖的树洞。

夜越发深了。蔺晨走到阳台上，这里不需要用特殊的仪器，光是抬起头就能看见不少星星，天边的卫星日夜不息地旋转着，间隔规律地面对着地球闪烁光辉。

宣遥从休息室走出来时，正看见蔺晨倚靠在栏杆上，握着手机认真地打字。

他悄悄从后面靠近，正看见对方发出一个简洁却又意味深长的字：

【乖。】

“在跟女朋友聊天？”宣遥突然出声，蔺晨当即扣下手机屏幕，警惕地看向了身后。

蔺晨淡淡道：“嗯，在聊你。”

童烁一今日的聊天内容从头至尾都围绕着一个人转，而这个人，此刻正站在他的面前。

宣遥背靠着栏杆，问他：“我之前给了你微信，你为什么从来没给我发过消息？”

蔺晨回答：“无话可说。”

“那你为什么不删了我？”

“因为她喜……”蔺晨顿了顿，换了个说法，“因为她是你的粉丝。”

“哦……因为你女朋友喜欢我。”宣遥故意将他没说完的话补全，满脸坏笑，像个恶作剧得逞的孩子。

蔺晨的目光凉凉地扫过，不置可否。

“其实，我给你的这个微信号是小号，我基本不用的。”宣遥故意说。

“哦。”蔺晨无动于衷。

“你不生气？”

“我为什么要生气？我又不是你的粉丝，无论你做什么都与我无关。”蔺晨用余光瞟他一眼，忽而觉得自己面前的这个十八岁少年并不是什么大明星，而只是一个没长大的孩子，和他的那群学弟，并没有什么区别。

宣遥转了个身，抬头看着浓稠的夜色，眼神失焦，神思不知飘向了哪里。

“我的粉丝……会生我的气吗？”

他问的是另一件事。

蔺晨再次打开手机，侧身看向宣遥：“你想知道他们的想法？那就去听听看他们说的。”

聊天窗口里是一连串的语音消息，他打开外放，点开了其中的一条语音。

安静的夜里，童烁一的声音听得清晰：“三三，我今天特别特别想见你。我好想你啊……”

宣遥满头问号：“这是？”

蔺晨咳嗽一声，冷静中掺杂着一丝尴尬：“点错了，是另一条语音。”

另一条语音里是这样说的：“我真的很生气，气那些从没了解过他的人平白无故就往他的身上泼脏水，气他的公司无能，处理公关危机漏洞百出。也气我自己，以前总觉得自己能一直支持他，现在却不知道该怎样做才能帮到他。隔着屏幕、隔着键盘，我们改变不了舆论风向、改变不了别人的想法，好像一点用都没有。”

宣遥的手紧紧握着栏杆的边角，指间泛白，被冷风吹得冰凉。

“但是，至少我能保证，我自己是不会改变的。”

“这样说好像很愚蠢，可是追星本身就是会被别人认为是愚蠢的一件事。没有关系，我不想做聪明人。我看不见真相，我也不知道未来，我只知道无论阿遥最后选择什么，我愿意陪他坚持下去，就像我当初选择做他的粉丝一样。有很多人说看错了他，后悔为他浪费青春。可是，付出的热情、流过的眼泪，是真心的证明，为什么要去后悔呢？”

蔺晨点开录音键，说话时，眼睛却一直看着宣遥。

他问："那你现在，想好要怎么做了吗？"

童烁一回答："我还是要去支持他！对也好错也罢，我们要陪他熬过这一程！无论他选择什么，我们都会支持他到最后。"

偶像最大的幸运是，他从来不是一个人在逐梦，这条崎岖艰险的路上，有千万人站在他的身后，有千万人支持着他，直到走到最后。

深夜的天文台好似陷入了沉睡，星空无垠，也寂静无声。隔着一堵墙，钟亦和霍鑫打闹的声音隐隐传来，欢笑声为夜色做长眠的背景。

蔺晨拍了拍宣遥的肩膀，以一个哥哥的身份对他说："我不知道你在躲避什么，但我只知道，她想要的，你的粉丝所想要的，是你能做自己想做的事情，成为自己想成为的人。"

宣遥垂着头，十指交扣，紧握再紧握。他胸口澎湃跳动，似有什么力量汹涌欲出。

科技馆内有两间休息室，钟亦和霍鑫占了一间，另一间留给了宣遥一个人住。蔺晨泡了一杯咖啡去了保安室值班，嘴上却说自己精神抖擞，不想睡觉。

休息室里有一扇窗户，宣遥躺在床上睡不着，睁着眼看着皎洁月光洒下银辉，久久地发着愣。他伸出手，月光投射在手背上，留下一道白色的光线。他用手臂遮挡，无形的银色却从指缝间漏了下来，与阴影同在。

这件休息室很小，单人床又硬又窄，却很像他还是练习生时居住的宿舍。很多时候，白天练舞时间太长，到了晚上肌肉极度酸痛，翻来覆去地睡不好觉。每到这时，舍友官朗就会将他喊醒，干脆觉也不睡了，依仗着月光和星空的光亮，在聊天中做梦幻想，等他们出道了、走红了，那时将会是个怎样的光景。

不知过了多久，宣遥突然从床上坐了起来。他掏出口袋里关机一整天的手机，解锁打开，忽略排山倒海般涌来的未读消息，给官朗打了个电话。

“这大半夜的，你有事吗？”官朗半夜被电话铃声吵醒，脾气不佳。

听见他的声音，宣遥却从心底里展开了一个笑容。

“我决定了，我要去做我真正想做的事情。”

清晨五点，朝阳还未升起，天空仍旧一片混沌，这是拂晓前最昏暗的时刻。

宣遥握着一堆稿纸走出了休息室,纸上密密麻麻地写满了各种音符，他小心地整理好，珍宝一般护在怀中。

蔺晨眼见着他走进了保安室，来到自己面前，疑惑地问：“你是一晚上没睡，还是刚刚才醒？”

宣遥笑了笑，没回答。他拜托道：“蔺大哥，你能不能帮我一个忙？”

“嗯？”

“帮我订一张去北京的机票，我决定去参加音乐学院的面试。”

“可以啊。”蔺晨一口答应，顿了顿，又问，“你为什么不自己订？”

他摸了摸鼻子：“我的钱不够买机票……”

蔺晨满头问号：“你不是年薪八位数来着吗？”

宣遥咳嗽一声：“我刚成年，这些钱还都在经纪人手里管着呢。每周的零花钱也就……几百块。”

蔺晨失语了。

机票订好后，宣遥乖巧地向各位哥哥道了个别，简单地洗了把脸，就准备前往机场。

临走之前，蔺晨再次叫住了他。

“等一下。”蔺晨打开微博，将手机摆到他面前，“我怕你等会儿上了飞机联系不上，这个东西，或许你该看一看。”

昨天晚上彻夜未眠的，不止宣遥一人，他的粉丝们聚集在一起，为了他而发布了一条联合声明。

关于宣遥不实传闻的声明

针对近日网络流传有关宣遥的不实谣言，现特此声明：

1. 宣遥自 2014 年加入桑榆娱乐成为旗下练习生，经过三年勤恳练习后被公司选中，以 Starlight 组合成员身份出道，有关“空降”传闻属恶意造谣。

2. 宣遥正值高三关键时期，因学业繁忙、同时为艺考进行准备而暂时缺席组合的活动。经与公司确认，有关退团言论纯属不实消息，请粉丝切勿当真。

3. 宣遥是我们全体粉丝爱护和关心的对象，我们爱护他的人品、欣赏他的才华，也期盼他能在未来走出更辉煌的天地。无论将来宣遥选择继续做歌手或转行演员，作为粉丝，我们都将鼎力支持，尊重他的决定。

宣遥后援会

宣遥将这条声明，包括转发和评论里的所有内容都细细地看了个遍。从前，经纪人总是劝他远离饭圈，太过于了解粉丝的动态，反而会产生诸多隐患。这一次，竟是他第一次看见粉丝们直白而真切地诉说心里话。

【@chasingstar-宣遥个站：逐星站开站三年，自始至终支持宣遥的所有决定，今后，我们依旧会陪伴宣遥继续前行。黑暗无边，与你并肩。】

【@宣遥的腿毛由我守护：公司不发声明，营销号乱咬人，没关系。阿遥，我们永远支持你！转发这条微博，明天开奖抽一支限量版口红。】

【@一个不重要的路人：阿遥别怕！姐姐们来了！】

【@虎虎生威tiger：看看人家宣遥的粉丝，顶流真是了不起！赶紧的，都来学学！下次好给我们shirlye争气！（好友圈）】

“现在，会觉得更有底气吗？”蔺晨问。

“我……”宣遥抬头看他，一时说不出话来。

他很多时候会丧失自己身为艺人的实感，只有在舞台上、在聚光灯下，看着台下无数挥舞的荧光棒，他才相信自己是个真实的人。

而原来，在他看不见的地方，当他在十字路口逡巡挣扎时，同样有人站在他的背后，没有灯火、没有荧光，却是鼓舞他勇敢前进的底气。

终于，宣遥眼中闪着泪光，用力点了点头。

“嗯！为了他们，我也一定不会认输的！”

这个世界上总有那么多的事情需要斗争，他的成败不只是他一个人的，更是在告诉那些被人群隐没的人——结局不是目的，奋力前行的过程即是最大意义。

梦和未来都在远方，他们并肩同往。

寒假来临，“星享甜品店”推出星座系列的新品蛋糕，吸引了不少

学生的光顾。

深圳没有冬天。珠三角地区仍旧温暖如春，朝气蓬勃的年轻人只一件卫衣和短裙便出了门，与朋友一同共享蛋糕和饮料，明朗的阳光透过落地窗照进来，他们的眼眸变成了透着光的琥珀色，最是无忧的好时候。

甜品店内播放着欢快的音乐，听久了就会发现，这位店主私心极重，十几首歌翻来覆去地循环播放，全都是 Starlight 的歌。

一位梳着马尾辫的女高中生在甜品店内写了一个下午的寒假作业，她终于忍无可忍，走到柜台前提出建议："阿姨，你店里的音乐能不能换几首啊？"

大毛先是被"阿姨"这个称呼给震慑了，接着又因她嫌弃的语气而大吃一惊，瞪大了眼睛，听见这位小姑娘建议道："Starlight 有成员要退团了，而且这种团都是靠公司砸钱捧起来的，可别听他们的歌了。换成我们 SunnyDay 的歌吧，我们家新出的专辑可好听了！"

"咳咳！"大毛强忍住心中的不快，挤出一个笑容来，"不好意思啊，我年纪大了搞不懂这些新产品，等其他店员回来了，我让他帮你换音乐。"

女孩大概真的将她当作了岁数很大，跟不上新事物的老顽固了，只好放弃音乐的事情，看了看菜单，说："给我来一杯芋圆奶茶吧，去冰五分甜。"

大毛微笑："不好意思啊，没有芋圆了。"

"那桂花乌龙茶呢？"

"也没有桂花了。"

"珍珠奶茶总有吧？"

“珍珠还在锅里煮，你要不等等？”

“算了算了。”女孩眉头紧蹙，“什么破店啊，什么东西都没有。”

待她转过身去，大毛终于忍不住翻了个白眼，恨不得在门口竖一块牌子——对家粉丝请勿进入本店。

正胡乱想着，她的手机振动了一下，微博有一条新消息推送，原来北京下雪了。

现在已经是一月中旬了，再过不久就是春节。新闻里的北京又开始下起了大雪，白茫茫的城市占领了微博首页。

恰巧，也是在今天，宣遥突然多了一趟行程，发了一条微博，称自己即将前往北京进行艺考，不论结果如何，他都将尽全力一拼。

他离开建陵时天气仍是晴朗，飞机降落北京，他刚刚走出机舱，天空中便飘扬起蓬松的小雪，落在他温热的手掌上，冰凉凉的一片。

他身边的站姐们无心欣赏雪景，而是迅速掏出相机，拍下了他在白雪飘扬中行进的身影。

撒盐空中差可拟，未若柳絮因风起。他全身被黑色武装，好似冒着大雪奔赴疆场的战士，披坚执锐，信仰作戎装。

图片上传到网络，千万里之外的大毛将图片一再放大，只穿了一件薄外套的她虽身在深圳，但首都的寒冷与细雪的浪漫，似乎隔着屏幕也能够感受到。

童不二在这时发来消息，忧心忡忡地问：【你说，我们发布的声明真的有用吗？要是没用的话，我干脆去公司门口撒泼打滚好了。】

大毛笑了：【闹什么闹，我相信他肯定看见了。就算没有看见也没关系，既然他已经决定好自己要做的事情了，那我们全力支持就好。】

【这样会不会把他惯坏？】

【人一辈子真心实意喜欢多年的偶像能有几个？惯坏他也无妨，我们不敢做的疯狂事，他会替我们完成的。】

有人说，当我们追逐一颗星星的时候，其实是从这颗星星里看见了自己的影子。

他们或许尚且稚嫩，或许青春不再。而只要看见宣遥，就好像看见了自己梦想的、求而不得的少年热血。人生在世只来这一趟，偏执一点又何妨？

大毛再次打开微博，页面仍停留在宣遥的雪景图。她莞尔一笑，将图片保存下来，设置成了手机屏保。

深圳没有冬天，也许永远都不会下雪。

可是除了大雪，还有很多的风景值得去注目。

Chapter 09
我嗑到真的了

【送考宣遥，Starlight 团魂炸裂！退团谣言不攻自破！】

桑榆娱乐刚刚花钱撤下了宣遥的热搜词条，Starlight 的名字紧跟着登上了搜索榜第一，只是这一次带来的却是好消息。

雪势正猛，北京大部分居民都躲在暖气房里赏雪时，娱乐记者们却顶着严寒倾巢而出，奔赴音乐学院，摄像机和麦克风将面试考场的出口堵得死死的，万众期待中，手握准考证的宣遥走了出来。

他似乎没料到记者们的消息这么灵通，后知后觉地戴上口罩，遮住一张素颜的脸。

周围闪光灯大亮，人群冲破保安的防线，涌到了他的面前。

“宣遥！面试发挥怎么样，你觉得自己能考上吗？”

“听说这次的考试不在公司的安排之内，是你自己的决定吗？”

“你会继续留在 Starlight 还是准备单飞？”

“看到粉丝们的联合声明了吗？有什么想对粉丝说的吗？”

记者们的提问狂轰滥炸，贴着各家媒体平台 logo 的麦克风几乎将宣遥整个身子都埋了起来，他艰难地想要往前行走，却寸步难行。

终于，宣遥深吸一口气，随手握住一个麦克风举在面前，高喝一声：“大家请安静一下！我有话要说！”

摄影师们扶稳机器，镜头对准他的脸。

“很抱歉这两天让大家担心了。我并没有退出组合，现在没有，以后也不会有这个打算。我和 Starlight 的成员们从练习生时期就并肩奋斗着，对我而言，组合成员的身份有着很重要的意义，我绝不会轻易放弃。”

宣遥将口罩摘了下来，字正腔圆，每一个字都说得笃定、源自真心。

记者们都安静了下来，所有的场景都为他而记录。

“关于这次的考试，是我一个人的决定。老实说，我浪费了很多时间备考表演课，因此并没有信心一定能考上音乐学院。虽然可能会丢脸，但是——即使失败，明年的我还会从头再来。”

他从小进入公司，习惯了听从经纪人的嘱咐。十八年来做得最叛逆的事情，是瞒着所有人填报了音乐学院的志愿，偷偷打印了准考证，随时带在身边，好似某种护身符。

“最后，我很想感谢我的粉丝，无论外面的人在说什么，他们始终如一地相信我。我希望今后的自己也不会辜负他们的期待。”宣遥顿了顿，想起什么似的，又补充，“另外……我还要感谢不知名的好心人，我从他们身上收获了很多的勇气，得到了很多帮助。”

人心藏在皮囊里，不表达、不诉说，我们或许永远无法得知彼此的心意。坦诚地告白喜爱，笃定地宣告支持，用文字、用语言，纵使隔着万千山水、人生海海，你们也一定，能明白我的词不达意。

记者们还想接着问下去，不远处驶来一辆黑色轿车，轰鸣的引擎声吸引了他们的注意。

身着黑色大衣的年轻男人和脚踩红色高跟鞋的女人齐齐走下车，站在人群之外。男人朝着宣遥打了个响指，喊了声：“宣遥老弟！”

刚刚平静下来的记者们再度骚动了起来。

“这不是官朗吗？ Starlight 的官朗！”

“旁边的那个是他们的经纪人啊！人狠手辣你敏姐啊！”

“他们来这儿干吗？给宣遥撑腰？”

“愣着干什么，快录啊！”

这两位的出现不仅震惊了记者，连宣遥本人也是一脸茫然，他顾不得身旁的层层记者，走到这二人的身边，惊讶地问：“朗哥，敏姐……你们怎么会……”

官朗挥了挥手：“考得怎么样啊老弟，可别给我们团丢人啊。”

宣遥笑了：“你放心，一定不会！”

高敏翻了个白眼，嘴毒却心暖：“你小子真是翅膀硬了，竟然敢偷偷跑来北京，要不是机场有粉丝拍图，我恐怕要等到你进了大学才知道呢。连个助理也不带，万一出了事，你自己担着吗？”

“就这一次，敏姐你可别生气了。”他拉着经纪人的衣袖服软，“下次一定跟你商量！”

高敏叹了口气：“行啦，考完就跟我们回去，后天还有复试呢。”

“你怎么知道？”

她哼了哼：“填志愿这么大的事儿，你真以为能瞒得过我？”

宣遥呆了片刻，后知后觉地醒悟过来，张了张口，却不知该先感谢还是先道歉。

记者们夹着机器慢半拍地赶了过来，官朗搭上他的肩膀，笑了笑：“先上车，有什么话慢慢说。”

半个小时后，这一幕被传送到了网络。童烁一和张琪隔着手机屏幕看到这一幕，悬了一晚上的心总算是放了下来。

童烁一捂着心口，泪眼婆娑：“大了大了，孩子大了。妈妈好欣慰。”

张琪尖叫出声：“啊啊啊啊，官朗去了北京！哥哥弟弟关系也太好了！我嗑到真的了！”

一旁的蔺晨冷静地扫了一眼屏幕，内心毫无波澜。

激动了五分钟后，丧失的冷静渐渐回归。

童烁一疑惑地问：“感谢粉丝我懂。但是‘不知名的好心人’是在说谁？”

蔺晨缓缓开口：“我觉得……”

“肯定是在说官朗啊！”张琪打断他，“官朗一定给了阿遥很多鼓励，但是阿遥不好意思说出口，只能隐晦表达。”

蔺晨：“其实……”

张琪继续激动：“呜呜呜，绝美兄弟情！”

蔺晨：“……”

他默了默，决定不再多说。

宣遥的风波过后没多久，春节也快来临。实习工作告一段落，童烁一和蔺晨离开建陵，正式享受假期。

从建陵到襄津，坐高铁只需两个小时。从襄津高铁站回到家，坐出租车只需二十分钟。交通工具缩短了城市之间的距离，只一顿觉的工夫，醒来人已回到了故乡，恍惚间仍有些不真实的彷徨。

出租车开到了小区楼下，蔺晨率先下了车，从车后备厢里将童烁一的蓝色行李箱搬了出来。他正想提着箱子往楼上走，行李箱的主人却突然奔了过来，将拉杆夺回了自己的手上。

“那什么，不用麻烦你了，我自己可以搬箱子的。”童烁一说着，脸上堆满了不自然的笑容。

“你家住五楼，而且没有电梯。”蔺晨看了眼高楼，又扫了扫她的细胳膊细腿，“你确定你搬得了？”

童烁一拍了拍胸脯，自信地说：“别小瞧我。追星的时候我一口气能搬五个易拉宝呢！”

话毕，她撸起袖子就开始干，提着行李箱的扶手就往楼上走。然而，克服地心引力所需要花费的力气显然超出了她的预期，绵延的楼梯更加重了搬运的难度。她本就长得瘦小，箱子没放稳，底部一个打晃，差点将她本人从楼梯上拽了下去。

蔺晨抱臂看着她，一言不发。

心中斗争许久后，童烁一抹了把脸，委屈地问：“那什么，我刚才说的那句话，还来得及撤回吗？”

今天是周五，童母在学校上课，童父尚未下班。童家空无一人，阳光从落地窗照进来，窗帘安静地飘动。

蔺晨将行李箱搬到五楼，放开拉杆，重重地喘了几口粗气。

童烁一趁着他放松的片刻，眼疾手快地推着箱子进了家门，急不可耐地与他告别：“今天麻烦你了！我还有点事就先回家了，你也赶紧回去吧！”

她话还没说完便心虚似的要关上大门，好在门外的蔺晨反应迅速，一掌抵在了门上。

今天的童烁一很不对劲，从踏上高铁开始就异常沉默，也总是躲避蔺晨的目光，一看就是心里藏了事情。他虽不直接戳穿对方，却也并不是能被轻易敷衍过去的主。

“好久没来你家了，让我进去坐坐吧。”蔺晨迈了两步，敏捷地从门缝里钻了进去，又故意问，“不方便吗？”

童烁一打了个哈哈：“没、没什么不方便的。那你……进来吧。”

童家面积不大，两室一厅外加一个小阁楼。装潢温馨，家具都是暖色调，且每隔几年就要整修一次。无论蔺晨什么时候来到这里，童家都永远干净明朗，是他少年时永不褪色的理想家庭。

童父是省内知名的建筑师，自从女儿上大学后，一门心思放在工作上，这几年奖项得了不少，之前的储物架摆不下了，便换了个更大的，摆在了客厅旁，充作一个简单的间隔屏风。

新的储物架容量极大，除了些奖杯和证书，童母还将家里的相册摆了上去，从他们夫妻二人的结婚照到一家三口的全家福，童烁一从出生到高中毕业的照片，也都悉数存放着。

童烁一出生在正月初一，出生那日下了场小雪，瑞雪兆丰年，是极好的兆头。满月时拍了第一张照片，还是个婴儿的她穿着大红色的唐装，小脸蛋肥嘟嘟。

“别看啦。我小时候好丑的。”童烁一却伸手挡住了照片，有些难为情。

“很可爱啊。”蔺晨竟破天荒地说了句好话。

她还没来得及乐呵，又听见他说：“你初中的时候才丑。”

“你你你……”她气得口不择言，“你就很好看吗？大家小时候都很丑。”

蔺晨发现童烁一有些不对劲。

说是去关门，可是门关好后又跑去厨房倒水，没喝两口就回卧室说要整理行李箱，蔺晨帮她把箱子推进房间，她又立马关上门说要换衣服。其实根本就没什么事情要做，只不过是变相躲着男朋友。

但蔺晨不是个好糊弄的人，童烁一越是想躲着他，他反而越是要靠近对方。卧房门没来得及完全关上，蔺晨先一步强硬推开。

还没来得及发作，问问她到底是怎么了，贴满了卧室墙面的海报先一步震慑住了他。

他原以为这些年过去，童烁一会成熟收敛些，却没想到她变本加厉，卧室变成了展览馆。从小到大积攒了那么多的墙头，她一个也没忘怀，全都工工整整地贴在墙上，密密麻麻、严丝合缝，几乎看不出墙纸的颜色。

而这其中最引人注目的，应该是正对着她的单人床的那幅两米长的巨幅海报，海报的主人公是她现阶段最爱的宣遥。

蔺晨原本是有些生气的，被自己的女朋友躲着，这怎么都不会是一个令人愉悦的事情。可他踏入这个房间后忽然被点醒，他的女朋友始终都是那个敢爱敢恨的女孩，即使是躲避，也是出于善意。

“我知道我不能要求你把所有的事情都跟我分享。”蔺晨上前两步，抬手摸了摸她的脑袋，“但我还是希望，我能是你最值得信任的那个人。”

童烁一扯了扯衣角，踌躇道：“其实我……我还没有跟爸妈讲过我们的事情。”

“就为了这个事情发愁？”蔺晨轻轻推了推她的额头，“我也没有跟家里说。”

“啊？你为什么不说？丑媳妇见不得公婆吗？”她突然警觉起来。

“别乱想。”他答，“我只是想等一切都稳定下来再说。”

他家中的状况不算安稳，许久未见的父亲躺在病榻，母亲一门心思照顾父亲，他并不认为现在是个合适的时候。

与之前的迅疾猛烈不同，今天的蔺晨格外有耐心。他先是蜻蜓点水地吻了吻她的额头，再从眉间、眼角，一路轻抚到鼻尖。

正要往下行进时，童烁一忽然想起了什么，惊恐地看了一眼身后的海报，抓起一侧的毛毯就想往墙上遮。

“这个海报……太大了。”她有些难为情地说。

蔺晨对她的分心有些不满，扳回她的身子，只说：“我不介意。”

“不是说你……”童烁一举高了毛毯，“要是遥遥看见我带男朋友回家，他会伤心的。”

蔺晨：“……”

他又好气又好笑，一把扯掉她手里的毛毯扔到了一边，心中升腾起幼稚的醋意，决心要让这位宣遥小明星仔细瞧好他的粉丝是怎么被拐跑的。

他温热的唇在童烁一的嘴角婉转流连、来回摩挲，却故意不正面亲吻，撩拨得人心猿意马，主动求饶。

童烁一的双手不自觉地抚上他的前胸，缓缓上移，情不自禁地搂住他的脖子，讨好似的向他亲近。他这才放弃吝啬，舌尖湿润她的唇瓣，在她双唇翕动时便一股脑地探进去，风卷残云，搅动她的每一根敏感神经，诱导她笨拙而热烈地给予他回应。

想必是多次的练习有了成效，童烁一不再是吻了几秒就憋得自己喘不过气的小朋友，越发游刃有余，全身心陷入蔺晨的缠绵攻势里。

卧室内安静得很，柔和的橙色夕阳从窗外投射进来，海报上青春不老的偶像们在另一个次元中栩栩如生。年轻的男女分享着彼此人生中最好的时刻，用亲密倾诉长盛爱意。

“嘎吱！”

不知是否应该感谢卧室门的生锈失修，在门被推开之前，让他们幸运地获得了两秒钟的缓冲时间。

童父打开门，看着几个月没见的女儿正被紧紧搂在另一个男人的怀里，他一时失去语言组织能力，愣了很久才缓缓吐出一个问句：“我是不是来得不是时候？”

童妈妈回到家里的时候已经是晚上七点了，她正想问这父女俩吃晚饭了没，从玄关走进客厅，才意识到家中的气氛异常诡异。

童父和童烁一坐在沙发上，彼此沉默无言，他们对面的凳子上还坐了一位稀客。

“哟，这不是阿晨吗？”童妈妈从小就很喜欢这个听话懂事的小孩，热情地招呼，“吃饭了吗？晚饭就在我们家吃好了。”

蔺晨礼貌地打了声招呼：“阿姨好，我是陪烁一来的。”

童妈妈随意看了眼自己的女儿，没意识到她的不对劲，只客套地说着：“我家一一在学校惹麻烦没有？她一个女孩子孤身在外，我们都很不放心的呀。还好这学期和你在一个校区了，有你帮忙照顾她，我放心多了呀！”

闻言，童父冷哼一声，严肃的脸色更难看了：“一一都二十岁了，有什么照顾不好自己的。”

他声音卡了壳，最终还是忍住，没把两个小时前的所见所闻全部讲出来。

童烁一闭上了眼，把脑袋埋进了靠枕里，低头装死。

童妈妈奇怪了：“你今天吃什么炮仗了呀，讲话这么冲？你平常在家里讲讲就算了，阿晨还在这里呢，你别把人家孩子吓跑了。”

“吓跑？他把你女儿拐跑了还差不多。”童父讽刺道。

“啊？”童妈妈茫然了，以为自己年纪大了耳朵不好，“你说什么呢？”

蔺晨看了眼仍在装死的童烁一，站起身来，面朝着长辈鞠了一躬，恭敬地说：“阿姨，其实我和烁一，现在是男女朋友的关系。”

童妈妈身形一晃，跌坐在一旁的沙发凳上。

拖拖拉拉地送走了蔺晨，童烁一回到家里的时候，父母间的修罗场氛围已经弥漫到了整个屋子里。

她本想借口开溜，亲妈凌厉的目光扫过来，命令她过来，父母有话要说。

童妈妈是语文老师，职教几十年见过不少性格各异的孩子。她思想较为保守朴实，偏爱听话懂事、踏实用功的人，而在长辈们的眼里，蔺晨就是这一类型的孩子。

“一一，妈妈跟你讲呀，阿晨这孩子是真的不错。我们都是看着他长大的呀，从小就踏实稳重，上了大学也是年年拿奖学金的。而且我们两家人也都互相了解，知根知底的，上哪儿再去找比他更好的对象？”她将蔺晨一顿猛夸，最后得出结论，“你一定要好好把握住了，可不能让他被外面那些乱七八糟的人给勾搭走了。”

童父不是个严肃的人，此刻却面色铁青，很是不屑地反驳：“你说这话我就不爱听了。我们烁一哪里不好了吗？配他这个姓蔺的绰绰有余。追我们一一的人也很多的啊，该是他好好把握我们一一才对！”

童妈妈翻了个白眼，拉住女儿的手，语重心长地嘱咐：“别听你爸的，他个糙老爷们懂什么啊？谈恋爱也好结婚也好，都是要经营的。阿晨是学天文的，以后要做科学家的呀。以后在建陵定居也好，回襄津也好，找个稳定点的工作，多照顾照顾家里。”

“你说这话我就不爱听了。”童父有些生气地站了起来，“科学家怎么了啊？有什么了不起的？现在是新媒体时代，一一学新闻传播的，对社会也很重要的好不好？”

“你还好意思提这个，当初要不是你怂恿，我能同意她去学这个吗？上学期拍什么纪录片，去殡仪馆门口蹲了一个月！我从小捧在手心里养大的女儿，就让她去做这种事？”

童妈妈气极了，虽然她从小对女儿要求严格，但大部分时候还是溺爱包容得多，哪里见得了她去吃这种苦。

和她相反，童父思想更开放些，与公司的年轻建筑师们交流过许多，更能理解当下年轻人的想法。他十分反对老婆的教育观，驳斥道：“孩子长大了就该出去闯闯，你要是真想让她一辈子窝在一个小城市里，对得起她上学吃得苦吗？谁说女孩子就非要在家相夫教子了？我童远山的女儿就该去冲出一片天地！什么情情爱爱的，都靠边站去！”

童家夫妇吵得不可开交，观点碰撞、针锋相对，完全忘记了坐在一旁欲言又止的女儿。

“那个……我想说……爸？妈？你们有人在听我讲话吗？”

童烁一无奈地发现，作为这场话题的焦点对象，她本人的想法，却似乎并不能被听见。

爹妈忙着斗嘴，她趁乱给男朋友发了条消息。

不二：【我爹妈因为你吵起来了，怎么办？】

三三：【那我是不是可以趁乱把你偷走了？】

寒假伊始，童烁一给自己列了一张长长的假期任务清单，包括但不限于“增进修图技能”“剪一条宣遥安利向视频”“补习摄影网课”“每周更新公众号”等项目。每天晚上睡觉之前，童烁一都暗自下定决心，从明天开始一定好好学习，重新做人。

“一一，快起来吃早饭！”童妈妈的呼喊从餐厅传来。

童烁一扯过被子盖在脑袋上，痛苦地缩成了一团：“我不吃饭！我要睡觉！”

冬日早起属于人间酷刑，童烁一重新陷入梦乡，将昨夜说的话通通忘了个干净。

假期就这样日复一日地过去，眼看着春节近在咫尺，童妈妈终于忍无可忍，揪着童烁一的衣领将她从被窝里拽了出来。

“你看看你，每天都睡到中午才起床。像什么样子！”童妈妈一边扫地一边数落她，“把脚抬起来，我这儿在扫地呢，听见没有？”

她喊了好几声都没有得到回应，侧过头一看，童烁一趴在沙发上，抱着靠枕又睡了过去，

“哎呀，你这孩子。”童妈妈还想再数落她两句，奈何门铃声在这时候响起，她无奈地拍了拍这只懒虫，放下扫帚去开了门。

童烁一几乎一沾枕头就又进入了梦乡，她听见耳畔的数落声渐渐远去，下意识地抱紧了靠枕，睡得更加舒心了。

“醒醒。”她并没有开心太久，有一个声音来打扰她的好眠，“在这儿睡会着凉的。”

“你走开。”童烁一在睡梦中嘟囔了一句，抬起手想要赶走这个恼人的声音。右手在空气里划了几下，还没触摸到这人，指尖却被温暖的掌心包裹住了。

那是她很熟悉的感觉，柔软而干燥，就像是……

“快中午了还在睡觉，你是猪吗？”

就像是蔺晨在身旁。

一个鲤鱼打挺，童烁一立马从沙发上坐了起来，睁大了眼睛，惊恐地看着面前的蔺晨。

三秒后，她拔腿就跑，一阵风似的奔回了自己的卧室。

“你……”蔺晨摸不着头脑地跟了过去，在卧室门口敲了敲门，“你跑什么？”

“啊啊啊啊，你快走！”门内的童烁一发出尖叫，“我头也没梳，脸也没洗，眼屎都没擦干净呢！你快出去！”

女为悦己者容，她虽不至于每天化妆，但是在蔺晨面前也很注意自己的样貌仪态。此刻，她看着镜子里猪头一样的自己，无声呐喊——哪有一大早脸都没洗就见男朋友的道理啊！

门外的蔺晨又叩了两下门，轻声说：“没事，不管你现在是什么样子，我都不在意。”

难得听见他这样温柔地讲话，童烁一不禁有点感动，正准备打开门时，又听见了他的后半句。

“都丑了这么多年了，早就习惯了。”

“……”

童烁一心中怒骂，早就知道你不是个善茬！

半个小时后，整理完仪容的童烁一终于走出了房门。

她洗了脸、化了淡妆，睡衣换成了长裙和大衣，甚至还迅速地卷了个刘海，仿佛下一秒就要出门去约会。

蔺晨坐在客厅里，困惑地问：“你今天准备出门？”

“不啊。”她摇了摇头，“我准备在家玩一整天手机。”

蔺晨身为五好青年，对此十分不解：“成天玩手机，不会无聊吗？”

“人呢还是要多出去逛逛，看一看身边的风景，和亲朋好友多多交谈。然后你就会发现……”她一本正经地说，“还是手机比较好玩。”

蔺晨：“？”

耍嘴皮子这种事，蔺晨玩不过她，但是论蛮力，他绝对占上风。

“既然都打扮好自己了，那就不要浪费了。”他握起童烁一的手，“走，我们出门吧。”

她茫然：“出门？去干什么？”

蔺晨牵着她，说：“去约会。”

半个小时后。

“别的情侣约会，也会来做这种事情吗？”蔺晨不确定地问。

童烁一肯定地点了点头：“当然喽。约会不就那么几件事吗？吃饭、逛街、看电影。襄津这种小地方，也没什么其他地方可去了。”

“但是……”他看着眼前的炸鸡可乐，非常困惑，“我们为什么一定要来吃这个呢？”

知名连锁店肯德鸭内，放假的小学生和中学生填满了每一个位置。他们的身后是一个小型儿童乐园，说话间，孩子们把海洋球扔来扔去，一不小心掉在了他们桌前。

童烁一不以为意：“因为我们宣遥代言了肯德鸭的新品啊！你先别吃，我拍个照发到网上去。”

【@不二一点也不二：#宣遥超话##肯德鸭形象大使宣遥#感谢

肯德鸭的邀请！快和我一起来吃，快乐过春节吧！】

蔺晨担忧地说："我有种预感，今天的二人约会，会有第三者的插足。"

事实证明，蔺晨的担心不无道理。

"来来来！我们一人一杯星空气泡水，宣遥说他最喜欢喝这一款饮料了！"

"我想看这个电影，片尾曲是我们宣遥唱的呢。"

"哇，这里开了一家新的服装店，是我们宣遥的新代言！"

……

宣遥本人不在襄津，但宣遥的影子却无处不在。从吃喝玩乐到衣食住行，"宣遥"这个名字始终横亘在这对小情侣的中间。

蔺晨终于有些受不了了。

"我说……"他从试衣间里探出头来，"我一定要穿这件红色的衬衫吗？"

众所皆知，蔺晨的衣柜里只有黑、白、灰三种颜色，款式简洁、没有缀饰，上一次在穿着中搭配红色，可能还是小学戴红领巾的时候。

但是，童烁一才不管这些。

"穿啊，穿给我看看嘛。"她抱着一件男士大衣走了过来，"还有这一件，这也是宣遥的同款，你试一……唔！"

趁着服装店里没什么客人，蔺晨从门帘里伸出手，擒住她的胳膊，一把将她拽进了试衣间里。

"好啊，那你好好来看看。"

四四方方的试衣间窄小而逼仄，童烁一背靠着一面落地镜，咫尺之前就是蔺晨的气息。他的双臂撑在她的两侧，圈出一个暧昧而危险的距离，轻轻吐出几个字，都好似在啮噬她的耳垂。

因为在试衣服，他的外套脱下挂在了一边，上身只穿了一件单薄的酒红色丝绸衬衫，上方的两个扣子没扣，露出脖子前一大片锁骨。他不常穿成这样，但一旦装扮起来，既禁欲又撩人。

童烁一咽了咽口水，赶忙将头撇到一边。

“不是你想让我穿同款的吗？怎么不看了？”蔺晨明知故犯，还故意将脸凑了过去。丝绸衬衣柔软而松垮，但凡她垂下眼，便能看见一派春光乍泄。

“挺……挺好看的。”她目光向上，心猿意马。

蔺晨对这个答案并不满意，故意追问：“我好看还是宣遥好看？”

她抓紧了衣角，挤出一个谄媚的笑：“当然是我们三三最好看啦，我们三三生图超能打，绝美侧……唔……”

在不该耍嘴皮子的时候胡说八道是要有惩罚的。蔺晨的方法最为直接，俯下身就是一个吻，采撷她的唇，制止多嘴多舌。

旁人总觉得蔺晨这人清冷寡淡，只有在怼人的时候有些烟火气，谁又晓得他调戏起小姑娘时手到擒来。他今日有些吃醋，吻里自然带着几分惩罚和侵略的意味，手掌从她的脖颈一路滑到腰窝，她浑身战栗，禁不住踮起脚来。

被放开的时候，她的唇色越发鲜红，活似熟透的樱桃。她略微侧过头便能看见镜子里双颊绯红的自己，难为情到不行，轻轻推开眼前人便立马溜了出去。

最后的最后，蔺晨还是将这件酒红色衬衣买了下来。

童烁一奇怪地问："你不是不喜欢穿宣遥的同款吗，为什么还要买？"

蔺晨："这件衣服，有特殊回忆。"

童烁一思考了两秒，脸腾地烧红了。

"啊啊啊！我儿子上春晚啦！快看快看！"

大年三十的晚上，一身红色西装的宣遥出现在了春节联欢晚会的舞台上，手握话筒的他站在数十位伴舞演员的中央，与身旁的歌手们一同演唱春日佳曲。

童烁一"母凭子贵"，拿着手机对着电视屏幕一顿猛拍，各大社交账号上满是她的刷屏。她激动到要落泪："呜呜呜，喜欢上宣遥真是太好了，儿子出息了，妈妈好开心啊！"

餐桌上，童父正在包饺子，他用沾满面粉的手抬了抬眼镜，疑惑地问："她的儿子？我什么时候做了外公，怎么我自己都不知道？"

童妈妈皱了皱眉："小小年纪的，自己还是个小孩子呢，一口一个'妈妈'，像什么样子哦。"

童妈妈将一盘包好的饺子下了锅，对着客厅那头嚷了一声："一一，快过来包饺子，就知道看电视！"

"不要，我要看宣遥！"童烁一充耳不闻，仍旧守在电视机前，手里却不断刷着微博，被搞笑的段子逗得捧腹大笑。

"女孩子这么不爱干活，以后成了家可怎么做家务？"童妈妈担忧。

童父反驳："谁说家务一定是女人的事情？我在家不是经常做家务吗？自己家里的事情，男人也应该承担。"

"你就知道惯着她！"童妈妈生气。

除夕夜，不管是上班族还是学生，统统放了假，粉丝群里格外热闹，发红包的、发搞笑段子的，大家一起评论春晚节目，聊得不亦乐乎。

今年的春晚走起了复古主题，邀请了不少老派的演艺明星，还特别将二十年前风靡一时的歌唱组合成员重新聚集到了舞台上。当他们重新聚首，唱起曾被哼过无数次的歌时，连包饺子的童妈妈也坐不住了，被歌声吸引了过来。

“呀，这不是他们吗？我上师范那会儿，全校都在唱他们的歌。”童妈妈顾不上自己满手的面粉，丢下包了一半的饺子就走到了电视前，“都这么多年了，他们怎么一点也不显老啊？哎哟，怎么还是这么好看哦。”

童烁一笑眯眯地看着亲妈，打趣道：“你现在知道我追星的爱好是从哪儿遗传来的了吧？”

“我能跟你一样吗？我是喜欢人家有才气！”童妈妈嘴硬，“你那都是看脸！”

“宣遥除了长得好看也很有才啊，他钢琴弹得特别好，演技也有灵气，特别有综艺感，而且对粉丝又好又温柔！”铁血摇摇乐绝不认输地反驳。

跟老妈的吵闹不过是玩笑，童烁一回到房间后很快就冷静了下来。

她心中剩下的唯一念想是，原来，看上去做事一板一眼的老妈，在年轻的时候也有过自己喜欢的偶像啊。虽然年代不同，但是大家的心情都是一样的。

思考了片刻后，童烁一在朋友圈里发了一条内容：“你们还记不记得，当初是因为什么而喜欢上了现在的偶像？”

大家的回复都很迅速，每个人的理由都各不相同。

胖虎：【三年前我创业失败，只能回家接手我爸的公司。离开上海前我还剩下最后五百块钱，飞机延误到了晚上，我不知道一个下午该干什么，闲着也是闲着，就去附近的剧场买了张票随便看看。那个时候她们组合还没什么名气，特别小一个舞台，几个女孩蹦蹦跳跳两个小时，像是一点也不累。临走的时候她们亲手给观众发小礼物，轮到我的时候，Shirley问我："你还好吗？为什么一脸不开心？我送你一只小熊，你一定要加油哦！"然后塞给了我一个小玩偶。】

胖虎：【那是几个月以来第一次有人跟我说，你要加油。】

这是胖虎喜欢上Shirley的理由。

大毛：【小星上幼儿园后，那个时候我还没开甜品店，每天都不知道要干什么。白天的时候老公上班，家里就只有我一个人，我都快无聊疯了。有一天无意看见宣遥的跳舞视频，特别瘦弱一个小孩，在那么大一个舞蹈教室里，可怜兮兮的。后来就去了解了他一下，才知道是个预备役偶像。不知道为什么，我那个时候像打了鸡血一样，花钱花时间，就是想看着他出道，看着他大红大紫。】

这是大毛喜欢上宣遥的理由。

童烁一正坐在窗台边，怀里抱着一只大型公仔，手机不停地振动，弹出各种消息。

三三：【我是来问你的答案的。】

什么答案？她一时没反应过来。

三三：【我也想知道，你的答案是什么？我好像从来没认真问过你，为什么会那么喜欢一个偶像，为什么喜欢的又偏偏是宣遥？】

童烁一抿了抿嘴，思绪一时飘回很远的地方，像有无数部人生影片在脑海中轮番上映，她沉默了很久，才将这些故事捋成一条轨迹，一个完整的故事。

她想了想：【你知道为什么你从小脾气就那么臭，可我还愿意跟你做朋友吗？】

三三：【因为我长得好看？】

【这当然也是一个理由啦。其实是因为，在你身边的时候，我能感受到自己是被需要的。我从小就是一个精力过剩的人，但是你就相反，话不多，一开口也没句好话。虽然我小时候很笨，搞不懂的事情很多，但我知道，你其实很乐意身边有一个我这样的人叽叽喳喳说个不停，可能，你会觉得自己身边没那么无聊。】

三三：【这和你追宣遥有什么关系？】

简单来说就是……我能从宣遥身上看见你的影子,你小时候的影子。

差不多也是那个时候，我认识到了宣遥。他那个时候还是一个练习生，每次有物料有曝光，也都是他训练的生活。其实……他和从前的你有点像，就像是你还没放弃画画时的样子，从早到晚、没日没夜地为了自己的爱好练习。我呢，是一个没什么远大梦想的人，在学校只知道混成绩，是因为你们才让我意识到，人活在世上，好像应该有点爱好，应该有点喜欢了就不愿撒手的东西才行。

你看，这就是我喜欢宣遥的原因——这也是我喜欢你的原因。

夜越来越深，襄津小城不禁爆竹，不知谁家点燃了烟花，深黑的夜幕被骤然点亮，明黄与绛紫交错，在春日来临的前夜盛放出汪洋的花海。

盛大的烟火透过玻璃窗照进来，童烁一的发色被染成金黄，细碎的火焰落入她的眼中，像一簇绽放火光的仙女棒。

她眸中有光，点燃他的心中烟火。

年后没几天，蔺晨就接到了戴教授的电话。

戴教授将在一周后赴澳大利亚国立天文台观测，对 TESS⑧候选体进行视向速度证认。他原本计划带领一位博士生一同前往澳洲，但那位博士生临时出了意外无法如期前往，教授和学院商量了之后，决定将这个名额换给他的爱徒——蔺晨。

“这可是难得一次的好机会，要不是那群博士硕士都有别的项目在手，哪里轮得到你这个本科生？”电话里，戴教授这样说。

从建陵到悉尼没有直达的航班，蔺晨和戴教授一行人首先飞往了中国香港国际机场，停留几个小时后再转机抵达金斯福德史密斯机场，全程耗时近十四个小时。

一月的澳大利亚正值炎热的夏季，到达中国香港时蔺晨已经脱下了羽绒服，而到了悉尼时连毛衣也都塞进了包里。一位同行的博士生陈歌没有事前查询天气预报，穿着一身保暖的秋衣秋裤，在近四十度的悉尼街头热得满头大汗。

在悉尼的第一天并没有什么重要的事情，本地大学的教授热情欢迎了他们，大家一起吃了顿饭后便各自回房间倒时差，蔺晨给家人和童烁一报了声平安，便也匆匆睡了过去。

---

⑧ TESS（TransitingExoplanetSurveySatellite）：过境行星观测卫星。

第二天，在当地教授的带领下，他们驱车前往悉尼以西 354 公里的郊外，参观著名的帕克斯望远镜。

在澳大利亚，夜空晴朗，大片土地无人居住，许多世界重要的天文观测台和望远镜都在这里，对于热爱星空的旅者来说，是绝佳的观星胜地。而这座帕克斯望远镜更是南半球最大的单碟射电望远镜，在已知的两千颗脉冲星中，超过一半的发现都与它有关。

戴教授年轻时便在海外留学多年，说着一口流畅的英语，与当地人交流起来毫无障碍。面对着口径达到 64 米的帕克斯望远镜，戴教授完全忘记了时差带来的困扰，热血澎湃地与各位教授和研究者亲切攀谈。

陈歌是个常年蹲守在建陵天文台搞研究的学术性人才，尽管英语阅读能力极强，但是毫无字幕地聆听身边人噼里啪啦地用英文对话，对他而言还是有些吃力。

但是在学弟蔺晨面前，他还是很要面子的。

见蔺晨一直沉默着不出声，陈歌只当他作为本科生，听不懂这样的纯英文对话，因而热情地向他复述：“小蔺啊，你听得懂吗？听不懂也没关系，哥讲给你听，他们在聊霍金呢，说霍金生前一直想探索外星生命啥的。”

其实他也没听太懂，只抓住了部分关键词，凭着自己的想象力拼接到了一起，自顾自地感叹：“霍金先生真是伟大啊，我们要向他学习。”

蔺晨看了他一眼，欲言又止。

陈歌见他有话要说，很热情地说：“学弟你想问啥，只要是我知道的，都能教你。”

“其实，”蔺晨犹豫了片刻，还是说，“他们刚才不是在聊霍金，

而是在聊霍金发起的突破聆听计划[9]。帕克斯望远镜是在 2016 年加入这个计划的，这里百分之二十五的科研实践都用来对太空异常的设点信号进行研究。计划的五年期限就快到了，目前却还是一无所获。”

陈歌茫然了几秒，扑闪扑闪地眨了眨眼，尴尬地取下鼻梁上的眼镜，就着衣角擦了擦镜片，边擦边说：“哎呀，我的眼镜怎么脏了？”

他们沿着帕克斯望远镜的附近巡视，当地的研究人员边走边说着有关望远镜的信息和轶事。突然间，也不知道说到了什么，一群人忽然捧腹大笑起来。蔺晨迟了两秒，也忍不住浅浅笑了起来。

“那个……你们在笑什么？”陈歌拽了拽学弟的衣袖。

蔺晨解释：“刚才那个工作人员讲了个有趣的事。说是在 1998 年，这里的科学家曾用帕克斯望远镜收到一场强烈的无限脉冲信号，并在随后的十几年里观测到了四十多次这样的现象，他们对此深入研究，发了很多篇论文，最终在十七年后找到了真相——”

他突然停住不说，陈歌的胃口已经被吊起来了，连忙催促道：“真相是什么？”

蔺晨淡淡地吐出三个字：“微波炉。”

“……”

陈歌反射弧极长，反应了半分钟之后才醒悟过来，拍着学弟的后背一阵仰天大笑：“哈哈哈哈哈哈哈哈哈哈哈哈哈哈……这也太好笑了吧！”

---

⑨ 突破聆听计划：指由俄罗斯亿万富翁尤里·米尔纳全额出资，由英国天文学家史蒂芬·霍金启动的大规模外星智慧生命的搜索行动，旨在发现任何地外生命的迹象。

众人在一分钟之前已经停止了笑声，刚好结束了一个话题，正沉默着。陈歌突然无理由地大笑，惊得所有人都回头看向他。

陈歌看着众人，笑容渐渐苦涩。

戴教授朝着自己的学生翻了个白眼，用眼神警告他们不准再丢人了。

身在国外，使用网络很不方便。蔺晨一整个白天都在外奔波，直到晚上回到酒店才有机会连上 Wi-Fi，点开聊天窗口，都是童烁一发来的消息。

她是个话很多，停不下来嘴的人，今天吃了什么、看见了什么小猫咪都想要和他分享。每次回复，蔺晨的话也不多，很多时候都只是一个简短的“嗯”，但只要这一个字，也已足够让身在北半球的那个姑娘安心许多。

他撑着脑袋看着手机屏幕，时不时回复一些简短的话语，嘴角不自觉地上扬。

面前突然窜过一阵风，陈歌急速地从他身旁掠过，一头扎进了洗手间。

“差不多该去吃晚饭了。”蔺晨看了眼手表，提醒洗手间里的人，“戴教授已经去餐厅等我们了。”

隔着一道门，陈歌在洗手间内大喊：“我有点水土不服，你先去吧！我等会儿就来！”

戴老是个两袖清风的教授，尽管每年的项目都能拨出不少的科研经费，但是几乎全被他用在了做研究上，身上那件优衣库的格子衬衫穿了好几年，买起高精尖的器材时却毫不手软。

但是身为师者，带着学生出国做研究，他绝不肯让学生自己掏钱，几乎每顿饭都是由他来请客。

只是……

藺晨踏入酒店隔壁的一家意大利餐厅，脚步微停滞。

今天的戴老，未免有些太大方了。

“先生您好，请问有预订吗？”

身着黑白制服的服务生向他欠身问好，头顶的水晶灯从极高的天花板上垂坠下来，空气里弥漫着淡淡的鼠尾草清香，穿着正装的男女脚步轻悄地从他身边走过。

他终于理解，为什么戴教授再三警告，不准他穿着卫衣和短裤就出门。

入座之后藺晨才知晓，今天晚上并不是一次简单的晚宴，戴教授邀请了正在澳大利亚国立大学执教的好友史蒂芬先生一同用餐，而史蒂芬先生身边坐着的，是他那位如花似玉的女儿索菲亚。

索菲亚穿着一条黑色吊带裙，深棕色头发烫了卷，别着一个珍珠发夹。她是欧中混血，刚过十八但已出落成了大美人，五官深邃而精致，眼睛随她的父亲，是海洋一般的浅蓝色。

尽管餐桌上坐着两位国内外顶级的天文科学家，但是大家的话题却一点也不学术，仗着在异地无人追查，肆无忌惮地聊着学界八卦。可聊着聊着，话题就转移到了一旁沉默许久的年轻男女身上。

史蒂芬先生是个身材宽厚的白人，笑起来时极为亲切，像一尊大佛。他望着对面的小伙子，说道：“索菲亚的母亲身体不太好，计划今年回国修养。索菲亚想陪着妈妈一起去中国，正在挑选学校呢。”

索菲亚嫣然一笑，将目光移向了蔺晨，问：“我打算像父亲一样，也学天文系，不知道晨有没有比较好的学校推荐？”

大概外国人习惯只喊名不喊姓，蔺晨听见这一声“晨”，握着汤匙的手顿了一下，擦干溅出的汤汁，不冷不热地回答：“其他学校不太清楚，我只对建陵大学比较了解。”

“那如果我也去了建大，晨会欢迎我吗？”她的热情毫不避讳。

“当然欢迎，如果你能加入，一定会成为建大的优秀人才。”他笑了笑，不动声色地站起来，逃离话题中心，“失陪一下，陈学长到门口了，我去接他。”

陈歌无惧悉尼近四十度的高温，穿着一身笔挺的西装，头上还抹了不少发胶。

他刚进餐厅大门便看见了蔺晨，连忙抓住对方的袖子，紧张地问：“我是不是来太迟了？会不会给索菲亚留下不好的印象啊？”

“你知道那位教授的女儿会来？”蔺晨抬眼看他。

“当然知道啊！”陈歌理了理领带，“去年有个学术会议，她跟她爸一起来参加了。只因我在人群中多看了她一眼，从此再没忘记她容颜！”

“这样啊……那有件事你知不知道？”蔺晨转了转眼睛，不知在想些什么，“今天这顿饭，就是为了撮合你和索菲亚才办的。”

陈歌瞪大了眼睛：“真的吗？我、我、我……和索菲亚？”

“是啊。”蔺晨脸不红心不跳地点了点头，“等会儿过去了，你跟人家讲讲话。女孩子，毕竟还是有些害羞的。”

陈歌难以置信地握紧了拳头，点头如捣蒜。

这并不是索菲亚第一次接触蔺晨。

早在去年春天，她替父亲将论文翻译成中文，在中国的期刊上发表。这篇研究文章收到许多积极的反响，却有一个还没毕业的本科生跳了出来，指出了文章中的一些错误。

受母亲的影响，索菲亚的中文水平很好，但是和土生土长的中国人相比还是差距不小。再加上她年纪本也不大，长句的翻译文法仍然有所欠缺，一些复杂的句子并不能翻译得很通畅，但是基本也都能看懂。

偏偏那一次，中心段落的状语位置没能按照中文的习惯摆放，导致整个句子被引向了全然不同的意思上，引发一系列的连锁反应。

她到底还是年轻气盛，一直对这件事耿耿于怀，并且记住了那位本科生的名字。今日偶然听说戴教授的一位学生也叫蔺晨，特地盛装打扮一番，要来看看这一位是怎样的能人。

“我从小在澳洲长大，第一次认识土生土长的中国人，给我的感觉很不一样呢。”

索菲亚从前不明白“清冷”这个词为什么能用来形容人，欧洲的男孩们热情洋溢，她却有些看腻了，第一次见到蔺晨这样风度翩翩而话语不多的人，之前的矛盾统统忘记了，一双眼睛恨不能黏在这位黄种人的身上。

陈歌并没发现她的目光指向，满脑子都是蔺晨所说的大喜事儿，真当自己快当上澳洲女婿了，自信地回应：“我们中国男人虽然没有欧美人那么壮实，但是我们心灵上十分强壮。我们不仅在搞科研上有毅力，在感情上面嘛……嘿嘿，我们也很专一的。”

索菲亚莫名其妙地看了他两眼，礼貌地回了个微笑。

陈歌却会错了意，以为是自己说的话产生了效果，让她对自己青眼有加。

蔺晨权当没发现这二人间说不清的氛围，咳嗽了一声，又找借口退场：“抱歉，我去一趟洗手间。”

在被陈歌缠着聊了半个小时的风花雪月，而蔺晨仍然没有回来的迹象后，索菲亚终于意识到了问题的不对劲。

她生性热情，也敢爱敢恨。到底是咽不下这口气，她找了借口离席，没多久便在餐厅的后花园里找到了蔺晨。

夏夜的晚风也是温暖的，刺篱上缠绕着绒球一样的金合欢，芳香馥郁，微小而茂盛。蔺晨站在金合欢花丛旁，正在和谁打着电话。

“我在澳洲很好，这边的项目也并不复杂，不算太忙。”他将手机贴在耳边，习惯性地仰着头，注视着天边的星河，“有什么好吃的？都不太好吃，可能吃不习惯吧……你说这么多也没用，别指望我扛一只火鸡回去。”

和餐桌上一板一眼的语气不同，此刻的蔺晨很是放松，语气竟然很柔和，偶尔故意怼上几句，却更透露出他和对话人的亲密。

“嗯，这边已经是晚上了，天上的星星比建陵的要多很多。”似乎是想家了，他声音里藏着些许伤感，“嗯，我会尽早回去的。再等等我。”

她听见他说：“好可惜，即使同时看向天空，也不是一样的星空了。”

索菲亚安静地思考了片刻，最终她叹了口气，离开了这片安静的花园。

“你在这里啊，我找了你好久呢。”

刚回到餐厅，陈歌不知从哪里又蹦了出来，围在索菲亚身边打转：“你怎么出去这么久？身体不舒服吗？要不要看医生？”

索菲亚微笑着看着他，终于说出了忍了很久的一句话：“你知道吗？”

陈歌满怀期待：“嗯？”

“你衬衣上沾了一大块酱汁。”

陈歌当场堂皇了起来，立马掏出手帕擦衣服，忙活半天再仔细一看，白色的衬衫十分干净，一点污渍也没有。

“噗——”索菲亚捂着嘴笑出了声，“You are so cute！”

她丢下一句话，心情愉悦地回了坐席。

陈歌留在原地，愣了好久后又开始陷入遐想——

她刚刚……是在夸我可爱吗？

Chapter 10
机场接机实录
ta shu chen xing

独自一人经历长途旅行回国并不是一件轻松的事情。

为了避开转机带来的不便，蔺晨选择直达浦东机场，到了上海之后再回建陵。

取完行李后，他终于打开关机了十几个小时的手机，在睡梦中失去了舍友的陈歌显然很是愤怒，连发了好几条消息。

【你怎么一个人回国了？我们还没去海边呢，考拉也没看到！】

蔺晨只回复他一句：【我有比大海更想见的人。】

在澳洲的科研项目结束后，戴教授提议，难得来一次悉尼，不如再待上两天，好好做一次游客。陈歌对此非常赞成，将这看作是自己和索菲亚感情升温的好机会。而蔺晨则并不欣喜，向戴教授提出尽早回国。

他没把自己提前回来的事情告诉童烁一，他一直觉得自己是个很无趣的人，这一次想要努力给她创造一个惊喜。

只是，这场惊喜的具体发生，却很出乎他的意料。

下午六点半，蔺晨的航班准时抵达上海。

机场是一个不分白天黑夜，即使是深夜也有旅客匆匆赶路的地方。机场的人来人往，起初并没有引起他的注意。

蔺晨正在核实邮件，边走边看着手机。耳旁骤然刮过一阵突兀的喧闹声，他抬起头，一群举着相机的女孩如海潮一般地席卷而来，嘈杂的声音里隐约能听出几句“啊啊啊宣遥！妈妈爱你”这样的话。

他听说过虹桥一姐，见过童烁一拍摄的机场图，却没想到站姐接机的这一幕会真实地在他面前上演。

蔺晨没有认错，从隔壁出口走出来的人正是宣遥本人。或许是长时间的飞行使他状态不佳，宣遥戴着一个黑色口罩，遮住了下半张脸，只一双眼睛亮堂堂的，好似灯塔。即使这样也并没有打消众人的热情，人群在宣遥出现的那一刻立即被点燃，不顾保安和助理的阻拦，疯了似的往前涌去，咔咔咔的快门声像一场突如其来的暴雨，将整个机场都淹没了。

场面一时极度混乱，除了兴奋的粉丝外，现场不明真相的路人也纷纷举着手机凑热闹，而蔺晨这种只想离开此地的人反而被卡在人群中间，进退不得，方圆二十米内陷入一片谁也移动不了的死水潭。

“别挤了！别挤了！”有不少受不了的粉丝开始大喊，却并不能起到什么实际的作用。

蔺晨眉头拧成了结，很担心这样下去会出什么事故。

而事实也正应验了他的担忧。

不知是不是因为长时间举着相机，某位站姐忽然双手打软，板砖一样沉的单反相机猛地往地上砸去。相机就是站姐的命根子，她想也不想便蹲了下去，用身体护住她的宝贵机子。

“让一让！”

摔倒在地之前，她大喝一声，周围的群众受到惊吓，下意识地退让开一点距离。只听得“扑通”一声，这位站姐跪倒在地。

四周突然陷入了寂静。

蔺晨的位置距离事发现场很近，加上他个子高，视野良好。他顺着喊声看过去，只看见一张因意外而惊恐到变形的脸——是他熟悉的模样。

这位站姐不是别人，正是逐星站的皮下、蔺晨的女朋友——童烁一。

童烁一跪地时紧闭了双眼，并不知道四周发生了什么。再睁开眼时，见到的第一个画面却不是拥挤的人群，而是一双帆布鞋。这鞋上印着一个硕大的品牌 logo，是某品牌的当季限量款。

童烁一骤然心悸，缓缓抬起头，看见了宣遥近在咫尺的一张脸。

她竟然在机场摔倒了。

她不仅摔倒了，还摔在了“爱豆”的面前。

宣遥见这位站姐满面呆滞，担忧地问：“你……没事吧？”

“没、没事！”

童烁一张口就答，似乎是想证明自己所言非虚，她扶着地面想要站起来，可膝盖处遭受了重击，小腿刚刚挪动便锥心般地疼起来，她眉心一拧，又重新跪倒在了地上。

宣遥离她极近，对方痛苦的表情尽收眼底。大约是心疼粉丝，他原本双手插袋，此刻却突然抽出了右手，朝着童烁一的方向缓缓地递了过去。

“不！不必！”她下意识地表达了自己的抗拒，面对偶像施加的好意，她却如见了鬼一般惊恐，“我自己可以……”

童烁一咬紧牙关想直起腿，起身还不到二十厘米，又猛地摔了回去。

她根本站不起来。

还好今天戴了口罩，宣遥诧异的表情才不会暴露得太明显。他的右手僵在空气里，欲进不能，欲退有愧。

一时间，双方就这样僵持着，场面很是难看。

“起来。”

童烁一垂着头，头发遮住了大半张脸。在她几乎不知道该如何是好之时，本不应该出现在这里的蔺晨的声音，像一架她等待已久的航班，降落在了这片机场。

趁着人群都在发愣，蔺晨快速地突出重围，冲到被人群包围的女孩身边，托着她的肩和双臂，扶着她缓慢地站了起来。

“麻烦让一让。”蔺晨铁青着脸朝向人群发令。

围观群众这才从方才的意外中缓过劲儿来，主动地为他们开出一条道，目送着他们步履蹒跚、渐行渐远。

很快，周围的站姐们恢复了拍照，路人们凑够了热闹才想起来自己还要赶飞机，慌忙退出了人潮。

兴许是今天太冷，宣遥收回右手，在厚重的羽绒服口袋里捂了许久却仍旧冰凉。口罩之后，他的下嘴唇被咬出了一道牙印。而镜头之下，他的皮囊仍然完美无瑕。

蔺晨在生气。

尽管他小心谨慎地将童烁一送去了医院，将医生叮嘱的一大堆话都清楚地做了记录，忙前忙后的买药、买火车票，搭乘着当天的末班车一同回了建陵。

但是他一路的沉默和僵硬的面容都暴露着一点，他很生气。

到达建陵时已经很晚了。初春乍暖还寒，夜间的气温仍然与冬日无差。他们打的出租车还在几公里外，蔺晨扶着童烁一坐在路边的长椅上，静静等待着。

“好疼哦。”童烁一抬起头，可怜巴巴地看着男朋友，“感觉我的腿已经不属于我自己了。”

蔺晨侧头瞥她一眼，不冷不热地嘲讽：“现在才知道疼，早干吗

去了？”

他口袋里的手机振动了几下，声音突兀。他只打开来草草看了两眼，也不做回复便搁在了一边。

顿了顿，蔺晨又问：“宣遥想扶你起来的时候，为什么要拒绝？”

回想起机场的那一幕，她仍然心有余悸，低下头叹了口气，说：“其实我挺高兴的，还好他最后把手收了回去。”

“为什么？”蔺晨皱眉，“他是你偶像，难道你就不想……”

“让宣遥觉得我很可怜，亲自扶我站起来，然后我感激涕零，发微博说‘天啊我竟然和宣遥发生了肢体接触’？”童烁一替他把话说完，抿了抿嘴，“你不觉得如果这样的话，我会变得更卑微吗？”

他问：“你想说，视而不见也是一种保护？”

她点点头，仔细分析道：“当时那么多镜头在场，如果他扶我起来，我这张脸绝对会被记录下来。运气好一点，大家只会提醒一下在机场要注意安全。运气不好，可能还会被人指责是故意摔倒来吸引宣遥的注意。我的脸已经暴露了，只要他们想，随时可以人肉到我的私人信息。那到时候，我还要怎么生活？

“所以，他做得很对，他没有忘记自己是个偶像，而我也记得自己只是他的粉丝。这才是我们之间最好的相处方式。”

她并非是天生理智清醒的人，但是从小就见过太多太多类似的案例。人们的爱意与倾慕太难纯粹，一不小心就会变质为嫉妒与仇恨。

蔺晨静静地听她感慨，沉默无声。他长时间停留在手机屏幕上的大拇指不动声色地松开，一条语音消息无声地发了出去。

手机塞回了口袋里，他再次伸出左手，宽厚的大掌覆在身边人的手背上，温热她冰冷的五指。二十岁的年轻男人，春寒料峭也无法冷却他的体温。

“饭圈也好，网上也好，真的什么人都有啊。”童烁一想了想，又改口，“不对，这个世界上本就什么人都有，一直都是这样。”

“即使这样也没有想过要放弃追星？”

她果断摇头：“当然没有。我的朋友、我的交际圈很大一部分都和饭圈有关，因为追星我去过了很多地方、见到了很多不同个性的人，也经历了很多可能一辈子都不会忘记的事情。总的来说还是利大于弊。再说啊，宣遥他真的是个很好很好的人，值得我为他……唔！”

她说得几乎忘我，无意识中转过头，正撞上蔺晨那张近在咫尺的脸。他不知在什么时候贴了过来，鼻尖顶着鼻尖，灼热的气息扑面而来。

“我说过没有？”他开口，每个字都镌刻在她的脸颊，“你为宣遥犯花痴、为他拍照、做应援，我都可以接受。但我唯一不能接受的，是你因为他吃苦、受伤，受些完全没必要的委屈。”

连他都不敢让童烁一受委屈，这位橱窗里的偶像又有什么资格？

若是以往，童烁一瞧见蔺晨这般严肃的模样，大概率是要畏惧几分的。但是她今天摸了摸鼻子，反倒乐了起来：“嘿嘿，三三，你是不是在吃醋呀？”

他避而不答：“是又怎样，不是又怎样？”

她得寸进尺：“欸？你果然吃醋了，你一害羞就不正面回答我的问题。是不是很怕我心里只有宣遥没有你？别担心哦，我会疼你的！”

蔺晨又凑近了一点，挑眉问：“哦？那你打算怎么疼我？”

“你先承认你吃醋了，不然我不……唔唔……”

跟蔺晨讨价还价绝不是一个好的想法。童烁一正说着话，却突然被他揽住了腰身，下意识地仰起头，直撞上了他温热的唇。蔺晨是会发光

发热的恒星，看似寡淡的大气层下，是一颗炽热不息的心。

童烁一没做好准备，忘记了均衡呼吸，直到被对方恋恋不舍地放开，才大口大口喘着气。

蔺晨贴在她的耳边，声音如解不开的细丝。

“你说得对，我在吃醋。”

道路的尽头，他们等待已久的汽车驶向了他们，白色的车灯在黑暗里升起两束光明。

蔺晨先将童烁一送回车里，再将行李搬进了后备厢。上车之前，静默许久的手机再次轻轻振动。

没有设置任何附加背景的聊天窗口干净简洁，发送消息的账号头像是一片蓝色的光海，那是他第一次站在属于自己的舞台上时所拍下的照片。

蔺晨原本以为这个账户不过是个不常用的小号，却在今天第一次与这个人产生了交谈。

【冒昧打扰你，今天发生的事情我很抱歉，希望可以替我向她说一声对不起。】

蔺晨的回复很简短，只有两条消息，一段语音和一段文字。

他回复：【不用觉得抱歉，她很好，因为有我在她身边。】

一周后。

自从把腿给摔伤了，童烁一就心安理得地做起了一个废人，趁着还没开学，她愣是一脚都没踏出过宿舍大楼，一日三餐都靠蔺晨牌外卖服务供着这位小祖宗。她去过最远的地方大概也就是宿舍的会客大厅，在那里和蔺晨一起吃饭。

童烁一激动了好久后终于扛不住饥饿，放下手机抓起了筷子。她看了看满桌子的菜，问道：“怎么又是排骨呀，昨天也吃的排骨。”

蔺晨：“吃什么补什么。”

她问：“那你买烤猪脑是什么意思？”

蔺晨：“给你补脑子啊。这都不明白吗？果然要补补。”

童烁一：“……”

她愤怒地推开面前的猪脑，跟小时候一样喜欢抢别人的东西吃：“我不要吃排骨饭，我要吃你的猪扒饭。”

吃啥补啥的观点并没有什么科学依据，从本质上而言只是人的心理作用作祟。虽然排骨饭已经被翻过两筷子了，但是猪扒饭一口也没碰过。于是蔺晨便没啥顾虑地将两个饭盒换了个位置。

只是，他却没有动筷子的意思，撑着下巴看着童烁一吃饭，像是某种吃播的现场观摩。

童烁一嘴里塞着满满当当的炸猪扒，含混不清地问：“你看什么看？没看过美女吃饭吗？”

蔺晨微微一笑：“我在看猪扒饭。”

吃完饭后，手机振动了一声，是一条新的物流信息。

“有新快递？”童烁一挠了挠头，“我没买东西啊。”

蔺晨收拾着桌面的食物垃圾，不动声色地说：“可能是别人寄来的？”

她更茫然了：“没人跟我提过啊？”

“或许是惊喜？”他不置可否，提议道，“你在这儿等一会儿，我

去帮你取快递。”

童烁一没去细想他今天为何如此主动，心安理得地点了点头，捧着没喝完的饮料继续刷着票务网站。

Starlight 即将举办演唱会，童烁一从上个星期开始就密切关注购票攻略。只是奈何僧多肉少，每次演唱会抢票都犹如一场战争，不光拼网速还要斗手速，她把所有能借来的手机和电脑都用上了，可刚刚进入选座界面，内场票就已经一扫而空。

她看着“Starlight 演唱会门票两秒售空”的热搜又喜又悲。黄牛票炒到了上万，她只能持之以恒地刷新票务网站，希冀能从天上掉下一张余票，让她捡个漏。

余票没刷到，蔺晨先回来了。他手里拿着一个纸质的文件袋，极薄，看不出里面装着什么东西。

不是零食也不是化妆品，童烁一兴致缺缺，只扫了一眼便接着低头刷新页面了。她对蔺晨说：“你帮我打开吧。”

若是往日，蔺晨定然没这么好说话，今日却真的不同。他听话地拆开了文件袋，从中抽出两张长方形的硬质纸。

“不看一看是什么东西吗？”蔺晨问。

“估计又是什么广告单或者推销产……”她随意地瞟了一眼，后半句话噎在了喉咙里，“这……这是……”

由特殊纸质制成，印有票务网的防盗水，白底黑字。

最上方是一行加粗的大字——第一颗星 · Starlight 上海演唱会门票。

童烁一双手颤抖地拿起门票，讲话都结巴起来：“VVVV……VIP！第一排！”

今天是圣诞节吗？圣诞老公公送礼物都改用快递了？

蔺晨故作惊讶："啊，这正好是你想要的吧？"

"虽虽虽虽然……但但但但……但是！这是谁给我寄的？"她一把抓过文件袋，仔细查看快递单上的姓名。

寄件人：宣遥。

她皱起了眉头："到底谁寄的啊？"

"上面不是写了宣遥的名字吗？"蔺晨指了出来。

童烁一不屑一顾地说："怎么可能！那我每次买东西，收件人的 ID 还都写的是'宣遥妈妈'呢。肯定是饭圈里哪个好心人，可是是谁啊？还是北京的地址，我也不认识呀。"

蔺晨想说什么："或许……"

"嗯？两张门票，为什么是两张？"她满头问号，压根没听见对方的声音，"除了给我一张，另一张又要给谁？"

蔺晨："我觉得……"

"我知道了！"她睁大了眼睛，"给大毛！另一张肯定是给大毛的！"

蔺晨："……"

她自以为解开了谜团，这才抬起头来，发现蔺晨的面色很不对劲。

"你怎么了？为什么脸色看起来不太好？"

蔺晨扶着额头，淡淡道："没什么，就是觉得我女朋友脑子不太好使，还是得多吃点烤猪脑补补。"

童烁一："？"

有些距离无法跨越，有些秘密无法说破，也有些爱意无法用言语概括。

蔺晨想，或许只有憨傻的人才会执着地追逐握不住的星光，而星光

唯一回应他们的方式，就是更炽热地燃烧自己的光芒。

“还是很喜欢宣遥？”

“当然啦！”

“更喜欢我还是更喜欢他？”

“这个嘛……”

“你这么犹豫？”

“还是喜欢你比较多一点。但别骄傲，只多一点点。”童烁一笑道。

“没关系。”蔺晨说，“我比所有人更喜欢你。”

Chapter 11 英仙座流星雨

半年后。

建陵淮山。

建陵天文台外，公告大屏循环滚动着今日头条：“今晚，作为北半球三大流星雨之一，有‘圣洛朗的眼泪’之称的英仙座流星雨的流量将迎来极大，天顶流量每小时最大可达110颗！今日晚至明日晨，面向东北方天空，用肉眼即可捕捉拖着长尾巴的流星划过夜空……”

由于流星对观测条件的要求不高，场面也极尽壮观和浪漫，近几年来观测流星的人越来越多，几乎人人都会在面对流星时许下愿望，等待奇迹的降临。

从一大早开始，英仙座流星雨的新闻就席卷了所有社交软件，建陵天文台的几位新晋实习生也被安排了拍摄任务，下了班后仍坐在办公室里，等待夜幕到来。

晚上六点，蔺晨坐在器材室的窗边擦拭着相机镜头，从山顶遥望远处风光，楼宇櫄次，蔓延至天边。但只过了不久，天象骤然大变，几阵狂风呼啸吹过，隆隆雷声从昏暗的天空翻滚而过，乌云压顶，大雨滂沱。

庄梁从游戏中抽离精神，茫然地看着窗外，喃喃道：“今天的拍摄是不是……完成不了了？”

蔺晨将刚刚擦拭好的镜头重新塞回了包里，言简意赅地通知：“走，下班了。”

除了值班和埋头算数据的，天文台里已不剩几个人了，灯光熄了大半，一路上十分安静，只能听见屋外哗哗雨声。

庄梁一路吐槽着天气预报欺人太甚，不知不觉间走到了门口，一转头撞上了一个熟悉的面孔。

刘雪悠的手上拎着一个饭盒，头发湿漉漉的，似乎刚从雨里淋过，长至小腿的白色纱裙沾了水垂坠下来，风力强些才能勉强吹动。

“你怎么……”庄梁讶异地看着她，并未料想她会来这里。

“我知道今天有流星雨，估计你会要加班，就自己过来了。”她理了理发须，淋了一路的雨也不忘保持形象，“不过看样子你已经下班了。”

庄梁张了张嘴，却不知该说些什么。

这半年来，刘雪悠一反常态，时不时地主动来找庄梁，明里暗里照顾着他，可话语里从不友好，仍然是那个矜贵的大小姐。庄梁原先信誓旦旦地说要放下，可一见到她，所有的决心都土崩瓦解。两个人彼此拉扯，谁也不愿意先低头。

刘雪悠知道他没什么想跟自己说的，便直接将饭盒递了过去，也不久留：“我看你之前在朋友圈说天文台的食堂不好吃，就随便做了点小菜。你要是不想吃就扔了吧。”

也不听对方的回复，她放下饭盒，扭头便走，只身冲进了茫茫雨幕。

“等一下……你没伞啊！”

庄梁后知后觉地反应过来，将饭盒交给了蔺晨，从雨伞架里抽出一把公用伞，一路小跑着追了上去。

蔺晨打开饭盒看了两眼，一阵香气飘了出来，热气散在空气中，液化成了淡淡的水雾。

钟亦寻着香味儿走了过来，他趁着暑假过来做社会实践，今天负责值夜班，刚吃了晚饭又开始犯饿，正是嘴馋的时候。

“学长，这个饭盒……”他含蓄地表示了一下自己的愿望。

蔺晨很大方地将饭盒交给了他，和蔼而友好地说：“想吃就吃吧。庄梁的女朋友亲手做的而已，你明天向他形容一下饭菜的味道，他可能会少揍你几拳。”

钟亦眨巴眨巴眼睛，立马冷静了下来：“我……这就把饭盒送去冰箱保存。”

其实旁观者都看得真切，庄梁对刘雪悠的感情究竟如何，早已表现在了日常言行里，最看不透的只有他们自己。

建陵市池城区，东榆大厦。

晚上七点，早已过了下班时间，位于十七楼的桑榆娱乐公司仍旧灯火通明，到处都是忙于加班的工作人员。

策划部部长办公室内，实习生童烁一正在向部长汇报今日的工作。

“Cindy 下个月的行程已经整理好了，刚刚发给了设计部，预计明天下午能发布行程图。Wendy 下周定了去拍杂志，杂志社那边要求告知一下三围数据，但是她最近好像长胖了，我已经拜托了助理重新确认一下告诉我。”童烁一捧着一个计划本，边勾划边汇报，“Willy 的航班延误了，估计今晚凌晨才能到达，到时候是先安排他回去休息还是直接来公司？”

部长看着电脑，头也不抬地回答：“让他先回宿舍吧，明天早上六点到公司开会。”

童烁一迅速记下，又将一个文件夹递到对方的桌上：“这是新综艺的策划案，请您看一下。”

部长点点头：“先放这儿吧。”

“那……如果没什么事情的话，我就先……”她朝着办公室大门侧了侧身子，一副随时准备开溜的架势。

“等一下，有一件事我忘了说。”她已经迈出去了一步，却被部长突然叫住，部长看着她的模样，“怎么了，有事急着回去吗？”

“没有没有！”童烁一的头摇成了拨浪鼓，“有事您请讲。”

部长点了点头，道：“宣遥九月份就要去北京上大学了，到时候整个团队也会迁到北京的公司，但是本部这边还是需要几个工作人员做联络。别的部门暂时没有多余的人手，你这段时间表现不错，没太大问题的话，我就打算将你调过去了。”

“宣、宣遥的团队？”童烁一瞪圆了眼睛，难以置信。

“你不喜欢宣遥？”部长误解了她的意思，“不喜欢也没用，做我们这行的哪有挑艺人的道理？”

她连忙摆手：“不是不是，我没有不喜欢他，我就是……有点意外。”

“不用意外，在我们公司，好好做事都能有上升的机会。这群实习生里我最看好你，等你毕业转正了，就能算宣遥团队的正式员工了。”部长很赏识她，好的机会也愿意留给她。

童烁一感动地鞠了个九十度的躬，连连道谢：“谢谢部长！”

“好了好了，差不多也该下班了。快回去见男朋友吧。”部长笑了笑，终于放她离开。

童烁一害羞地挠了挠头，动作迅速地收拾东西下了班。

大厦一楼，蔺晨坐在大厅的沙发上，随意地翻看桑榆娱乐的公司手册。

他不过在这里等了十分钟，已经先后有两个星探过来给他递名片，询问是否有加入娱乐圈的意愿。

蔺晨的回答也挺简单：“你们公司接受谈恋爱的艺人吗？”

闻言，星探立马收回了名片，只答一句：“打扰了。”

五分钟后，童烁一背着单肩包冲出电梯门，一路小跑朝蔺晨扑了过去。

“三三！”下班和见男朋友都是令人开心的事情，她的声音听起来格外兴奋，“你怎么有时间来接我下班？”

蔺晨指了指窗外的天空：“山上下雨了，都是乌云，看不到流星雨了。”

“啊……那好可惜啊。”童烁一知道蔺晨关注这场流星雨许久了，连她都替对方遗憾。

可蔺晨只是淡淡地说：“天象这种事情本来就可遇不可求，没什么可惜的。”

话虽如此，她却比蔺晨还执着。

看了看手表，童烁一突然扣住蔺晨的手腕，拉着他往外走。

“跟我来，我知道有一个地方能看到星星。”

城市里的光污染很严重，遑论位于市中心最繁华地段的池城区，在这里看星星，是最不明智的选择。

童烁一要去的地方并不远，步行几分钟也就到了。这里虽没有下雨，但天空中仍阴霾密布，一颗星也看不见。蔺晨搞不清楚她要去哪里，但是什么也没问，只安心地跟着她的步伐行走。

最终，他们在池城河边停下了脚步。

池城河是长江的支流，穿过建陵市的中心，因位于古城区附近而得名。如今，池城河的两岸建起了密集的高楼大厦，成为城区最繁华的商业地段。

现代都市最喜欢不夜的灯光，沿河两岸的大楼即使不在工作时间也始终灯火通明，大厦建立起了巨大的 LED 灯牌，每日播放着“我爱建陵”等字样。

而近几年，这些具有标志性意义的大楼被粉丝群体瞄准，每到特殊的日子，LED 屏幕上的内容就会变成某位偶像的宣传照或是安利向的视频。粉丝用极尽张扬的方式，向整个城市的人介绍他们的偶像。

童烁一说：“其实呢，今天是 Starlight 成立四周年的纪念日。”

对岸 LED 正在播放商业广告，蔺晨疑惑地问：“这和看星星有什么关系？”

她紧盯着手表，紧张而兴奋地说：“嘘，还有一分钟喽。”

这句话刚结束不过十秒钟，对岸五彩斑斓的灯光突然暗了下去，三栋位置相近的巨型建筑一个接着一个地熄灭了灯光，河面的粼粼波光也随之消失。

蔺晨惊讶地抬起头，黯淡的风景里，他的眼眸最是明亮。

“快来喽。”童烁一紧盯着转动的秒针，轻声倒数，“十，九，八……三，二，一！”

晚上八点，三座摩天大楼同时熄灭了 LED 灯牌，取而代之的是一颗又一颗细碎的、银白色的星型光点。这些光点的亮度并不统一，时明时暗，更类似自然的星空。偶尔一道流动的线条划过，那是制造出的流星。

夜色中，三栋高楼与身后的黑夜连成一片，河面倒映着点点星光，在波澜起伏中忽而碎裂、忽而重聚。

远离城市多年的星空，重新回到了我们的身边。

蔺晨一时深陷这片银河，久久缓不过神来。他见识过许多绚烂的灯火，却没有见过这样的星河。

童烁一观察着他的表情，解释道："你总说城市里看不见星星，很可惜。可我不希望你有遗憾。你之前带我去天文台看过一次星星，这次，我也想邀请你看城市的星星。

"不是有那么一句话吗，不管你去到哪里，只要抬起头，我们看见的永远是同一片星空。"

她说到这里，蔺晨才发现，在LED的最下角，有一排被树木遮挡的小字"致Starlight，致星光"。

这个企划是童烁一和大毛商议了很久之后才最终定下来的。纪念出道有很多种方式，那些简单明了的、过分商业化的方案她们早就做了个遍，与其去重复洗脑式的安利，不如选择一种更为浪漫的方式。

她们的偶像叫作Starlight，在舞台上、在生活里，都是她们的星光。

而这一次，她们提前一个月联系好了大厦的负责人，花费时间、钱财、精力，来请生活在城市里的人，一同来看一场久违的星空。

童烁一双手合十，面对着星空说："你曾经跟我说过，希望我能一辈子做自己最喜欢的事情。虽然现在的流星是人造的，但我还是想许个愿——如果星星能听见，希望它能保佑你，要一直平安开心地生活，还要永远在我身边。"

银色的光辉在蔺晨的脸上落下斑驳的光影，分不清是他的眸光混淆在了银河里，还是银河落进了他的眼眸。

“你还是像个小孩子，喜欢童话和传说。”他温柔地抚摸着女孩的脸颊，好似手里捧着一颗星，“星星或许听不见你的愿望。”

她嘬起嘴：“你总喜欢打击我。”

“但没关系，”他轻柔地笑着，荡漾出一个浅浅的梨窝，“星星听不见的愿望，我来帮你实现。”

细浪拍岸，星河在畔。蔺晨张开双臂，将女孩圈进怀中。童烁一个头不高，踮起脚才勉强够到他的肩膀，可每每拥抱住她时，那些蕴含在她体内的无尽能量与勇气，似乎也能被蔺晨所拥有。

东榆大厦十九楼，录音室密封了一整个下午，直到夜幕降临才终于录完最后一句。官朗将紧锁的窗户打开，深呼吸了几口新鲜空气。

宣遥最后一个从录音棚里走出来，录音师对着他竖起大拇指，毫不吝惜夸奖：“你的唱功真是越来越好了，果然进了音乐学院就是不一样。”

受到表扬的宣遥也不矜持，自信地说：“那当然，我可是宣遥啊。”

“瞧给你乐得！”官朗在他的肩膀上轻轻捶了一拳，再转过头，对面原本明亮的大楼忽然暗淡一片，他奇怪地问，“欸？对面的灯怎么不亮了？”

身后的几位队员也都好奇地围到了窗边，胡乱猜测着原因。宣遥看了眼手表，现在不过晚上八点，照理说还没到大楼熄灯的时候。正疑惑着，再抬起头时，一片璀璨星光忽然坠入眼眸。

东榆大厦与对面的星空只隔着一片池城湖，他们的视野极好，连最下方的一行小字也看得清晰——祝 Starlight 出道四周年快乐，我们的征途是银河星海。

关朗愣了很久才回过神来，讷讷地问：“这是……给我们做的应援？竟然还有这样的啊……”

在这片星空的角落里，印着一个小小的logo，ChasingStar宣遥个站。

宣遥揉了揉鼻子，无数的记忆碎片像一阵流动的星光一闪而过。他好像是记起了什么，忽而笑了笑，感叹道：“虽然见过了很多的应援，但是能邀请大家一起看星空的，却还是第一次啊。真是……很浪漫呢。”

官朗伸出手臂搭上他的肩膀，看着身边的队友们，嘹亮地吼了一声：“兄弟们，四周年啦！”

队友们一拥而上，肩并着肩搂成一团，像一群肆意撒野的小少年。年纪最小的宣遥被他们围在中心，挤得双脚都快离地，却仍旧满面笑容，露出两排小白牙。

“四周年快乐。”宣遥笑着说，“我们还要一起走很久很久。”

这一片星空在建陵的市中心悄然升起，无数路人停下脚步远远遥望。像是受了某种无声的蛊惑，沿着河畔散步的行人纷纷忘记了原先要做的事情，他们看着星空，一时喧哗沉寂，只听得细浪拍岸，微风缓缓掠过湖面。

爱人安静而缱绻地拥抱住彼此。

“还有五十亿年。”

安静地相拥许久后，蔺晨再次开口。

“嗯？”

“你许愿了永远，可再过五十亿年，太阳膨胀成红巨星，地球就会被吞没。”

“那也不错。”

贴着他的胸膛，童烁一笑着说：“那我还能再喜欢你五十亿年。”

从创世七天到红巨星湮灭，从建陵城心到英仙座流星，从稚子懵懂到灵犀相拥。

数万光年，海海人潮。我用一生追逐一颗星辰，她降落在我身边，灼灼耀眼。

(全文完)

extra episode
爬墙事件

蔺晨能明显感受到，童烁一这两天的情绪很是不好。

往大了说，新人团体辈出，选秀节目兴起，偶像行业竞争力加大，Starlight 的第一男团地位遭遇威胁。往小了说，隔壁家鲜肉人帅嘴甜，饭圈里不少人都爬墙退了圈。

身为宣遥的铁血粉丝，童烁一自然着急。

这天，蔺晨早早结束了博士论文的答辩，接女朋友下班回家。可今天的童烁一对男朋友的状况不太关心，刚上了车就电话打个不停。

“喂，大毛啊，最近忙不忙？宣遥这周在广州录节目，想去看看吗……周末要辅导小星做作业啊，那……那学业为重，下次再找机会吧。”

“喂，老张，最近赶稿是不是很忙？想不想找个机会放松一下，这周末宣遥有个品牌活动，就在……我还没说完呢！你最近对宣遥和官朗都很冷淡，是不是爬墙……喂喂喂？你竟然挂我电话！”

“胖虎？你找我有什么事……来看宣遥？你不忙活你家女团了吗……啥？Shirley 谈恋爱了？哈哈哈，那真是恭喜，哦不，节哀啊……要来给宣遥开站子？不是吧，你这爬墙速度也太快了点。”

娱乐市场虽越来越热闹了，可核心的粉丝群体翻来覆去还是那么些人，今天看你的演出、明天追他的机场。几个风格迥异的微博账号背后，可能都藏着同一张脸。爬墙这种事儿，早就不罕见了。

挂了电话，童烁一托着腮帮子，满脸忧愁。

圈外人蔺晨瞧着她的表情，心头却仍然一头雾水，不懂就问：“爬墙……是爬哪座墙？”

“这个……”童烁一噎了一下，向他科普饭圈知识，“爬墙呢是我们饭圈用语，这个偶像的粉丝喜欢了别的人，就是爬墙。这些后来被喜欢上的偶像，就叫作墙头。”

蔺晨似懂非懂，只好感慨：“中文还真是……博大精深啊。”

童烁一心情不佳，只低头看着手机。她的微博账号原本只关注了宣遥的粉丝，可不知怎的，从几个月前一档选秀节目开播后，微博首页却画风突变，混进了很多陌生的面孔、陌生的名字。

“太过分了！爬墙了不知道开小号吗？为什么要污染我的首页？”作为一名唯粉，她很是生气，“当初说只喜欢他一个人的是你们，现在说喜欢别人的也是你们！”

前方红灯，蔺晨停下车，侧过头看着她，问：“可我记得你前两天也夸过宣遥的小师弟长得很可爱？”

“那是因为……他是我们公司的艺人啊！桑榆娱乐的新艺人，当然要支持！”

童烁一运气不错，实习期过后不久就转了正，和她过去梦想的一样，真的成了桑榆娱乐的员工。尽管这一行经常加班加点，很是辛苦，但为了自己所喜欢的事业奋斗，总归都是值得的。

她前段时间被临时调去管理练习生，十五六岁的少年人将童烁一一下子拽回了最初喜欢宣遥时的那段时光，逢人就夸，这些小孩出道后一定能大红大紫。

蔺晨问：“难道你从来没有爬过墙？”

“当然没有！”她大言不惭，“虽然我偶尔也会觉得有些歌手挺不错的……但我的本命永远只有宣遥一个人！”

“你确定？”蔺晨歪头看她，“生活里也没爬过墙？”

童烁一茫然：“生活里爬墙？你在说什么？”

“你高中的时候……”他咳嗽两声，说得十分缓慢，“不是也喜欢过……其他人吗？”

“哈？”她更听不懂了，“别瞎说，我高中一直都在好好学习天天追星，我连你都……怎么可能喜欢其他人？”

“高三上半学期，十一月的时候，你不是给别人送过一封情书吗？”

高三上半学期，期中考试之后，英才班转来了一位新同学。

期中考试结束放了个三天小长假，假期结束的第二天，蔺晨刚刚踏入班级，还没坐到位置上，两位忠心的小弟就带着八卦围了过来。

“晨哥，听说没有？有一位大佬要转到我们班了！”

“人还没来呢，你怎么就知道他是大佬？”

“他之前参加期中考试了啊！听说考得可好了！”

“别搞笑了，我们晨哥一直包揽年级第一，有什么人能考过他？”

蔺晨从书包里拿出一本厚重的英语单词本，“嘭”的一声拍在了桌上。两位小弟吓得后退，让出一丈宽的清净。

“第一节课默写单词，你们俩都背完了？”

高三生蔺晨人狠话不多，做人的态度虽不太好，却反而显得他冷酷帅气，特别招男生们的敬仰。

两位小弟被下了逐客令，嬉皮笑脸地回了自己的位置上。

关于这位转学生的谣言，蔺晨也听到过一些，说他如何如何天赋异禀、如何如何样貌出众，传得神乎其神，几乎非人。

身为理科年级第一，每次都甩第二名近十分，蔺晨不禁感到独孤求败般的无聊感，心里也挺盼望着，这位传闻中的大佬真的能和他拼上一拼。

当然，蔺晨的期待并不是指，这位大佬的第一场考试，就将他从第一名的宝座上踹了下去。

“不是吧……没打印错吗……怎么可能……”

两位小弟看着墙上的成绩单，不禁愣了神。

淮歆中学做事一向简单粗暴，为了激发各位同学的上进心，每次考试的成绩单都不保密，甚至堂而皇之地张贴在教室门口，将所有人的每门成绩都暴露得一清二楚。

急切查询成绩的同学围了里三层外三层，蔺晨却十分淡然地坐在原地，一点也不着急。

他对成绩和排名一向不是很热衷，反正每次都是第一名，反正没人考得过他，难不成还有人能弯道超车？难不成……

“晨哥，出大事了！”

小弟们惊呼一声，所有人都齐刷刷转头看向了教室最后排的蔺晨。

年级第一 谌珂

看到这六个字时，蔺晨没跳脚也没惊慌，他只是冷静地比较着二人的成绩，然后淡淡地感叹了一句：“8 分，一道小题。”

这话的意思是，谌珂的数学高了他 8 分，相当于一道小题的分数。如果没猜错，期中考卷最后一大题的最后一小题，蔺晨没解出来，但是谌珂做到了。

小弟们猜不透蔺晨的想法，只当他是在抱怨，便想着法子来安慰他。

“晨哥，你别伤心，听说这个堪珂休过学，他肯定学得比我们多，考得好也不算什么！”

“就是，别看这个甚珂考得好，说不定人长得贼丑！你看隔壁班那个学霸，长得还没我好看呢！”

蔺晨额头上的青筋跳了跳，他忍无可忍，给这两个文盲纠正：“什么堪啊甚的，人家姓谌，谌珂！”

话音刚落，从门外传来了一个柔和的声音：“你们……在喊我吗？”

蔺晨寻声看去，一位身着白色衬衫的男生正站在教室门口。

他很高却也极瘦，脸色苍白，棱角分明，眼窝深邃。他脸上挂着温柔的笑，笑容背后却藏着这个年纪不应有的疲惫。瞳色清亮，五官精致，是难得的好看模样。

男生朝着蔺晨微微点了点头，自我介绍道：“你好，我叫谌珂。”

英才班转来一位大帅哥的事情没过两天就传遍了淮歆中学。

听说这位帅哥不仅一来就抢走了蔺晨的年级第一，而且为人友好、说话温和，脸上永远挂着一个不浅不深的笑容，话虽不多，但开口不离“请”和“谢谢”，过分礼貌。

同样样貌出众、能力超群，这位谌珂却比蔺晨友好多了，永远不急不恼，温柔待人，一下子夺走大半女生芳心。这事儿搁到现在来说，也称得上是爬墙。

其他女生是如何想的，蔺晨从不放在心上。只是没想到，有一天连童烁一都忍不住来问他：“喂，听说你们班那个谌珂长得比你好看多了，我们班好多女生都弃暗投明，放弃你这个臭脾气的家伙，要去倒追这个谌珂呢！真有这么好看？下次我可要去见见！”

说者无心，听者却气得半死。

蔺晨越想越恼火，愤怒地对同桌说：“喂，课代表催你交作业！”

“好的哦，谢谢你。”谌珂仿佛感受不到他的怒火，甚至微笑着对他道了声谢谢。

蔺晨是个臭脾气，向来对人冷脸色。从高二开始就没人敢和他做同桌了，当年不知班主任怎么想的，故意将这位新来的安排在了他的身边。

谌珂和其他人都极不一样，不管身边这位用什么冷脸色来对待自己，他都能以柔克刚，保持微笑。

蔺晨甚至怀疑，这位谌珂，是不是根本不懂得喜怒哀乐啊？

而没等他搞清楚这位同桌的神秘之处，自家后院却突然着了火。

童烁一来了，从 B 楼的文科班跑来了 A 楼的理科英才班。

不仅本人来了，手上还握着一封信，信封上印着淡粉色樱花图案，还喷了香水。稍微有点经验的人，不用看内容就能猜出，信封里装着的究竟是什么。

“你……你找我干吗？”

难得对方主动找上门来，向来对人爱搭不理的蔺晨，难得拘谨了起来，摸着自己的脖子，说话都磕磕绊绊。

童烁一笑眯眯地说：“叫一下你们班的谌珂，我有事情找他。”

蔺晨愣了：“……”

童烁一催促：“傻站着干什么？快去啊。”

她的眼神亮闪闪，像是对下一刻极其期待。蔺晨只觉得大脑发麻，呆愣愣地回了教室，呆愣愣地叫起了谌珂，却连问一句“为什么”的勇气都没有。

最终，这封粉色的信，交到了谌珂的手上。

童烁一走后，谌珂回到自己的座位上打开了这封信。他快速浏览了一遍文字内容，轻轻叹了口气，又重新将信纸折好，放回了信封里。自始至终，他的脸上都没什么表情，丝毫没有被女生追捧的得意。

“这是……情书吗？”

蔺晨原本不爱打听别人的隐私，只是这件事，他实在不得不问。

好在谌珂也不遮掩什么，没犹豫地点了点头。

“那你……会答应她吗？”他又问。

谌珂回答得果断：“不，我不会。放学后，我得向她说声抱歉。”

“你都不考虑一下，说不定她其实是……是挺不错的人。”蔺晨垂下目光。

“不行啊，我已经有喜欢的人了。”谌珂好像是想起了什么，眼角弯弯，比从前所有时候都笑得更加真心。

那时的蔺晨还并不能体会到对方的心情，只是心中好奇，到底是怎样的女生，竟能让他这样笃定？十几岁时，就愿意赌上一生的真心。

谌珂约了童烁一放学后在学校门口的花坛边见，到时候他会给对方一个答复。

蔺晨原本是想跟着一起去的，奈何那天碰巧是他值日，一只脚刚刚踏出教室门就被值日班长给叫了回来。

“蔺晨，今天轮到你拖地了！你跑什么啊！”

他再三挣扎，最后也只能卸下书包，抱着拖把飞奔去了洗手间。

饶是他速度再快，也没能赶上谌珂。

等到蔺晨将整个教室的地面都清理干净，气喘吁吁地赶到花坛边

时，谌珂已经不在了，只剩下童烁一一个人坐在那里。

她的左手上握着那封被退回的情书，右手掌心里塞着一张小字条，那是谌珂写下的道歉的话。这个人实在过分懂礼貌，连拒绝别人的告白都要亲笔手写：

对不起，我不能接受你的好意。

再怎么温柔，也依然伤人。

童烁一坐在花坛边，耷拉着脑袋，眼圈通红。她没有哭，但是泛红的鼻子和紧咬的下唇无不比流泪还叫人心酸。手里的字条早已被攥得变形，她醒悟过来后又迅速抚平折痕，小心收好。仅仅是这几个字，都叫她不能轻易放下。

蔺晨站在几米开外的灌木丛边，心中好似有一颗氢气球，一点点地膨胀变大，堵在胸腔，连呼吸都变得困难。

他犹豫再三，再想走过去时，女孩却突然站了起来，三两下擦去了眼角的水渍，迈着大步消失在了人群中。

童烁一只消沉了两天，第三天，当蔺晨试图安抚她时，对方却好似没事人一般，重新蹦蹦跳跳、笑容生动，也再没提过谌珂这个人。

绿灯亮起，蔺晨收回目光，正视着前方大道。

“我怕你伤心，从来没提过这件事，但……谌珂他，毕竟也是你喜欢过的人。”乍一听好似大度，字里行间却是藏不住的憋屈。

童烁一挠了挠头，仍旧困惑：“谌珂？高考那年的理科状元？我啥时候喜欢过他？我自己怎么都不知道？”

“都这么多年过去了，你也不用担心我会介意。”蔺晨说，“那个时候你给他送情书，后来被拒绝了还那么伤心，我不可能记错。”

“情……书……”她渐渐回忆起来，“你是说高三那年，我跑去你们班，亲自交给谌珂的那封信？”

他点点头。

“那不是我写的！是我同桌写给谌珂的情书，只不过她自己不好意思送，我脸皮厚点，就让我来送一趟而已。”童烁一哭笑不得，“你竟然以为是我在向谌珂告白？”

蔺晨哑了哑，又问：“那……那天放学后你被谌珂拒绝，为什么还会那么伤心？”

“我有很伤心吗？”她挠了挠头，突然想起什么，猛地拍了拍自己的大腿，“那天是韩国欧巴入伍的日子！我下午刚刚知道消息，难过了好几天呢。”

“可那张字条……”

“字条是写给我同桌的，我当然要小心收好了，找个别的机会再告诉她。”

这回，蔺晨当真无话可说了。

解释了一通之后，童烁一后知后觉地醒悟过来，惊讶道：“原来，你一直都以为我喜欢过谌珂？”

蔺晨不答，用咳嗽掩盖尴尬。

她却学不会见好就收，反而变本加厉，故意凑了过去，幸灾乐祸般问：“你不是说高中就喜欢我了吗？那你那个时候是不是特别伤心？一颗纯真少男心就这样被我……不对，被你自己的胡乱脑补给伤害了。哎哟哟，想想都好可怜。”

“闭嘴。”蔺晨警告她。

“我就说嘛。”她哼了哼，“我这么专一的人，从来都没有爬墙过，我明明一直以来只喜欢过你一……”她一时得意过头，肉麻话脱口而出，

说了一半才突然堵住自己的嘴，却已经来不及。

他问：“怎么不接着说了？”

“那什么……前面左拐，我快到家了。”她咳嗽两声，故意转移话题。

按照她说的，蔺晨将车开到前面的路口，却没有接着往前开，而是在路边停下了车。

他侧过身，双眼注视着从少年时代就喜欢着的这个女孩，缓缓道：“其实，我从没想过强求你，一辈子只去喜欢一个人。我这样选择，是我愿意，也是我运气好。”

“我真的没有喜欢过什么谌珂。”童烁一小声强调。

“我知道。”蔺晨扬起嘴角，“所以我才更加庆幸。”

付出过的情感和真心都不会被轻易消磨，无论是只为一人还是更多，拥有值得去爱的人和爱人的能力，本身都已值得感激。

懵懂时的误解并没有让他们分离，他好幸运；年少时的真心成了生命的另一半，真的好难得。

“所以现在，可以送我回家了吗？”

“今天别回去了。”

“不回家我睡哪儿啊？”

“要不要试着……和我住在一起？”

他想要抓住这份难得的幸运，一起去往更浩瀚的未来。

图书在版编目（CIP）数据

他逐辰星 / 林返景著 . — 上海 : 上海文化出版社，2020.7

ISBN 978-7-5535-2020-9

Ⅰ . ①他… Ⅱ . ①林… Ⅲ . ①长篇小说 – 中国 – 当代 Ⅳ . ① I247.5

中国版本图书馆 CIP 数据核字 (2020) 第 098564 号

责任编辑　蔡美凤
特约编辑　雪　人
装帧设计　孙欣瑞　西　楼
封面绘制　亦良璇子
印务监制　周仲智
责任校对　彭　佳

他逐辰星
林返景　著

出　版　上海文化出版社
出　品　上海故事会文化传媒有限公司
（200020 上海市绍兴路 74 号　www.storychina.cn）
发　行　长沙大鱼文化传媒有限公司发行中心
印　刷　长沙鸿发印务实业有限公司
开　本　880×1230　1/32　印　张　9.125
版　次　2020 年 10 月第 1 版　印　次　2020 年 10 月第 1 次印刷
书　号　ISBN 978-7-5535-2020-9/I.792
定　价　39.80 元

上海故事会文化传媒有限公司　出品（01015）www.storychina.cn

本书如有印装问题，请与印刷厂联系调换。联系电话：0731-82755298